당신들의 신

당신들의 신

이동원
장편소설

나무옆의자

차례

프롤로그
확실한 미래와 불확실한 현재

"예언 하나 할까?"

선재가 어둠이 깔린 창밖을 보며 말했다.

깨끗하게 닦인 창 너머로 국회의사당이 보였다. 그 위로 휴대폰을 들고 있는 선재의 얼굴이 겹쳐졌다. 어느덧 불혹을 훌쩍 넘긴 나이가 되었지만 선재는 신사복 광고 모델처럼 근사한 모습이었다. 방송국에 드나드는 배우들보다야 못하겠지만 뉴스 앵커로서는 차고 넘치는 외모였다. 선재가 언론인 신뢰도 평가에서 1위를 차지하는 데엔 외모도 한몫을 했다. 학창 시절, 선재가 반장을 도맡았던 이유이기도 했다. 막 같은 반이 된 아이들은 선재가 누구인지도 모르면서 호감을 주는 외모에 표를 던졌다. 입사 동기인 아내도 처음 만난 순간부터 선재를 마음에 들어 했다. 두 사람은 석 달도 지나지 않아 결혼을 했고, 신부 드레스를 입은 아내의 배 속엔 아들이 있었다. 아들은 벌써 열한 살이 되었다. 아들은 지금껏 별 탈 없이 자라났다. 갑자기 복통을 호소해 아내가 응급실에 데려갔지만 선재는 지금까지 그랬던 것처럼 앞으로도 별일은 없을 거라고 여겼다.

"당신은 곧 의사를 만나게 될 거야. 의사는 영재한테 몇 가지 검사를 할 거고, 별문제가 없으니 집에 돌아가란 말을 할 거야. 그러니까 걱정하지 마."

선재는 늘 자신만만했고, 자신이 뱉은 말을 실현시켰다. 아내는 그런 선재에게 끌렸고, 선재는 아내의 선택이 옳았다는 것을 확인시켜줬다. 선재는 최연소로 공중파 메인뉴스 앵커 자리에 발탁되었다.

'그리고 이제 당신은 국회의원의 아내가 될 거야.'

선재는 휴대폰을 들고 속으로 말했다.

아직 출마 선언도 하지 않았지만 선재에겐 이미 확실한 미래였다. 선재는 국회의원 선거도 반장 선거와 다를 것이 없다고 생각했다. 입 밖에 내면 욕먹을 말이었지만 실험을 통해 확인도 해봤다. 당시 고등학교 신문부 부장이었던 선재는 신문을 보다가 미국에서 행해진 재밌는 실험을 알게 됐다. 선재는 친구와 함께 한국 고등학교에서 똑같은 실험을 해보았다. 신문부 특별 기획으로 전교생을 유권자로 삼아 가상 대선을 치러본 것이다. 가상이라지만 인물과 정책 등은 전부 실제로 치러지는 대선을 참고했다. 결과는 미국에서 행해진 실험과 다르지 않았다. 대부분의 아이들은 정치에는 관심도 없었고, 쉬는 시간이면 야한 잡지를 돌려 보기 바빴다. 하지만 아이들이 투표한 결과는 실제 대선 결과와 거의 일치했다. 정책을

꼼꼼히 따져가며 후보를 결정하는 아이들은 소수였다. 대부분은 후보의 이미지를 보고 투표했다. 그리고 선재는 국민적 신뢰와 사랑을 받는 언론인이었다.

선재는 실험을 함께 진행했던 옛 친구의 얼굴이 떠올랐다.

'어디서 뭘 하며 지내려나.'

선재는 마지막으로 본 친구의 모습을 떠올리며 친구의 불확실한 현재를 상상해보았다. 고등학교 동창이자 신문부에서 함께 지냈던 친구였다. 그는 선재가 또래 중에 유일하게 인정했던 친구였다. 공부를 잘하는 녀석이야 얼마든지 있었지만 세상의 실제 모습을 알고 싶어 하는 녀석은 흔치 않았다. 말이 통하는 상대와 대화를 나눈다는 것은 커다란 즐거움이다. 선재는 틈이 날 때마다 친구와 몇 시간이고 이야기를 나눴다. 선재는 친구와 마지막으로 나눈 대화도 정확히 기억했다. 친구가 쫓겨나듯 학교를 떠난 후로 지금까지 친구의 소식은 어디서도 들을 수가 없었다.

'뉴스에 나올 법한 인생은 아니었던 거지.'

선재는 오늘도 9시 뉴스에 나가야 했다. 선재가 오늘 세상에 전해야 하는 가장 중요한 뉴스는 클로징 멘트에 담겨 있었다.

'시청자 여러분, 저는 평생 여러분에게 뉴스를 전하는 사람으로 살아왔습니다. 저는 항상 여러분에게 좋은 뉴스를 전하고 싶었지만 그동안 제가 전해야 했던 뉴스들은 좋은 뉴스보다는 슬프고 화가 나는, 때로는 참담하기까지 한 뉴스들이 많았습니다. 송구스러웠습니다. 늘 좋은 뉴스만 전하고 싶었지만 진실을 외면할 수는 없었습니다. 이제 저는 뉴스를 전하는 사람이 아니라 뉴스를 만드는 사람으로 살아가려 합니다. 좋은 뉴스를 만드는 사람 말입니다. 부디 오늘 이 아쉬운 작별의 인사가 제가 만들어갈 좋은 뉴스의 시작이 되길 바랍니다. 감사합니다.'

선거법 위반이라는 공격이 들어오겠지만 어디에도 직접적인 표현은 없었다. 게다가 선재는 이미 든든한 지지자들을 갖고 있었다. 흡사 대형 소속사에서 데뷔하기도 전에 팬들을 끌어모은 아이돌 같았다. 선재를 공격한다면 열렬한 팬들이 즉시 반격에 나설 것이었다.

선재는 아내와 통화를 끝내고, 창에 비친 옷매무새를 가다듬었다. 몸에 딱 들어맞도록 재단된 셔츠가 주름 하나 없이 팽팽하게 당겨졌다. 선재는 자신의 모습이 마음에 드는지 미소를 짓다가 갑자기 미간을 찌푸렸다. 창에 먼지 같은 것이 붙어 있었다. 선재는 손을 뻗어 먼지를 떼어내려 했지만 밖에서 붙은 먼지인지 잘 떨어지지 않았다. 오히려 깨끗한 창에 선재의 지문이 묻어 먼지가 더 도드라져 보였다. 선재는 괜히 기분이 나빠졌지만 곧 미소를 되찾았다. 작은 먼지 조각이 곧 다가올 확실한 미래를 막을 수는 없을 테니까.

어느덧 뉴스 시간이 가까워졌다. 밖에서 문을 두드리는 소리가 들렸다.

"네."

선재가 노크 소리에 힘차게 답했다.

자, 나가자. 나가서 새로운 시대를 열어보자.

1
사라진 사람들

쾅, 쾅, 쾅!

문을 두드리는 소리가 요란했다.

한 여자가 문 앞에 서 있었다. 서울 변두리의 단독주택 2층에 있는 집이었다. 주인은 3층에 살았고, 반지하와 2층은 전부 세를 주었다. 창문을 열면 옆집과 눈인사를 해야 할 만큼 다닥다닥 붙어 있는 집이었다. 여자는 아무런 반응이 없자 다시 문을 두드렸다.

쾅, 쾅, 쾅!

"교회 다녀요!"

남자의 목소리가 들렸다. 짜증이 가득한 목소리였다. 여자가 고개를 들었다. 문 상단에 '광성교회'라는 명패가 붙어 있었다.

쾅, 쾅, 쾅!

여자가 다시 문을 두드렸다.

쿵, 쿵, 쿵!

여자가 문을 두드리는 소리에 답이라도 하듯 남자의 발소리가 들렸다. 너 때문에 내가 아주 화가 많이 났다는 것을 알려주려는 발소리였다. 곧 문이 활짝 열렸고, 발소리의 주인공이 나타났다.

"이런 씨······."

남자는 쌍욕을 퍼부으려다 여자의 얼굴을 보고 입을 다물었다. 여자는 남자를 물끄러미 보더니 집 안으로 들어갔다. 남자는 당황하면서도 여자를 저지하지 못했다. 여자는 열 평 남짓한 집 가운데에서 주위를 둘러봤다. 퀴퀴한 냄새가 코를 찔렀고, 싱크대엔 접시가 가득했다. 벽지는 오줌이라도 싼 것처럼 누랬고, 2인용 식탁 위에는 소주병이 올라와 있었다. 바퀴벌레가 가스레인지 위를 돌아다녔고, 두터운 외투가 의자에 몇 겹이나 걸쳐져 있었다. 여자가 한숨을 내쉬며 의자에 앉았다. 남자가 발끈해서 소리를 질렀다.

"아, 왜! 10년 만에 찾아와서는 왜 재수 없게 한숨을 쉬는데!"

여자가 식탁 위에 놓인 소주병을 집었다. 여자는 아직 절반 정도 남아 있는 소주를 입에 들이부었다.

"아이, 미쳤나!"

남자가 급히 다가와 여자에게서 소주병을 빼앗았다. 여자가 식탁에 고개를 처박았다. 남자는 그제야 여자를 살폈다.

"뭐야? 무슨 일 있어?"

여자가 한 손으로 얼굴을 가리고 힘겹게 고개를 들었다. 틀림없었다. 여자는 잔소리를 하려고 온 것이 아니었다. 남자가 집을 어질

러놓아 한숨을 쉰 것도 아니었다.

"선재야……."

여자가 나직이 남자의 이름을 불렀다.

남자가 어디 가서 이름을 밝히면 '아, 그 사고 친 앵커하고 이름이 똑같으시네요'란 말을 들을 것이다. 앵커 자리에서 내려온 지 벌써 5년, 신사복 모델 같던 몸은 술배가 나온 중년 술꾼으로 변해 있었다. 길렀다기보다는 내버려두었다는 표현이 적당한 머리는 눈을 반쯤 덮어 대중에게 각인된 권선재와는 전혀 다른 인상으로 보이게 했다. 세상이 기억하는 뉴스 화면 속의 권선재는 사라져버렸다.

"그래, 말해봐. 누나. 말을 해야 알 거 아니야. 무슨 일이야?"

"수아가……."

누나가 얼굴을 감싸던 손을 내리며 말했다. 누나는 눈물이 그렁그렁한 눈으로 선재를 보았다.

"수아가 왜? 뭐?"

선재는 아버지 장례식장에서 보았던 조카의 얼굴이 떠올랐다. 누나를 꼭 닮은, 고집스러움과 총명함이 뒤섞인 눈으로 자신을 올려다보던 여자아이.

누나는 쓰디쓴 약을 집어삼키듯 말했다.

"수아가 사라졌어."

2
소환 주문

선재는 버스 뒷좌석에 누나와 나란히 앉았다. 선재는 10년 전 아버지 장례식을 치르며 누나와 함께 운구차에 탔을 때가 떠올랐다. 그날 이후 남매는 왕래를 하지 않고 지냈다. 그나마 명절 때마다 이어지던 통화도 5년 전 사건을 마지막으로 끊어졌다.

"영재는 잘 지내니? 계속 미국에 있는 거야?"

누나가 말했다.

"할 말 없으면 조용히 가."

선재가 인상을 쓰며 말했다.

"연락은 하고 지내는 거야?"

"아이, 하지 말라니까! 누나는 그동안 나한테 연락했어?"

"그럼 안 했니? 일 터지자마자 바로 연락했지. 네가 안 받은 거잖아."

"그래, 다 내 잘못이다. 내 잘못이야."

"……"

누나가 선재의 눈치를 보다가 다시 입을 열었다.

"너 교회 다니니?"

"내가 미쳤어? 교회를 가게."

"아까 네가 간다고 하길래. 명패도 붙어 있고."

"전에 살던 사람이 붙여놓은 거야. 맘 같아선 당장 떼고 싶었는데 뭔 놈의 동네에 전도한답시고 찾아오는 연놈들이 그렇게 많은지……, 교회 다닌다고 해도 가지도 않아. 대체 왜들 그래?"

"그 사람들 정상적인 교회 다니는 사람들이 아니야."

"정상적인 교회가 있긴 해?"

선재가 말을 하다가 대각선 앞쪽에 앉은 승객과 눈이 마주쳤다. 평일 낮이라 버스 안의 승객은 열 명도 되지 않았다. 선재를 힐끗본 남자 승객은 다시 앞을 보며 휴대폰을 만지작거렸다. 포털 사이트에서 검색을 하는 것 같았다.

"내리자."

선재가 고개를 숙이고 말했다.

"한 정거장 더 가야 돼."

"난 먼저 내릴 테니까 집에서 만나."

선재는 하차 벨을 누르더니 버스가 멈추자 말릴 새도 없이 내려버렸다. 선재는 방금 범죄 현장을 빠져나온 범인처럼 시선을 내리깔고 걸음을 옮겼다. 선재는 사람과 마주치는 길을 피해서 한 단독주택에 도착했다. 선재가 어린 시절을 보낸 아버지의 집이었다. 1층엔 누나가 운영하는 피아노 교습소가 있었다. 아버지가 살아 계실 때엔 신문 보급소였던 자리였다. 선재는 잠시 추억에 잠기는 것 같더니 이내 고개를 흔들고 안으로 들어갔다. 누나는 집에 와 있었다. 10년 만에 다시 와본 아버지의 집은 달라진 것이 없었다. 집 안에 들어가자마자 보이는 십자가, 교회에서 준 달력, 벽에 걸린 성화, 성경 말씀이 적힌 식탁, 심지어 벽시계에도 '오직 예수'라는 문구가 적혀 있었다. 선재는 가슴이 갑갑해졌다.

"수아 방은 어디야?"

선재가 묻기는 했지만 답은 빤했다. 선재는 한때 자신이 쓰던 방문을 열었다. 문을 열자 핑크색 벽지가 눈에 들어왔다. 스무 살 선재가 쓰던 방과는 전혀 다른 분위기였다. 누나는 청소만 했을 뿐 물건은 그대로 두었다고 했다. 선재가 방을 살펴봤다. 침대와 옷장은 새로 마련했지만 책장이 딸린 책상은 선재가 쓰던 것이었다. 선재의 대학교 입학을 축하하며 아버지가 특별히 주문한 원목 책상이었다. 선재는 한때 자신의 책상이었던 조카의 책상에 앉았다.

"아이씨."

갑자기 숙취가 밀려왔다. 선재는 한 손으로 지끈거리는 이마를 감싸 쥐고, 다른 손으로 책상에 놓인 탁상용 달력을 끌어왔다. 새해가 시작되고 벌써 두 달이 지났지만 달력은 작년 12월에 멈춰 있었다. 수아가 사라지며 누나의 시간도 멈춰버렸다. 선재가 누나를 돌아보았다. 방을 살펴볼 동안 방해하지 말라는 선재의 말 때문에 누나는 거실 소파에 앉아 바닥만 보고 있었다. 선재는 전에도 그런 모습을 본 적이 있었다.

선재가 열 살 때였다. 선재는 하굣길에 버스를 잘못 타서 당황한 나머지 종점에 내리고 말았다. 집과는 걸어서 30분 정도 거리로 그리 먼 곳은 아니었다. 하지만 당시의 선재에겐 집과 집 앞 골목, 근처 놀이터, 아버지 일터인 신문 보급소와 동네 입구에 있는 재래시장이 세상의 전부였다. 처음 가본 버스 종점은 세상의 끝자락처럼 낯설고 두려웠다. 아직 개발이 되지 않아 논과 밭이 대부분이었던 그곳에서 선재는 방향감각을 잃고 주저앉았다. 얼마나 지났을까, 하늘이 조금씩 어두워질 때 길을 지나던 동네 주민이 울고 있는 선재에게 말을 걸었다. 아주머니는 선재가 사는 곳을 묻더니 집으로 돌아가는 길을 가르쳐주었다. 선재는 용기를 내어 아주머니가 가르쳐준 대로 길을 걸었다. 30분쯤 지나 선재는 재래시장의 후문을 보았다. 선재는 시장의 알록달록한 천막들이 보였을 때의 기분을 잊지 못했다. 하지만 기쁨도 잠시, 저녁 찬거리를 사려는 사람들로 북적거리는 시장에 들어서며 선재의 마음은 무거워졌다.

'아빠한테 혼나겠지.'

아버지가 팔짱을 낀 채로 담배를 물고 어둠 속을 노려보는 모습이 떠올랐다. 신문 보급소 지국장인 아버지는 엄격한 사람이었다. 본사에서 신문 배송이 늦어지거나 배달원이 지각을 하면 아버지는 성난 얼굴로 호통을 쳤다. 학교에도 무서운 선생님이 있었지만 아버지에 비할 바는 아니었다. 선재는 불호령을 들을 각오를 하고 지친 다리를 한 걸음씩 옮기다가 아버지와 마주쳤다. 아버지는 생선 가게가 줄지어 있는 골목 입구 전봇대 앞에 쪼그려 앉아 있었다. 바닥에는 손질을 하며 떨어져 나간 생선 부산물들이 널려 있었다. 아버지는 그곳에서 불도 붙이지 않은 담배를 물고, 슬리퍼를 신은 자신의 발을 내려다보고 있었다. 화가 난 것처럼 보이진 않았지만 선재는 좀처럼 말을 걸 수 없었다. 문득 아버지가 고개를 들었다. 아버지는 선재를 보고도 잠시 멍하니 있다가 갑자기 벌떡 일어났다. 얼마나 쪼그리고 있었는지 아버지는 그만 다리가 풀려 앞쪽으로 고꾸라지고 말았다. 아버지는 양손으로 더러운 바닥을 짚었다. 입에 물고 있던 담배는 정체 모를 생선 덩어리들 속에 떨어졌다. 하지만 아버지는 아무런 상관도 없다는 듯 선재에게 다가왔다. 선재는 잘못했다고 말하려 했지만 그러지 못했다. 선재의 입에서 '아빠'라는 소리가 나오자마자 아버지가 선재를 끌어안았기 때문이다. 아버지 몸에서 비린내와 담배 냄새가 섞여 들어왔다. 왠지 모르지만 선재는 울어버렸다.

선재의 눈 속에서 멍한 얼굴로 바닥을 보는 누나와 시장 바닥에서 자신을 기다리던 아버지가 겹쳐졌다. 선재는 정신을 차리려는 듯 양손으로 자신의 뺨을 가볍게 치고는 프린트기에 올려져 있는 A4 용지를 집어 들었다. 선재는 책상 위에 종이를 놓고, 옆에 있는 펜꽂이에서 볼펜을 꺼냈다. 선재는 누나에게 들은 이야기를 정리해보았다.

작년 12월 18일, 누나는 집에서 수아와 함께 저녁 식사를 했다. 누나는 그날 저녁 아홉 시경에 금요기도회에 참석하기 위해 매형과 함께 집을 나섰다. 그리고 자정이 다 되어 집에 돌아왔다. 수아는 그 사이에 사라졌다.

"수아가 놓고 갔다는 쪽지는 어딨어?"

선재가 잘 돌아가지 않는 몸을 비틀며 말했다.

누나가 식탁 유리 아래 끼워놓았던 쪽지를 꺼내서 가져왔다. 누나가 말했던 대로 내용도, 필체도 급하게 쓴 티가 역력했다.

'급하게 해야 할 일이 생겨서 나가요. 며칠 걸릴 수도 있어요. 걱정하지 마요. 연락할게요.'

선재는 쪽지를 옆에 두고 다시 글을 적어 내려갔다.

─수아는 캐리어에 겨울 옷가지를 챙겨 나갔다.

─골목 입구에 있는 방범 카메라에 수아가 혼자 골목을 빠져나가는 모습이 찍혔다.

─수아는 사라진 후로 연락을 받지 않았고, 얼마 지나지 않아 휴대전화가 해지되었다.

경찰에 신고를 했지만 반응은 시원치 않았다. 실종 신고에 비해 인력은 충분하지 않았다. 범죄의 가능성이 높아 보이지 않는다면 우선순위에서 밀려났다. 수아는 쪽지를 남기고 떠났고, 짐을 챙겨 혼자 떠난 모습이 확인됐다. 경찰은 납치나 인신매매 같은 범죄보다는 다단계에 빠져들었을 가능성이 높다고 판단했다. 대학생을 대상으로 한 불법 합숙 다단계는 좀처럼 근절되지 않는 뉴스거리였다. 누나는 경찰서에서 화를 냈다. 직접 보지는 못했지만 어떤 광경이었을지 눈에 선했다.

'단호하게 말했겠지. 우리 수아는 그런 아이가 아니라고. 찾아줄 생각이 없다면 내가 찾겠다고.'

누나는 화를 냈지만 매형은 경찰의 말대로 대학생 다단계로 유명한 지역을 찾아다녔다. 대기업은 아니지만 자신만큼이나 건실한 회사를 다녀온 매형은 회사에 사정을 이야기하고 휴가를 받았다. 그리고 그날부터 매일 아침 집을 나서서 밤까지 딸을 찾아 헤맸다. 매형은 방문판매원처럼 삼성동과 거여동, 마천동 등 대학생 다단계로 뉴스에 소개되었던 동네들을 찾아다녔다. 하지만 소득은 없었다. 매형은 수색 범위를 경기도로 넓혔고, 집에 들어오지 않는 날이 많아졌다. 오가는 길에서 버리는 시간도 아끼겠다는 생각이었지만 누나를 보기도 껄끄러웠을 것이다. 누나는 수아를 믿지 못하는 매형을 비난했다. 매형 이야기를 하며 분노를 감추지 않는 누나의 눈빛은 다른 사람인 것처럼 낯설었다. 하지만 누나라고 뾰족한 수가 있지는 않았다. 누나는 매일 새벽마다 교회에 나가 하나님에게 매달렸다. 선재는 한심한 행동이라고 생각했지만 놀랍게도 하나님은 누나에게 수아의 목소리를 들려주었다. 새벽기도회 중에 수아에게 전화가 온 것이다. 누나는 발신번호 표시가 제한된 전화를 받기도 전에 감이 왔다고 말했다. 거의 두 달 만에 수아의 목소리를 들은 순간, 누나는 자신이 어디에 있는지도 망각하고 소리를 질렀다.

'너 괜찮아? 지금 어디야? 어디서 뭘 하고 있어?'

누나는 미친 사람처럼 질문을 퍼부었지만 수아는 누나의 질문에 답을 해주지 않았다. 수아는 누나의 말을 무시하고, 녹음된 테이프를 틀어놓은 것처럼 자기 할 말만 했다.

'응, 괜찮아. 엄마, 바쁜 거 다 알아. 신경 쓰지 마. 어쩔 수 없지.'

"도대체 무슨 말을 하는지 알 수가 없었어. 꼭 대본을 보면서 연기를 하는 것 같았어."

누나는 수아의 태도에 겁을 집어 먹었다.

'수아야, 무섭게 왜 그래? 누가 옆에 있어? 누구한테 잡혀 있는 거야?'

수아는 끝까지 누나의 질문에 답하지 않았다. 그날, 수아가 마지막으로 남긴 말은 누나에게 한 말이 아니었다.

'응? 삼촌? 아, 오랜만이에요. 삼촌이 와주시겠다고요? 고마워요. 근데 삼촌, 미안해요. 저 지금 가봐야 돼서요. 그래요. 또 연락할게요.'

수아는 엄마가 선재를 바꿔준 것처럼 말하더니 곧 전화를 끊었다. 휴대폰을 들고 멍하니 선 누나의 머릿속에 남은 말은 '삼촌'뿐이었다. 수아의 말은 세상에서 사라져버린 존재를 소환하는 주문 같았다. 누나는 선재에게 수아의 말을 전했고, 선재는 수아의 부름에 응했다.

'수아야, 왜 날 찾은 거니? 대체 어디서 뭘 하고 있는 거야?'

선재가 책상 가운데 놓인 수아의 노트북을 켰다.

3

어둠의 메신저

"나 이제 해킹 같은 거 안 한다니까요."

성원이 노트북을 덮으며 말했다.

"이게 무슨 해킹씩이나 되냐? 조카 노트북 비밀번호 좀 풀어달라는데."

선재가 다시 노트북을 열어 성원에게 들이밀었다.

"해킹이고 아니고 간에 나는 이런 물건은 건들지도 않기로 결심했다니까요. 난 이젠 아날로그형 인간으로 살 거예요."

"지랄한다. 네가? 고작 게임 때문에 청와대 홈페이지를 해킹한 놈이?"

"고작이라뇨! 셧다운제니 뭐니 우리의 자유를 억압하는, 되도 않는 정책을 내놓으니까 국민의 한 사람으로서 항의를 한 거죠! 그리고 뉴스 앵커까지 하던 분이 지랄이 뭡니까? 지랄이. 고운 말, 바른 말을 쓰셔야지. 우리 앵커님 아주 그냥 시정잡배가 다 되셨네."

성원이 쏘아붙이더니 선재가 사 온 커피를 쭉 빨아 먹었다. 성원은 청와대뿐 아니라 국회와 보건복지부 홈페이지까지 해킹을 해서 접속하면 성원이 즐겨하던 게임의 플레이 영상이 재생되도록 했다. 성원은 경찰에 붙들렸지만 재판 과정에서 검찰에 도움을 주고 방면되었다. 검찰이 수사하던 사건의 증거가 담긴 휴대폰 비밀번호를 해제해준 것이다. 성원은 게임 중독 치료를 받는 조건으로 풀려났다.

"너 솔직히 여기서나 치료받는 척하지, 집에 가서 게임만 하잖아."

"자기가 그런다고 남들도 다 그런 줄 알아요? 나는 성실히 치료받고 있어요. 집단치료 시간에 한 번도 안 왔죠? 나는 꼬박꼬박 나와요."

"나도 온 적 있어. 요즘 좀 바빠서 그렇지. 오늘도 이렇게 왔잖아."

"오늘 치료받으러 온 거였어요? 예슬 누나도 앵커님 온 거 알아요?"

"그럼, 내가 바빠도 전화 상담은 자주 해."

선재는 1년 전 만취한 상태에서 운전을 하다가 가로등을 받았다. 다행히 인명 피해는 없었지만 면허취소와 함께 알코올중독 치료를 받으라는 판결이 떨어졌다. 선재가 가게 된 중독 상담 센터는 알코올중독뿐 아니라 도박과 마약, 그리고 게임 및 인터넷 중독까지 치료하는 곳이었다. 하지만 선재는 집단치료 시간에 딱 한 차례 참여하고는 센터에 발길을 끊었다. 알코올중독 집단치료에 참여한 사람들에겐 두 가지 공통점이 있었다. 전부 못 말릴 술꾼이었고, 선재만 빼면 다들 서로 처음 보는 사이란 것이다. 다들 처음 보는 사람들은 유일하게 아는 사람이었던 선재에게 집중했다. 참가자들은 돌아가면서 자기를 소개하고, 어쩌다 여기에 오게 됐는지 이야기를 했지만 선재는 입을 열 필요도 없었다. 모두가 선재를 알았고, 선재가 저지른 일도 알고 있었다. 그리고 놀랍게도 다들 사고뭉치 술꾼이면서 자신이 선재보다는 나은 인간이라고 믿었다. 그리고 선재도 그들과 똑같은 생각을 하고 있었다. 선재는 자신이 이런 실패자들과 똑같은 취급을 받는다는 사실이 견딜 수 없이 불쾌했다. 마침내 선재의 차례가 되었을 때, 선재는 '나는 알코올중독자가 아닙니다'라고 말하고 자리에서 일어났다. 선재의 처음이자 마지막 집단치료 시간이었다.

"야, 그러지 말고. 지금 내가 너보고 나쁜 일을 하라는 게 아니잖아. 남을 돕는 일이잖아. 착한 일! 네 능력으로 착한 일을 할 수 있는 기회란 말이야."

선재가 한껏 신경 쓴 부드러운 말투로 말했다.

"조카가 맞기는 해요?"

성원이 의심스럽다는 듯 곁눈질을 했다. 선재가 참지 못하고 노트북을 챙겨 벌떡 일어났다.

"아, 알았다. 알았다. 성질이 그리 급해서 어떻게 해요?"

성원이 재빨리 손을 뻗어 선재를 다시 앉혔다.

"커피 한 잔만 더 사다주세요. 커피가 미지근해지기 전에 제가 비번의 목을 따놓겠습니다."

"해줄 거면 그냥 좀 편하게 해줘라. 응?"

선재가 툴툴거리며 일어나 휴게실 밖으로 나갔다가 1초 만에 다시 들어왔다. 선재는 주변을 두리번거렸지만 도망칠 구석은 없었다. 문이 열리고 한 여자가 화난 얼굴로 들이닥쳤다.

"권선재 씨."

서예슬이 말했다.

선재가 우물쭈물하며 돌아섰다.

"아, 선생님, 제가 지금 인사를 드리려고 나가던 참이었는데……."

"술은 깼어요?"

서예슬이 말을 잘랐다.

"네? 나 술 안 마셨어요."

"얼마나 마셨으면 어제 전화하신 것도 기억을 못 해요?"

"……제가 전화를 했나요?"

"네, 항상 그렇듯이요."

선재는 숙취가 몰려온 사람처럼 얼굴을 일그러뜨렸다. 전혀 기억이 나지 않았지만 서예슬의 말은 사실일 것이다. 선재는 걸핏하면 술에 취해 서예슬에게 전화를 했다. 말이 상담 요청이지 주정이었다.

"제 업무는 권선재 씨가 알코올중독에서 벗어나 건강한 일상으로 돌아갈 수 있도록 돕는 겁니다. 계속 이렇게 불성실하게 하시면 보고를 할 수밖에 없어요. 근데 성원 씨는 지금 뭐 하는 거예요?"

서예슬이 선재 옆에서 노트북을 두들기고 있는 성원에게 말했다.

"아, 이거 게임하는 거 아니에요. 좋은 일 하는 거예요!"

성원이 도움을 구하듯 선재를 쳐다봤다.

"제가 부탁을 좀 했습니다. 조카가 갑자기 실종되어서요."

선재가 급히 말했다.

"실종이요?"

서예슬의 눈이 휘둥그레졌다.

"네, 실은 조카를 찾아다니느라 너무 바빠서 센터도 잘 못 왔어요. 속상한 마음에 술도 마시고요. 죄송합니다."

선재가 고개를 숙였다. 거짓말이었다. 수아가 사라진 것은 사실이었지만 수아의 실종과 선재가 치료를 받는 둥 마는 둥 했던 것은 아무런 상관도 없었다. 하지만 거짓이라도 진실의 향을 첨가하면 진짜의 맛을 흉내 낼 수 있었다. 서예슬의 얼굴에서 화가 누그러지고 걱정의 빛이 떠올랐다.

"어라."

성원의 목소리에 선재가 성원을 돌아보았다.

"왜? 풀었어?"

"조카가 무슨 일 한다고요?"

성원이 화면에 시선을 고정시키고 말했다.

"그냥 대학생이라니까. 왜?"

선재가 노트북 화면을 보자 처음 보는 프로그램이 구동되고 있었다.

"이게 뭐야?"

선재가 인상을 쓰며 물었다.

"메신저 프로그램이요. 자동 로그인이 되네요."

성원이 심각한 얼굴로 마우스휠을 돌렸다.

"이런 메신저도 있어? 처음 보는데."

"보통은 이런 거 안 쓰죠."

"무슨 뜻이야? 알아듣게 설명을 해봐."

선재가 성원을 노려봤다.

"어둠의 메신저라고 할까. 보안에 극도로 신경을 쓴 프로그램이에요. 여기서 나눈 대화나 주고받은 파일들은 설정해놓은 시간이 지나면 자동 삭제돼요. 복구는 불가능하고요. 원래는 과도한 공권력에 맞서 싸우자는 좋은 취지에서 만들어진 프로그램이었어요. 해커들도 애용하는 프로그램이었죠. 그런데 요즘은……."

성원이 선재를 보며 말을 이었다.

"범죄에 많이 사용돼요. 인신매매, 마약, 아동 포르노 같은……."

끔찍한 단어들이었다. 선재는 누나가 이 자리에 없는 것이 다행이라고 생각했다. 어느새 서예슬이 성원의 옆에 와서 함께 화면을 보았다.

"30분 전쯤에 접속한 것이 마지막 기록이네요."

성원이 채팅창을 띄우자 삭제되지 않은 내용이 나타났다.

"이건 전체 문자 같은데요."

서예슬이 말했다.

아침햇살: 여러분, 그동안 교육받느라 수고 많았습니다. 이제 곧 정화의 날이 다가옵니다. 정화의 날을 통과하면 여러분은 완전히 새로운 존재로 거듭나게 됩니다. 새로운 삶을 기대하며 몸과 마음을 철저히 준비해두십시오.

교육이니 정화의 날이니 대체 무슨 대화를 나누고 있는지 감이 잡히질 않았다.

"뭐야, 이것뿐이야?"

선재가 말했다.

"네, 나머진 다 삭제됐어요. 그리고 아마 이것도 곧······."

성원이 말을 끝내기도 전에 모래가 바람에 흩날리듯 문장이 해체되어 사라졌다.

4
렉스 루터가 된 슈퍼맨

"송혜교를 닮아서 아침햇살인가?"

성원이 노트북 앞에서 기지개를 펴며 말했다.

"닉네임이 참이슬이면 아이유 닮은 거냐?"

선재가 빈 소주병을 치우다가 핀잔을 쳤다.

"조크죠. 조크. 이게 쉬운 건 줄 알아요? 농담도 해가면서 해야 지치지 않는다 말이에요. 청소나 계속해요. 집이 무슨 마구간도 아니고, 예수님 오시겠네."

선재는 성원을 데리고 자신의 집으로 돌아왔다. 서예슬은 심상찮은 상황이라고 판단을 했는지 당분간 사정을 봐줄 테니 조카를 찾아보라고 했다. 골치 아픈 문제가 해결된 셈이었지만 선재는 여전히 머리가 아팠다.

'교육'과 '정화의 날'. 아침햇살이 남긴 메시지의 키워드는 그 둘이었다. 하지만 무엇을 상상하든 막연한 추측일 뿐이었다. '교육'이란 말만 보면 경찰이 말한 대로 다단계가 떠올랐지만 '정화의 날'이란 표현이 걸렸다. 뉘앙스가 테러 단체의 군사 작전명처럼 느껴졌다. 고등학생이 급진 이슬람 사상에 심취해 가족도 모르게 출국한 뒤 테러 단체에 가입했던 사건이 떠올랐다. 수아가 범죄와 엮일 아이처럼은 생각되지 않았지만 인생이란 알 수 없는 것이다. 선재가 이토록 망가질 거라고는 생각하지 못했던 것처럼 지난 세월 동안 수아가 어떻게 자라났는지는 모를 일이었다.

"대체 왜들 이러는 걸까요."

성원은 각종 SNS와 커뮤니티 등 수아가 인터넷에 남긴 흔적을 추적했다. 성원은 그 과정을 형사가 쓰레기매립장을 뒤지며 증거를 찾는 것에 빗댔다.

"악취가 난다니까요. 사람 새끼가 어떻게 이런 글을 아무렇지도 않게 쓰냔 말이에요."

보고만 있어도 구역질이 나는 글의 홍수 속에서 수아가 남긴 글은 방주처럼 떠다녔다. 증오와 시기가 만든 감정의 파도가 거셌지만 수아는 사실에 근거한 글만을 썼다. 특히 정치와 사회 이슈에 대해 수아가 남긴 글은 그 수준을 떠나서, 균형 잡힌 저널리스트의 태도를 보여주는 표본 같았다. 하지만 오로지 진실의 편에 서기로 결심한 사람은 어느 진영에도 속하지 못하는 법이다.

"인기를 끄는 일에는 별 관심이 없었던 것 같네요. 조카 말이에요."

성원이 갖고 온 포터블 모니터로 선재는 성원이 보고 있는 화면을 그대로 보았다. 성원이 말한 대로 수아는 여기저기서 린치에 가까운 댓글 공격을 받았다. 수아가 남긴 글에는 어떤 주의나 주장이 담겨 있지 않았다. 그저 사실을 담담히 적고 있을 뿐이었다. 하지만 그 사실이 사람들을 기분 나쁘게 했다. 사람들은 반박할 수 없는 사실은 내버려두고 수아를 조롱했다. 딱히 놀라울 것도 없는 수순이었다. 놀라운 것은 수아의 반응이었다. 수아는 상대방이 보여준 저열한 수준으로 끌려가지 않았다. 수아는 흥분하지 않고, 끝까지 사실만을 갖고 다퉜다.

"삼촌을 좋아했나봐요."

성원은 수아가 스크랩해놓은 기사와 각종 게시물을 선재에게 보여주었다. 대부분 선재가 발표한 기사와 선재의 활약을 다룬 게시물이었다. 권선재의 화려했던 시절이었다. 선재가 터뜨린 수많은 특종 중에서도 가장 큰 뉴스는 당시 대권 주자였던 류병두 의원의 스캔들이었다.

류병두는 고등학교에서 사회 과목을 가르치다가 구의원, 시의원을 거쳐 국회에까지 입성한 인물이었다. 좋게 표현하면 뚝심 있고, 성실한 성품이었지만 나쁘게 보자면 꽉 막힌 성격에 일단 밀어붙이고 보는 스타일이었다. 그래도 분명한 기준을 갖고 있었고, 누구도 차별하지 않았기에 교사 시절부터 따르는 사람이 많았다. 평범한 가정에서 자라났다는 점도 대중들에게 호감을 주었고, 무엇보다 이미지가 깨끗했다. 류병두는 3선에 성공하며 차근차근 경력을 쌓아 여당 시절엔 기획재정부 장관 자리까지 올랐고, 차기 대선에서 가장 앞서 있다는 평가를 받았다. 하지만 류병두는 대선 레이스에 나서지 못했다. 당내 경선 과정 중에 폭탄이 터졌기 때문이다. 장관 재임 시절에 민간사업 입찰에 관여해 불법 리베이트를 받았다는 폭로였다. 류병두는 부인했지만 언론매체에서 기사가 쏟아져 나왔다. 그 와중에 교사 시절 촌지를 받았고, 촌지를 주지 않은 학생들을 폭행했다는 폭로까지 나왔다. 검찰이 수사에 들어간다는 뉴스가 나온 날, 류병두는 홀로 집을 나선 후에 영영 돌아오지 않았다. 시체는 다음 날에 발견되었고, 유서는 없었다. 한 사람의 인생뿐 아니라 한 국가의 향방을 바꾸어버린 사건이었다.

선재는 이 사건을 최초로 단독보도하며 단숨에 스타 기자로 떠올랐다. 선재는 그 후로도 특종을 쏟아냈다. 주로 정재계의 부정한 스캔들이었다. 선재는 현실 세계에 존재하는 슈퍼맨 같았다. 망토를 두르고 하늘을 날지는 못하지만 진실을 무기로 삼아 돈과 권력을 쥔 악당들을 혼내주는 슈퍼맨. 대중은 언론인 권선재를 신뢰했고, 선재가 정치인들과 재벌들의 비리를 폭로할 때마다 '권선재를 국회로'라는 댓글을 달았다. 장난처럼 시작된 댓글 릴레이였지만 사람들의 댓글은 길고 긴 기차처럼 끊이지를 않았다. 댓글의 행렬은 시대의 부름 같았다. 선재는 마침내 기차에 탑승하기로 결심했고, 대중의 인기를 등에 업은 선재에게 약점은 없어 보였다. 하지만 크립토나이트(영화 속 슈퍼맨의 약점)는 스크린 밖에도 존재했다. 류병두가 청와대로 가는 길을 막았던 사건이 선재가 국회로 향하는 길까지 막아버린 것이다. 류병두의 불법 리베이트를 제보했던 비서가 양심선언을 하며 자살한 것이다. 비서는 선재가 증거를 조작했다고 주장했다. 류병두가 억울한 누명을 쓰고 자살했다는 말이었다. 선재가 마지막 뉴스에서 선거 출마를 선언하려고 했던 날, 다른 방송사의 저녁 뉴스에서 이 뉴스가 동시에 터졌다. 선재는 함정에 빠진 것이라며 결백을 주장했지만 비서가 남긴 자료는 선재가 아닌 류병두의 결백을 보여주었다. 선재는 한순간에 언론계의 슈퍼맨에서 가짜 뉴스로 사람을 죽인 렉스 루터(영화 〈슈퍼맨〉의 빌런, 언론 재벌)가 되어버렸다. 선재는 국회로 가기는커녕 내쫓기듯 보도국을 떠났다.

수아도 그 사건을 알 것이다. 선재는 수아가 자신을 어떻게 생각할지 두려웠다. 수아가 시간의 흐름을 따라 스크랩해놓은 선재의 자료들이 화면 속에서 넘어갔다. 곧 그 사건을 다룬 기사들이 나타날 터였다. 선재는 자리에서 일어나 도망치고 싶었다.

"여기 좀 보세요."

성원이 말했다.

갑자기 화면이 바뀌었다. 수아의 사진이 떠올랐다.

"작년부터 이 친구하고 부쩍 자주 어울렸네요."

"응, 누군데?"

성원이 사진을 확대하자 수아 옆에 있는 여자아이의 얼굴이 보였다. 수아와 또래로 보이는 아이의 이름은 홍자영이었다. 홍자영은 수아와 중학교 동창으로 한동안 연락이 끊어졌다가 다시 만나게 된 것처럼 보였다.

"이 친구가 먼저 메시지를 보냈거든요. 우연히 만난 것처럼요. 그리고……."

화면에 두 사람이 주고받은 쪽지가 떴다. 분위기로 보아 성원이 말한 대로 두 사람은 중학교 졸업 이후 왕래가 없었던 것 같았다. 홍자영은 몇 차례 쪽지를 주고받다가 수아에게 질문을 던졌다.

'아직도 교회 다녀?'

'지금도 진짜 하나님이 있다고 믿어?'

수아는 엄마의 영향으로 어린 시절부터 교회를 다녔다. 대화의 내용으로 미루어 봤을 때, 아마도 수아가 중학교 시절에 홍자영을 전도하려고 했던 것 같았다. 홍자영은 당시에 수아의 전도를 받아들이지 않았지만 그동안 힘든 일들을 겪으면서 신의 존재에 관심을 가지게 됐고, 수아에게 교회를 다니고 싶다고 했다. 수아는 홍자영을 자신이 출석하던 교회로 불러들였다.

"중학교 시절에 같이 찍은 사진 같은 건 거의 없어요. 근데 같이 교회를 다니게 되면서부터는 많이 붙어 다닌 것 같아요."

"걔 계정은 해킹할 수 없어?"

"조카 계정이야 사람 찾는다고 뒤지는 거지만 친구 거를 하면 범죄죠."

선재가 째려보자 성원이 급히 말을 이었다.

"별것도 없어요. SNS 같은 거 잘 안 하는 타입인가봐요. 게시물도 다 스크랩해놓은 것뿐이잖아요."

선재가 스크롤을 내려봤지만 성원의 말대로 정보 글이나 유머

글 등 스크랩해놓은 것이 전부였다. 모아놓은 자료들에 일관성이 있는 것도 아니고, 의미가 없어 보였다. 게시물도 많지 않아서 금방 첫 게시물까지 내려갔다. 재작년 겨울에 올린 것이었다.

"이때 처음 시작한 거야?"

선재가 물었다.

"네, 그런 것 같네요."

"수아한테 말을 걸기 직전이네. 마지막 게시물은 언제 올라온 거지?"

"잠깐만요."

성원이 다시 최근의 게시물로 돌아갔다. 작년 초겨울이었다. 수아가 사라지기 직전이었다. 우연일 수도 있었다. 선재는 우연을 좋아하지 않았다. 우연은 기삿거리가 될 수 없으니까. 확인해보는 법은 간단했다. 선재는 누나에게 문자를 보내고, 중국 음식 두 그릇을 시켰다. 배달은 신속했지만 아이를 잃어버린 엄마의 마음은 질주하는 오토바이보다 빨랐다. 선재가 자장면을 비비기도 전에 누나에게서 전화가 왔다.

"없어졌어!"

누나가 흥분한 목소리로 다짜고짜 말했다.

"무슨 소리야?"

"그 애, 수아가 사라지기 2주 전쯤에 교회에서 멀리 이사를 간다고, 이제부터는 못 올 거라고 했대. 근데 전화를 안 받아. 지금은 없는 번호래. 이거 수아랑 상관있는 거니? 그런 거지?"

누나는 정신 나간 사람처럼 말을 쏟아냈다. 아마도 목사에게 연락처를 받은 후에 전화를 해본 것 같았다.

"일단 좀 진정해요. 내가 더 알아볼 테니까."

선재는 차분하게 누나를 타일렀다. 하지만 선재도 홍자영과 수아 사이에 뭔가 있을 거란 생각이 들었다. 한때 특종을 좇는 독종이라고 불렸던 선재의 후각이 수아의 실종은 사건이라고 말하고 있었다.

5
음묘수 말고

"너 진짜 이게 대기자가 다룰 기삿거리라고 생각하냐?"

'대' 선배가 말했다. 하늘 같은 선배라서가 아니라 이름이 '대영철'이었다. 대영철은 선재의 대학 선배로 무색무취한 인물이었다. 고향에서야 명문대에 입학한 천재 취급을 받았지만 똑똑한 동문들 사이에서는 전혀 돋보이지 않는 사람이었다. 대영철은 선재보다 먼저 방송국에 입사해 기자의 길에 들어섰다. 선후배는 물론이고 취재원들도 대영철을 '대'기자라고 불렀지만 그 호칭은 놀림에 가까웠다. 그런데도 대영철은 인상 한 번 쓴 적이 없었다. 대영철은 동기뿐 아니라 후배들까지 자신을 앞서가는 모습을 보며 만년 대기자로 지내다가 갑자기 사표를 던지고 독립 언론사를 차렸다. 말이 좋아 독립 언론사이지 대영철을 제외하면 아마추어인 카메라 담당 기자와 경리 직원뿐이었다. 선재가 네 번째 멤버로 합류한 것은 작년 가을의 일이었다.

"처음부터 특종이 어디 있어요. 뭐든지 작은 낌새를 좇는 것부터 시작하는 거지. 죽기 전에 진짜 대기자다운 뉴스 한번 터뜨리고 싶다면서요? 그래서 나온 거라며? 그래서 나 데리고 온 거 아니에요? 그럼 그냥 내 말 들어요."

선재가 말했다.

"그래도 아무것도 없이 갑자기 신원 조회를 해달라고 하면……."

"조카가 없어졌다고 하라니까. 내가 무슨 거물 뒷조사를 해달래? 그냥 대학생 주소 좀 알아봐 달라는데."

기자들은 저마다의 취재원이 있었다. 어떤 취재원을 잡고 있냐에 따라 얻어내는 정보의 질이 달라졌다. 방송국에 기자로 입사한 선재는 햇병아리 시절부터 특종을 터뜨렸다. 내부 사정에 정통한 취재원이 없이는 불가능한 일이었다. 지금은 다 지나간 이야기일 뿐이다. 인생의 봄날이 언제까지나 이어질 것 같았던 시절, 벚꽃놀이를 보러 온 사람들처럼 선재의 곁에는 수많은 사람이 있었다. 하지만 봄날은 갔고, 바닥에 떨어진 벚꽃을 귀하게 여기는 사람은 없었다. 지금의 선재에겐 세상천지에 연락할 사람 하나 없었다. 대영철은 선재처럼 대단한 기자는 아니었지만 엄연히 메이저 언론사 출신이었다. 간단한 신원 조회 정도야 해낼 수 있었다. 하지만 대영철은 고지식한 사람이었다. 대영철도 취재를 하다 보면 때론 불법의 영역을 넘나들어야 한다는 사실을 알고 있었다. 다만 그 기준이 다른 기자들에 비해 엄격했다. 그래서 갖고 있던 또 하나의 별명이

'쫄보'였다. 대기자라는 별명과 달리 쫄보는 대영철의 뒤에서만 부르는 말이었다. 대영철은 '쫄보'답게 고민을 거듭했지만 알고 보니 애초에 고민할 이유가 전혀 없는 문제였다. 대영철이 알아봐준 주소가 홍자영이 교회에 등록할 때 남긴 주소와 똑같았기 때문이다.

'이사를 갔다고 했는데.'

선재는 직접 그 주소로 찾아가 보았다. 홍자영이 남긴 주소지는 서울의 변두리 동네 주택가였다. 오르막길을 따라 낡은 단독주택들이 다닥다닥 붙어 있었다. 선재는 주변을 두리번거리며 걷다가 '천녀'라고 적힌 등이 걸린 집 앞에 섰다. 선재는 칠이 군데군데 벗겨진 녹색 철제문을 열고 들어갔다. 문을 열면 바로 보이는 통로에 반지하 두 가구가 살고 있었다. 선재가 안쪽 문 앞에 섰다. 달리 벨 같은 것은 없어서 선재는 문을 두드렸다. 몇 번을 더 두드려보았지만 안에선 반응이 없었다. 대신 옆집의 문이 열렸다. 할머니가 나오더니 선재에게 말을 걸었다.

"어떻게 오셨어? 집 보러 오셨나?"

"네? 이 집, 이사 갔나요?"

"아, 집 보러 오신 게 아니네."

할머니가 선재를 아래위로 훑어보더니 이어서 말했다.

"그럼 돈 받으러 오셨나?"

"네?"

"죽었어요. 그 집 아줌마."

할머니가 다시 집 안으로 들어가려는데 선재가 급히 문을 잡아

세웠다.

"잠시만요. 죽어요? 언제요?"

"한 일주일 지났는데. 어쩔 거야. 저승까지 쫓아갈 수도 없고. 그냥 편히 보내줘요."

"딸이 있는 걸로 아는데요. 홍자영이라고."

"지독한 사람일세. 딸내미까지 찾아가야겠어?"

"아, 저 돈 받으러 온 거 아니에요."

"아니긴. 딱 봐도 척이구만. 알아도 안 가르쳐줄 거지만 몰라요. 딸내미는 집 나간 지 오래니까."

"집을 나가요? 가출이라도 했다는 말이에요?"

"3년 좀 넘었지. 중학교 졸업하자마자 나갔을걸. 그러다가 작년에 잠깐 돌아오더니 다시 한참 안 보이데. 엄마가 죽는 줄도 모르고, 어딜 가서 뭐 하고 있는지······."

할머니가 혀를 찼다.

"어떤 아이였나요? 엄마랑 사이가 안 좋았나요? 아, 아버지는?"

선재가 질문을 쏟아냈다.

"하나씩 물어. 정신없어."

할머니가 쏘아붙이더니 주변에 사람이 있는지 눈치를 힐끔 본 후에 조용히 속삭였다.

"잘은 모르지만 어떤 양아치 같은 놈을 따라 나갔다가 어디 팔려버린 것 같아. 근데 진짜 빚쟁이가 보낸 거 아니야?"

할머니가 다시 선재를 유심히 살펴봤다. 제멋대로 자란 장발에 선글라스, 제법 큰 키에 잔뜩 불은 몸이 깡패처럼 보이기도 했다. 선재는 할머니의 눈길이 부담스러웠지만 자신이 '권선재'란 사실을 알아차리는 것보다야 깡패로 보이는 편이 더 나았다. 선재는 할머니의 말을 무시하고, 다시 질문을 던졌다.

"그 따라갔다는 남자는 보신 적이 있으세요?"

"아니, 뭘 꼭 봐야 아나. 딱 보면 척이지."

맥이 탁 풀리는 대답이었다. 선재는 선글라스로도 실망한 기색을 숨기지 못했다.

'이 할머니는 그냥 생각나는 대로 막 떠벌리고 있을 뿐이다.'

"네, 딱 보면 척이네요."

선재가 인사를 하고 돌아섰다. 한낮인데도 간이로 만든 지붕 덕분에 반지하 앞 통로에는 볕 하나 들지 않았다. 중학교를 졸업하고 가족과 연을 끊듯이 가출을 한 아이가 갑자기 작년에 돌아왔다가 다시 사라졌다. 할머니의 기억이 정확하진 않겠지만 수아 앞에 나타났다가 사라진 시기와 비슷했다. 분명 수아와 홍자영은 서로 연결되어 있는 것 같았다. 하지만 그게 끝이었다. 선재는 무엇을 해야 할지 감도 잡히지 않았다. 할머니의 말이 들려오기 전에는.

"아침햇살이라고 했나."

"네?"

선재가 돌아섰다.

"그 본 적은 없는데 작년에 잠깐 들어왔을 때 통화하는 건 들었거든. 근데 이름을 이상하게 부르더라고. 여기가 방음이 잘 안 돼.

분명히 남자랑 통화하는 것 같은데 아침햇살님, 아침햇살님 하더라고. 맞아, 아침햇살. 틀림없어."

할머니는 결국 생각해낸 것이 즐거운 듯 활짝 웃었다. 선재는 팅겨 나가듯 문을 박차고 나가 내리막길을 뛰어 내려갔다.

"대선배! 하나만 더 알아봐. 근 3년 전부터 지금까지 스스로 집을 나가서 실종된 여자 사건들을 살펴보고, 그중에 아침햇살이라는 놈하고 연관이 된 케이스가 있나 봐봐."

선재가 휴대폰을 잡고 소리쳤다.

"아니, 음료수 말고!"

6
30년 전의 예언

"자, 주문하신 음료 나왔습니다."

대영철이 너스레를 떨며 커피를 테이블에 내려놓았다.

선재가 불편한 얼굴로 잔을 들었다.

"잘 지내셨어요?"

선재 맞은편에 앉아 있던 강수미가 말했다.

"어, 그래……, 근데 선배는 왜 바쁜 애를 불러?"

선재가 수미에게 말하다 말고 대영철에게 타박을 했다.

강수미는 대영철과 선재의 보도국 후배였다. 강수미는 선재가 한창 잘나가던 시절에도 주눅 들지 않고 반대 의견을 말할 줄 알았던 친구였다. 선재는 그런 모습을 오히려 좋아했고, 강수미를 꽤나 아꼈다. 언젠가 크게 될 거라고 생각했던 강수미는 선재의 예상대로 지금은 굿뉴스라는 탐사보도팀의 팀장을 맡고 있었다.

"제가 꺼달라고 했어요. 걱정하지 마세요. 저희는 백업만 할 거고, 보도하게 되면 '대'형을 직접 마이크 앞에 세울 테니까요."

강수미는 대영철을 대형이라 불렀다. 강수미뿐 아니라 대영철을 따르는 몇몇 후배들은 대기자나 대선배보다는 대형이란 호칭을 즐겨 썼다.

"스피커도 필요하고, 사이즈를 키우려면 우리만으론 안 되잖아. 수미만큼 믿을 만한 사람이 어디 있냐?"

대영철이 강수미의 말을 이어 받았다.

선재가 인상을 쓰며 커피를 마셨다. 마음에 들지 않았지만 대영철의 말이 맞았다. 굿뉴스 팀이 움직여준다면 정보를 수집하는 것도 용이할 터였다.

"그래, 뭐, 나온 게 있어?"

선재가 말했다.

"지난 3년간 스스로 집을 나간 여자의 실종사건 중 아침햇살로 불리는 인물과 접점이 있는 케이스는 네 건입니다."

강수미가 말했다.

선재는 쥐고 있던 컵에 힘을 주었다. 선재는 낚시를 해본 적이 없지만 물고기가 미끼를 물었을 때 오는 감각이 이런 것일 거라고 생각했다. 당장 쏟아내고 싶은 말이 잔뜩 있었지만 선재는 강수미의 다음 말을 기다렸다.

"홍자영과 선배 조카까지 합쳐서 총 다섯 건의 실종사건에는 아침햇살 말고도 하나의 공통점이 더 있습니다. 전원이 다 교회에 출석하고 있었다는 겁니다."

"교회?"

"네, 아침햇살은 새예언이라는 종교 집단에 소속된 간부로 추정됩니다."

"새예언……, 난 잘 모르겠는데."

"새로운 예수의 언약이란 뜻입니다. 기독교 이단으로 판정받은 곳이지요. 아직도 모르시겠나요?"

"응?"

"선배가 현장에 계실 때 제가 밀었던 아이템이었어요. 선배가 컷하셨죠."

"그랬나? 그래, 그걸 지금까지 파고 있었던 거야?"

선재가 멋쩍게 웃으며 말했다.

"파고 있었다기보다는 관심만 갖고 있었죠."

"그래서 함께하자고 했던 거구나. 잘됐네. 그럼 그 새예언에 대해서 잘 알겠네?"

"그렇지도 않아요. 정말 관심만 갖고 있던 거라서요. 대신 길잡이가 되어줄 곳은 알고 있습니다. 저에게 처음으로 새예언에 대해 제보도 해주셨어요."

강수미가 명함을 한 장 건넸다. 개인 명함이 아닌 단체의 명함이었다. 단체명은 '에메트'였다. 멋스럽게 디자인된 한글과 함께 알 수 없는 문자가 병기되어 있었다.

"히브리어로 진리란 뜻이랍니다. 기독교 이단을 포함해서 여러 사이비 종교의 실체를 폭로하는 단체예요. 가보시면 도움을 드릴 겁니다."

선재는 포커판에서 새로운 카드를 받아 든 것처럼 명함을 손으로 팅겨보았다. 지금까지는 놀라울 정도로 순조로웠다. 홍자영부터 시작해서 필요한 카드가 척척 들어오고 있었다. 곧 스트레이트가 완성되고, 수아를 찾게 될 것 같았다. 하지만 꺼림칙한 기분을 떨칠 수 없었다. 호구를 낚기 위해 설계된 판 같은 느낌이었다. 하지만 손에 들어온 카드를 버릴 수는 없었다. 지금은 레이스를 해야 할 때였다.

에메트는 카센터가 있던 2층짜리 건물을 사무실로 썼다. 1층 카센터 자리는 그대로 두고 차고처럼 사용했다. 승합차인 하얀색 그레이스와 지금은 단종된 검정색 아슬란이 게이트에 한 대씩 들어가 있었다. 그레이스는 구급차로도 사용되었던 모델이어서 건물의 모양새가 작은 소방서나 병원 같은 느낌을 주기도 했다. 선재는 건물 외벽에 설치된 계단을 따라 2층 사무실로 올라갔다. 선재는 사무실 문을 열었다가 바로 닫았다. 그리고 계단을 구르듯이 아래로 내려갔다. 문을 열자마자 믿지 못할 수준의 악취가 쏟아져 나왔기 때문이다. 40년을 넘게 살면서 단 한 번도 맡아본 적이 없는, 끔찍한 냄새였다. 역겨운 것을 넘어 뇌 속으로 들어온 냄새가 머릿속을 엉망진창으로 만들어버리는 것 같았다. 선재는 바닥에 쓰러져 어젯밤에 마신 술을 게워냈다. 눈앞에 쏟아낸 자신의 토사물에서 악취가 흘러나왔다. 위에도 아래도 피할 곳이 없었다. 선재는 눈물까지 흘리며 속에 있는 모든 것을 내놓을 기세로 토했다. 한 남자가 뒤에서 선재의 등을 두드려주고, 깨끗한 손수건으로 선재의 입을 닦아주었다. 남자는 선재를 부축해 차고 안에 있는 작은 사무실로 데려가 소파에 앉혔다. 선재는 남자가 건넨 물을 한 모금 머금고 나서야 친절을 베푼 사람의 얼굴을 보았다. 선재는 그의 얼굴을 보고 구멍이 뚫린 호스처럼 사방에 물을 뿜었다. 하지만 그는 당황하지 않고, 휴지를 뜯어 선재에게 건넸다.

"괜찮냐?"

그가 말했다.

누구나 그렇듯 선재에게도 잊지 못할 인생의 순간들이 있었다. 그런 순간들은 살면서 몇 번이고 되새겨보게 된다. 국회로 가는 길이 밝히 보였던 그 밤, 선재는 절친했던 친구의 얼굴과 그가 남겼던 작별의 말을 떠올렸었다. 선재는 다시금 그 말을 또렷하게 떠올렸다.

'너는 똑똑하고, 욕심이 많은 사람이다. 변화를 일으키고, 세상을 바꿀 사람이야. 하지만 네 능력은 너만을 위해 주어진 것이 아니야. 네가 만약 오만한 자의 자리에 앉는다면 너는 섰다고 생각한 순간에 넘어지게 될 거야. 너는 길을 잃고, 헤매게 될 거다. 그러다 가장 더럽고, 냄새나는 곳에 떨어질 거야. 하지만 그곳에서라도 오늘 이 말을 떠올리고, 나를 찾는다면, 너는 다시 길을 찾게 될 거야. 그리고 나는 그 길의 끝에서 항상 너를 기다릴 거야. 그러니까 절대 포기하면 안 돼.'

선재는 30년 만에 다시 만난 친구의 얼굴을 보았다.

"오랜만이다. 선재야."
하동명이 말했다.

7
초대 교주

동명은 선교사인 아버지를 따라 일본에서 살다가 고등학교 때 혼자 한국으로 돌아왔다. 어릴 때야 어쩔 수 없이 아버지와 함께했지만 대학 진학은 한국에서 하고, 졸업 후에는 스스로 있을 곳을 정하라는 의미였다. 선교사라고 하면 오지부터 떠올랐던 선재는 일본에 한국 선교사가 가 있다는 것이 신기했다. 하지만 선교사들은 아프리카보다 일본 선교를 더 어려워했다.

'일본엔 신이 엄청나게 많거든. 이 세상 모든 것에 다 신이 깃들어 있다고 생각해. 게다가 손에 꼽힐 정도로 부유한 나라잖아. 아프리카 같은 곳에선 우물도 파고, 학교도 세우면서 현지인과 만나 선교활동을 할 수 있지만 일본은 물질적으로 부족한 것이 없지. 게다가 일본 선교사라고 하면 다들 너처럼 반응해. 아니 일본에 웬 선교사냐는 거지. 고생은 하는데 성과는 없고, 인정도 받지 못하고, 좋

아할 수가 없잖아.'

선재는 단박에 동명에게 호감을 느꼈다. 대화가 되는 상대라고 생각한 것이다. 선재와 동명은 얼마 가지 않아 절친한 사이가 되었다. 다른 친구들이 도색잡지를 돌려 볼 때에 선재는 동명과 한국의 정치, 사회, 문화를 논했다. 동명은 오랜만에 돌아온 고국에 관심을 갖고 배우려 들었다. 동명은 선재가 가져다준 다양한 신문들을 빠짐없이 읽었다.

"신문이 사실을 말한다는 것은 확실히 사실이 아니야. 같은 사실을 다양한 관점으로 바라보는 태도는 중요하지. 하지만 사실이 먼저 있고, 관점이 뒤따라야지. 관점이 앞서고, 그 관점에 사실을 끼워 맞춘다면 그건 더 이상 사실이라 할 수 없어. 언뜻 비슷해 보이지만 둘은 전혀 달라."

"그러니까 우리가 해야 할 일은 모든 관점에서 공통적으로 보이는 사실을 가려낸 후에 스스로의 관점으로 그 사실을 다시 바라보고 판단하는 것이지."

두 사람은 코트 위의 조던과 피펜처럼 합이 잘 맞았다. 신문부에 들어간 선재와 동명은 2학년이 되자 각각 편집장과 부편집장을 맡았다. 직책은 달랐지만 두 사람의 마음은 하나였다. 함께하는 동안, 두 사람의 의견이 일치하지 않았던 적은 두 번밖에 없었다.

"너는 신이 있다고 믿냐?"

동명의 질문에 선재는 고개를 저었다. 선재에게 신이란 단어는 자연스레 하나님을 떠올리게 만들었다. 선재의 집안에 낯선 신을 끌고 들어온 사람은 누나였다. 선재는 누나가 데리고 온 신을 집에 찾아온 손님처럼 대했다. 하지만 누나는 신앙이란 그 대상을 주인으로 삼는 것이라 말했다. 선재는 그 누구도 자신의 주인이 되게 할 생각이 없었다.

"너는? 신학대 갈 거야?"

선재의 물음에 동명은 쉽게 답을 하지 못했다. 동명의 아버지는 내심 동명이 자신의 뒤를 이어주길 바랐지만 강요는 하지 않았다.

"신이 있는 건 확실해. 근데 믿을 만한 존재인지는 모르겠다."

"있기는 개뿔. 그냥 나랑 같이 대학이나 가자."

그때만 해도 선재는 동명과 평생의 친구가 될 줄로만 알았다. 하지만 두 사람의 의견이 한 번 더 갈라졌을 때, 둘은 더는 친구로 남지 못하게 됐다.

"결국은 신학대로 간 거냐?"

선재가 다시 만난 친구에게 질문을 던졌다.

"바로 신학대로 간 건 아니야. 우선 세상을 좀 경험해보고 싶더라고. 교회 밖의 세상에서 하나님을 만나보고 싶었달까……, 어쩌면 그냥 놀고 싶었던 것 같기도 해. 선교사의 아들로 살아간다는 게 꽤 피곤한 일이거든."

동명이 물을 한 잔 마시고 말을 이었다.

"행사 대행하는 이벤트 업체에서도 일해보고, 거기서 알게 된 형이랑 당구장도 같이 해보고, 근데 너 당구 좀 치냐? 그러고 보면 너랑은 만날 쓸데없는 이야기만 하고, 논 기억이 별로 없다."

"너 분위기가 많이 바뀌었다?"

"그동안 별일을 많이 겪어서 그래. 나 다단계도 했다가 빚을 천만 원이나 졌었다니까. 너 나랑 고딩 때 손절한 거 정말 잘한 거다. 계속 알고 지냈으면 너한테도 옥장판 하나 팔았지."

동명이 재밌는 추억이라도 늘어놓는 것처럼 이야기했다.

"네가 다단계를 했다고? 하동명이가?"

선재는 누구보다 똑똑했던 친구가 다단계에 빠졌었다는 말이 믿기지가 않았다. 하지만 반문을 하는 선재의 입술엔 미소가 지어졌다. 한때는 수재였던 친구 녀석도 결국 시시껄렁한 인생을 살고 있었던 것이다. 선재는 자신만 실패자가 아니란 사실이 기뻤다.

"결혼은 했냐?"

선재가 말했다.

"했었지."

"이혼?"

동명이 쓸쓸한 미소를 지으며 고개를 끄덕이자 선재는 뭐가 그리 좋은지 박수를 치며 낄낄거렸다.

"새끼야, 다단계 같은 걸 하니까 여자가 이혼을 하자고 하지."

"야, 다단계는 흑역사에 끼지도 못해. 훨씬 더 어마어마한 게 있는데."

동명이 사람 좋게 웃었다. 갑자기 선재의 얼굴이 굳어버렸다. 동명이 자기 이야기를 했다고 생각한 것이다.

"너도 내가 증거를 조작했다고 생각해?"

"야, 네 이야기 아니야."

"아니긴! 누굴 등신으로 아나?"

선재가 자리에서 벌떡 일어났다. 동명이 선재의 팔을 잡았지만 선재는 동명의 손을 뿌리치고 밖으로 나갔다. 동명이 따라 나와 선재의 등 뒤에서 소리쳤다.

"내가 새예언 만들었어."

동명의 말은 곧 폭발할 것 같던 선재의 심장을 한순간에 식혀버렸다. 선재는 자신이 방금 무슨 말을 들었는지도 이해하기가 힘들었다.

"나라고. 새예언 만든 사람이."

동명이 다시 한 번 또박또박 말했다.

8
하나님의 음성

동명이 선재를 데리고 2층 사무실로 올라갔다.

"어우, 이건 또 무슨 냄새예요?"

동명이 얼굴을 잔뜩 찌푸리며 말했다.

"뭐긴요. 새예언에서 왔다 갔지요. 오늘은 오줌을 뿌리고 갔어요. 얼마나 묵혀놨는지 냄새가 아주……, 페브리즈를 두 통이나 썼는데도 머리가 아픕니다."

황주필이 말했다. 황주필은 에메트의 최연장자이자 유일한 1종 대형 면허 소지자였다. 한때는 새예언에서 신도들을 태우는 버스를 운전했지만 지금은 에메트에서 동명과 함께 일했다.

"아저씨도 참, 두 통이나 쓰니 두통이 오죠."

동명이 웃으며 말했다.

"지금 그딴 소리가 나와요?"

서마리아가 컴퓨터 앞에 앉아 동명을 쩨려보았다. 서마리아는 에메트에서 상담 업무를 맡았다. 각종 사이비, 이단 단체를 고발하는 제보 전화는 물론이고 각종 사이비, 이단 단체에서 걸려오는 항의 전화를 받는 것도 서마리아의 몫이었다. 대부분은 새예언에서 오는 것으로 가끔은 오늘처럼 사무실에 쳐들어와서 오줌을 뿌리거나 창문에 돌을 던지기도 했다.

"오늘 온 사람들은 뭐 하는 사람들이래요?"

동명이 눈치를 보며 황주필에게 물었다.

"초등학교 선생님들이랍니다."

"초등학교 교사가 오줌을 뿌려요?"

선재가 뭘 잘못 들었나 싶은 얼굴로 말했다.

"미친놈들은 어디에나 있어요. 그런 인간들이 교사랍시고 아이들한테 가르칠 거를 생각해보면……, 아이 그건 됐고, 목사님, 홈페이지 관리할 사람 언제 구하실 거예요?"

서마리아가 동명에게 말했다.

얼마 전에 홈페이지와 각종 SNS를 관리하던 직원이 퇴사한 탓에 서마리아가 그 업무까지 떠맡고 있었다.

"주님이 딱 맞는 사람으로 보내주실 겁니다. 조금만 기다려주세요."

동명이 실실 웃으며 말했다. 서마리아가 동명을 쩨려보다 컴퓨터 화면으로 시선을 옮겼다.

선재는 통성명 없이 가볍게 목례만 하고 동명을 따라 사무실 안

쪽으로 들어갔다.

"앉아."

동명의 말에 선재가 주변을 둘러보며 낡은 소파에 주저앉았다.

"초등학교 교사가 왜 오줌을 뿌려?"

선재가 여전히 이해가 안 간다는 얼굴로 말했다.

"너 요즘 완전 대세인 걸그룹 팬카페 회원 수가 몇 명인지 아냐? 17만 명이야. 근데 새예언 성도 수는 그것보다 더 많아요. 그 정도쯤 되면 의사도 있고, 변호사, 경찰도 있을 거다. 모르긴 몰라도 국회의원도 한 명쯤 있을걸. 초등학교 교사야 얼마든지 있을 수 있지."

동명이 미리 내려놓은 커피를 잔에 따르며 계속 말했다.

"더 신기한 거 가르쳐줘? 너 우리나라에 자칭 재림 예수가 몇 명이나 있는지 아냐?"

"퀴즈냐? 맞히면 상품 줘?"

선재가 커피를 받으며 말했다.

"무려 마흔 명이 넘는다. 예수뿐이냐. 어젠 자기가 환생한 다윗이라는 사람이 사무실에 전화를 했다니까. 알고 보면 우리나라도 신들의 나라예요."

동명은 선재의 퉁명스러운 말투에 개의치 않고 싱글싱글 웃었다. 선재는 그 모습이 마음에 들지 않았다.

"그래서 넌 뭔데?"

"응?"

"새예언! 새로운 예수의 언약인지 뭔지 네가 만들었다며?"

선재가 쏘아붙인 말이 효과가 있었는지 동명의 미소가 옅어졌다. 동명은 호흡을 가다듬듯 커피를 한 모금 마시고 입을 열었다.

"난 예수보다는 모세에 가까웠지."

"한강이라도 갈랐냐?"

"하나님의 음성을 전해줬어."

"뭐?"

"모세는 하나님과 직접 만난 사람이야. 하나님과 대화를 나눈 사람이지. 그리고 백성들에게 하나님의 말씀을 전해줬어. 나도 비슷한 일을 했어."

선재가 잠시 생각하더니 동명을 노려보며 말했다.

"그러니까 점쟁이 노릇을 했단 말이야?"

"점과는 달라. 성경은 점을 치는 행위를 금하고 있어. 성경에서 말하는 예언이란 '내다볼 예豫'가 아니라, '맡길 예預' 자를 쓰는 예언預言이야. 미래를 점치는 것이 아니라 하나님이 맡기신 말씀을 전해주는 거지."

"건달이나 깡패나! 그게 다르다고 주장하는 놈들이랑 뭐가 다르냐? 결국은 사기인 거잖아!"

"왜 사기라고만 생각하냐?"

"뭐?"

"기억 안 나?"

동명이 갑자기 웃음기를 빼고 말했다.

선재는 돌연 숨이 막히는 것 같았다. 동명이 학교를 떠나며 자신에게 남겼던 예언 같은 말. 선재는 그 말을 잊지 못했다. 선재는 무슨 말이냐는 듯 팔짱을 꼈지만 테이블 밑으로 뻗은 다리를 떨었다. 동명은 선재를 살피더니 미소를 지으며 말했다.

"일본이 선교하기 힘든 나라라고 했던 거 기억하지?"

"그게 왜……?"

"우리 아버지는 그 선교하기 힘들다는 나라에서 교회를 하나도 아니고 세 개나 세웠어. 그게 어떻게 가능했을 것 같아?"

"너 때문이라고? 네가 하나님의 음성을 들을 줄 알아서?"

"육성처럼 들리는 건 아니야. 하나님의 음성이라고 하면 에코가 잔뜩 깔린 동굴 목소리 같은 걸 상상하지만 실제론 마음의 소리에 가깝지. 그리고 사실 마음의 음성은 누구나 들을 수 있어. 아마 너도 살면서 들어본 적이 있을 거야. 인식을 못 했을 뿐이지."

"나한테도 사기 치려고 그러냐?"

"하나님의 음성이란 말에 거부감이 들면 양심의 목소리라고 생각해봐. '이래선 안 돼', '이건 옳지 않은 일이야', 들어본 적 있지? 반대로 이런 목소리도 들어봤을 거야. '이 정도는 괜찮아', '요즘은 다 이래. 시대가 바뀌었잖아'."

"그건 악마의 목소리고?"

"하나님의 음성을 꾸준히 무시하고, 악마의 음성에 귀를 기울이면 우리 마음은 점점 죄에 무뎌지게 돼. 나중엔 죄가 죄인지 인식조차 못 하게 되고, 오히려 악한 일을 옳다고까지 주장하게 되지."

"결국 사람들 말 들어보고, 네가 꼴리는 대로 대답해줬다는 거 아니야."

"나는 환상을 봐."

동명이 선재의 눈을 똑바로 바라보며 말했다.

9
신의 아이

동명이 처음 환상을 본 것은 열두 살 때였다. 아버지와 함께 일본에 간 지 3년, 동명의 아버지는 성실한 농부처럼 복음의 씨앗을 뿌렸지만 열매는 좀처럼 보이지 않았다. 아버지는 월세를 내는 것도 어려워지자 교회 장소를 포기하고, 몇 없는 신도들의 집을 돌아다니며 가정예배를 드렸다. 세이초 아저씨의 집에서 예배를 드렸을 때, 동명이 기도할 차례가 되었다. 동명은 아버지를 따라다니며 기도하는 법을 익혔다. 특히 예배 전후로 하는 기도는 어느 정도 형식이 있었기 때문에 적당히 맞춰서 하면 그만이었다. 하지만 그날, 동명은 그때까지 해본 적도, 들어본 적도 없는 기도를 하게 됐다.

'아저씨, 형아가 없어진 건 아저씨 잘못이 아니래요. 자꾸 자기를 벌주려고 하지 말래요.'

동명의 아버지와 세이초 아저씨가 눈을 뜨고, 동명을 바라봤다.

"세이초 아저씨는 여행을 갔다가 어린 아들을 잃어버렸어. 그것 때문에 평생 자책 속에 살아갔지. 아들이 어디서 어떻게 지내는지 알 수도 없는데 자신은 따뜻한 밥을 먹을 자격도 없는 인간이라고 여겼어. 한겨울에도 맨바닥에서 이불을 덮지 않고 잤지. 자신에게 벌을 주며 살아간 거야. 그날, 주님이 그 모습을 나에게 환상으로 보여주셨어."

동명이 선재에게 말했다.

세이초는 동명의 기도를 듣고, 말을 잃었다. 누구에게도 보인 적이 없는 자신의 비참한 모습을 동명이 옆에서 지켜본 것처럼 이야기했기 때문이었다. 그리고 이어진 동명의 말에 세이초는 울음을 터뜨리고 말았다.

'형아는 살아 있어요. 아저씨는 형아를 다시 만나게 될 거예요. 그러니까 아저씨, 이제 밥도 잘 챙겨 먹고, 따뜻하게 자요.'

세이초는 동명의 기도를 하나님의 음성으로 여겨 커다란 위로를 받았지만 정작 아버지는 동명을 나무랐다. 하지만 동명은 보고 들은 것을 전했을 뿐이라고 말했다. 동명의 말은 사실이었다. 얼마 지나지 않아 세이초의 아들이 장성한 모습으로 방송에 나와 아버지를 찾은 것이다.

"나보고 그걸 믿으라고?"

선재가 말했다.

"세이초 아저씨는 지금도 같은 동네에 살아. 아들은 결혼을 했고, 세이초 아저씨가 하던 돈가스 가게를 이어서 하고 있어. 맛이 괜찮아. 일본에 갈 일이 있으면 가봐."

"그게 진짜라면 잘됐네. 수아는 지금 어디 있냐? 말해봐."

"말했잖아. 이건 점을 치는 게 아니라고. 나는 주님에게 아무것도 묻지 않아. 그저 기도를 할 때 주님이 나에게 보여주시는 것을 말할 뿐이야. 그건 네가 듣고 싶어 하는 말과 전혀 다른 것일 수 있어. 조카와는 상관없는 너에 대한 이야기만 하실 수도 있지. 아무도 모르는 너의 지난 일들에 대한 이야기 같은 것들 말이야. 그래도 괜찮겠냐?"

선재는 고개를 숙여 동명의 시선을 피해버렸다. 동명의 눈이 자신을 꿰뚫어 볼 것만 같아 두려웠다.

"오해하지 마. 하나님은 너를 망신 주는 분이 아니야. 때론 책망을 하실 때도 있고, 묻어두고 싶은 이야기를 꺼내기도 하시지만 그것도 다 너를 사랑하시기 때문이야."

동명이 웃으며 말을 이었다.

"그게 아니라도 지금은 해줄 수 없어. 주님이 능력을 다시 가져가셨거든."

선재가 멍하니 동명을 보다가 갑자기 크게 웃었다.

"능력을 가져가셔? 아, 원래는 있었는데 이젠 가져가셔서 해줄 수가 없다? 그것 참 편리한 변명이네. 근데 왜 치사하게 줬다가 다시 빼앗아 가셨다냐?"

선재가 기세등등하게 말했다.

"내가 신이 되어버렸으니까."

동명이 쓸쓸하게 웃었다.

세이초 부자의 이야기를 듣고, 많은 사람들이 교회에 찾아왔다. 동명의 아버지는 부랴부랴 다시 예배 장소를 구했지만, 얼마 되지 않아 더 넓은 곳을 구해야 했다.

"교회에 사람이 넘쳐나게 됐지만 그 사람들은 하나님이 아니라 나를 보러 온 거였어. 사람들은 '신의 아이'라며 나를 떠받들었어."

동명에게 기도를 받고 싶어 하는 사람은 갈수록 늘어났다. 유명한 식당마냥 순번을 받아 대기를 해야 했고, 자기들끼리 순번을 사고파는 사람들까지 생겨났다. 동명의 아버지는 뭔가 잘못되어간다는 것을 깨달았다. 하지만 갑자기 동명에게 기도를 그만하라고 할 수도 없었다. 아버지는 좀처럼 결론을 내리지 못하고 시간만 보냈다.

"결국 주님이 먼저 움직이셨어. 기도를 해도 아무것도 보이질 않게 된 거야. 몰려든 사람들은 금방 다 떠났어. 애초에 주님이 아니라 내 능력을 보고 온 사람들이니 남아 있을 이유가 없었지. 교회는 순식간에 다시 쪼그라들었고 아버지는 그제야 다 자기 잘못이라며 나를 한국으로 돌려보내셨어. 그래서 널 만나게 된 거야."

동명은 잠시 추억에 잠기는 것 같더니 고개를 들어 선재를 보았다.

"고맙다. 선재야."

"뭐야? 갑자기."

"이제 와 이야기지만 널 만나서 내가 한국에 잘 적응할 수 있었어."

"고마워서 저주하고 갔냐?"

"내가 한 말을 기억하고 있구나. 나도 놀랐어. 그렇게 갑자기 능력이 돌아올 줄은 몰랐으니까."

"능력이 돌아왔다고? 그럼 그게 하나님의 음성이었단 말이야?"

"그럼, 그건 저주가 아니야. 네가 잘못된 길로 가는 것을 막으려는 하나님의 음성이었어."

"줬다 빼앗았다 아주 지 맘대로네. 지랄하지 말고 '새예언' 이야기나 해라."

선재가 짜증스러운 얼굴로 말했지만 동명은 미소를 잃지 않았다.

"능력이 돌아왔지만 아무에게도 말하지 않았어. 다시 교회로 돌아가지도 않았지. 네가 말한 대로 하나님이 제멋대로인 것처럼 느껴졌거든. 생각해봐. 어린 나이에 다 나를 떠받들던 경험을 하다가 한순간에 찬밥 신세가 됐으니 기분이 어땠겠어? 내가 뭘 잘못했냐는 말이야. 아버지는 나를 위해서라고 했지만 내 입장에선 한국에 돌아온 것도 쫓겨난 기분이었어. 다시 능력이 돌아왔다고 좋아할 마음은 들지 않았지. 오히려 날 갖고 노는 건가 싶었어."

동명은 반드시 성공하겠다고 다짐했다. 신이 준 잘난 능력 따위 사용하지 않고도 사람들이 자신에게 몰려들게 만들겠다고 결심했다. 하지만 인생은 생각대로 풀리질 않았다.

"다단계라는 게 참 묘하단 말이야. 분명 설명을 들어보면 돈을 벌 수밖에 없거든. 딱히 리스크도 커 보이질 않아. 근데 막상 정신 차려보면 빚만 잔뜩 쌓여 있단 말이지."

사람들이 모여들기는커녕 그동안 쌓아두었던 인간관계가 다 무너졌다. 동명은 술에 취해 달려오는 지하철에 몸을 던져볼까 생각했다. 그 자리에 먼저 그런 생각을 한 사람이 있지 않았다면 그리했을지도 몰랐다. 동명이 구해낸 여자는 왜 죽으려고 했는지 말해주지 않았다. 그저 하염없이 울 뿐이었다. 동명은 여자의 몸을 잠시 구했는지 몰라도 여자의 마음을 구하지 못하면 결국 여자는 죽고 말 거란 사실을 알았다.

"상처가 많은 사람이었어. 누구에게도 말 못 할 상처였지. 하지만 주님은 알고 계셨어."

동명은 여자에게 기도를 해주었다. 여자는 처음엔 동명을 이상한 사람으로 여겼지만 곧 세이초 아저씨처럼 동명이 해준 기도를 믿을 수밖에 없었다.

"지금 생각해보면 처음부터 잘못된 거였어. 그날 내가 전했던 위로와 사랑의 메시지는 하나님의 음성이지 내 말이 아니었어. 아내는 크게 감동했지만 하나님이 아니라 나를 바라봤어. 그리고 나도 그걸 막지 않았지."

기도는 평생을 함께 살아가자는 서약으로 이어졌다. 하지만 사람이 맺은 서약이 깨지는 데는 오랜 시간이 걸리지 않았다.

"장인어른은 개척 교회 목사였어. 지하실에 세를 얻어 열 명 남짓 되는 신도들이 모여 예배를 했어. 매달 월세를 내는 것도 쉽지 않았지. 나한테는 익숙한 환경이었지. 결혼을 하고 얼마 지나지 않아서 장인어른이 신도들을 위해 기도를 해주면 안 되겠냐고 했어."

동명은 아내에게 자신이 가진 능력을 아무에게도 말하지 말라고 했었다. 하지만 아내는 힘들어하는 아버지를 보다 못해 약속을 깨고 말았다. 일본에서의 기억이 선명했던 동명은 단번에 거절을 했지만 아내는 끈질기게 졸랐다.

'능력은 쓰라고 주신 것이 아니냐. 결국 그 능력을 사용했기에 나와도 만난 것이고, 앞으로 잘 사용하면 많은 사람들에게 하나님이 주시는 위로와 소망을 전할 수 있지 않겠냐. 하나님이 주신 능력을 사용하지 않는 것은 직무 유기다.'

아내의 말도 일리는 있었다. 장인어른도 같은 상황이 반복되지 않도록 조심하겠다고 했고, 무엇보다 동명은 더 이상 어린아이가 아니었다. 동명은 자신이 상황을 컨트롤할 수 있을 거라고 믿었다. 얼마간은 그랬다.

열 명이 겨우 넘는 신도들은 동명의 기도를 듣고 하나같이 눈물을 흘렸다. 작은 교회 안에 신이 부어준 사랑과 감동이 흘러 넘쳤다. 교회 이름을 '예수의 언약 위에 세워진 교회'라고 바꾸었다. 신도들이 조금씩 늘어났다. 그럴수록 동명의 불안감도 조금씩 커졌다. 그리고 결국 똑같은 일이 벌어지고 말았다.

"사업을 하는 사람이었어. 입으로는 하나님의 뜻을 알고 싶다고, 사업이 잘 풀리면 교회에 건물을 봉헌하고 싶다고 했지만 결국은 점을 치고, 복을 빌러 온 사람이었어. 나는 그런 기도는 해줄 수 없다고 했지. 그랬더니 나한테 돈이 부족하냐고 묻는 거야."

장인이 동명 몰래 특별 기도를 받는 명목으로 거액의 헌금을 받은 것이었다. 동명은 화를 냈지만 장인은 딱 한 번만 넘어가달라고 사정했다. 오랫동안 힘들게 목회를 하면서 쌓인 것은 빚뿐이었다. 이제 막 사람들이 오고는 있었지만 갑자기 재정 상황이 좋아질 수는 없었다. 아내가 장인의 편에 가세하면서 동명은 결국 또 지고 말았다. 이런 기도는 딱 한 번이라고, 이번이 정말 마지막이라고 못을 박았다. 하지만 동명에겐 마지막 예언조차 허락되지 않았다.

"갑자기 아무것도 보이지 않았어. 당연한 일이지. 내가 왜 그런 생각을 했는지 몰라."

동명은 어처구니가 없다는 듯 웃었다.

"그래서 어떻게 했나?"

"거짓말을 했어."

동명은 담담히 자신의 죄를 자백하는 사람처럼 말했다.

장인과 아내에게 아무것도 보이지 않는다고 말할 수는 없었다. 동명은 이 문제로 싸우는 것이 진절머리가 났다. 마지막이라고 약속을 했으니 딱 한 번만 넘어가면 된다고 생각했다. 동명은 성경에 있는 축복의 구절을 적당히 바꾸어서 말해주었다.

"어차피 성경은 다 우리에게 주시는 말씀이니 상관없다고 생각했지. 하지만 그건 스스로를 속이는 거였어. 네 말이 맞아. 난 사기꾼이었어."

놀랍게도 그 사업가는 그 후로 승승장구했다. 마지막 타협이라고 생각했지만 동명의 소문은 널리 퍼졌고, 더 많은 사람들이 동명의 기도를 받기 위해 몰려들었다. 동명은 능력이 없어진 것을 숨기고, 계속 기도를 했다.

'능력이 없어진 나는 가치가 없다.'

버림받았던 기억은 동명을 단단히 묶어버렸다. 동명은 불성실한 목사가 남들이 해놓은 설교 본문을 짜깁기해 설교를 하듯이 성경 구절을 멋대로 가져다 듣기 좋은 소리를 해댔다. 하지만 사람들은 이전보다 동명을 더 좋아했다. 감동을 받았다며 우는 사람도 한둘이 아니었다. 동명은 그런 사람들을 보며 두려움을 느꼈다.

'왜 거짓말을 듣고 감동하는 것인가. 내 앞에서 하나님을 찬양하는 저들이 진짜로 믿고 있는 것은 대체 무엇인가.'

동명은 아프다는 핑계로 교회에 나가지 않는 날이 많아졌다. 동명은 생각을 정리한 후에 마침내 결단을 내렸다. 교회를 떠나기로 한 것이다. 교회는 이미 재정적인 어려움에서 벗어나 부교역자까지 채용한 상태였다. 이번만큼은 아내도 자신의 편에 서줄 거라고 믿었다.

"사람은 믿음의 대상이 아니란 걸 그때 확실히 알았지."

동명은 얼마 남지 않은 커피를 마저 마셨다.

아내는 동명을 이해하기는커녕 오히려 공격했다. 아내뿐 아니라 교회의 많은 신도들은 어느새 동명을 이상한 사람으로 취급하고 있었다.

"교회에 좋지 않은 소문들이 돌았어. 내가 거액의 사례비를 받고 큰 교회로 자리를 옮기려고 한다거나 외부인과 결탁해 장인을 쫓아내려 한다는 거였지. 학교를 떠났을 때처럼 말도 안 되는 소문들이 퍼진 거야. 결국 그때처럼 혼자 나갈 수밖에 없었지."

"뭐 좋은 이야기라고 자꾸 해. 잊어버려, 그런 건."

선재는 커피를 소주처럼 마시고는 종이컵을 찌그러트렸다.

"그래도 내가 나가면 상황이 나아질 걸로 생각했어. 사람들도 이성을 찾을 거라고 생각했지. 하지만 교회는 '새로운 예수의 언약', 줄여서 '새예언'으로 이름을 바꾸고 막 나가기 시작했어. 아예 예수의 이름을 걸고 점을 쳐주는 곳이 되어버린 거야."

"어떻게 그럴 수가 있지? 네가 없는데?"

선재가 미간을 찌푸리며 말했다.

"새로운 예언자가 나타났어."

동명이 말했다.

10
내부자

새예언 본당 건물은 강남에 있었다. 원래는 멀쩡했던 장로교회의 예배당이었다. 담임 목사는 교계에서 존경받던 어른으로 평생 동안 잡음 없이 목회를 꾸려갔다. 신학을 한 아들이 있었지만 세습도 하지 않았고, 깔끔하게 후임 목사를 세운 후에 은퇴했다. 하지만 후임 목사는 교회 건물을 크게 짓고, 사람들을 끌어모으는 데에만 관심이 있었다. 후임 목사는 정치권과 결탁해 각종 집회에 신도를 동원했고, 은밀하게 비자금까지 조성했다. 재정 관리를 담당했던 장로의 폭로로 교회는 양측으로 분열되어 갈라서고 말았다. 어느 쪽도 건축 과정에서 진 빚을 감당하기는 어려웠고, 교회는 부도 위기에 몰렸다. 그 타이밍에 나타난 새예언은 막대한 자금력으로 교회 건물을 인수했다. 새예언이 세상에 처음 이름을 드러낸 순간이었다. 새예언은 그 후로도 지속적으로 부동산을 매입했다. 성남에 대규모 수양관을 세웠고, 지방의 부실 대학들을 인수해 자연스레 새예언의 교리를 가르쳤다. 새예언이 이토록 급속하게 성장한 배경에는 마재형이란 인물이 있었다.

'이벤트 회사에서 만났던 형이야. 잠시 당구장을 같이 하다가 다단계까지 함께 들어갔지. 나중엔 내가 전도를 해서 교회도 다니게 되었는데 이렇게 풀릴 줄은 전혀 몰랐어. 기본적으로 머리가 좋은 양반이야. 새예언의 모든 행사는 마재형이 총괄한다고 보면 돼. 새예언에 다단계 시스템을 도입한 것도 마재형의 아이디어였어.'

선재는 동명이 휴대폰으로 보내준 마재형의 사진을 보다가 고개를 들었다. 과천의 한 패스트푸드점 창 너머로 6층짜리 회색 건물이 보였다. 강남 예배당이 새예언의 본부라면 선재의 눈앞에 있는 과천 건물은 새예언의 성지 같은 곳이었다.

"이것도 먹어요."

옆에 앉은 손호랑이 자기 몫의 감자튀김을 내밀며 말했다.

"건강에 안 좋아서 안 먹는 거면 나한테도 먹지 말라고 해야 되는 거 아니냐?"

"먹지 말라면 안 먹을 거예요? 어차피 자기 마음대로 할 거면서."

손호랑이 감자튀김을 집어 들더니 말을 이었다.

"하동명이 그랬어요. 하나님이 감자를 만들면, 악마는 감자로 튀김을 만든다고요. 온갖 사람들이 하나님의 음성이 듣고 싶다면서 새예언에 찾아가지만 사실 그 사람들은 하나님의 음성 같은 거 원하지 않는다는 거예요. 이것처럼 짭짤하게 자기 입맛에 맞는 이야기를 들고 싶어서 간다는 거죠."

손호랑이 들고 있던 감자튀김을 다시 던져놓았다.

"너 서른도 안 됐지? 근데 하동명이 뭐냐? 동명이가 네 친구냐?"

"친구 아니니까 이러죠. 앞으로도 하동명하고 친하게 지낼 생각 없는데."

"근데 왜 동명이 밑에서 일하는데?"

"누가 누구 밑에서 일해요? 그냥 같은 목표가 있으니까 함께하는 거지. 근데 아저씨는 하동명하고 무슨 사이예요? 말은 친구라면서 별로 친한 분위기는 아닌데."

동명이 선재에게 손호랑과 함께 움직이라고 했을 때, 선재는 극구 사양했다. 딱히 손호랑이 싫어서가 아니라 누구와도 함께하고 싶지 않았다. 선재는 누구를 만나도 상대가 속으론 자신을 욕하고 있을 거란 생각이 들었다. 하지만 손호랑은 선재를 신경 쓰지 않는 눈치였다. 덕분에 마음은 편해졌지만 묘하게 기분이 나빴다.

"너 정말 나 모르냐?"

"알아야 돼요?"

"야, 뉴스 같은 것도 좀 보고 그래. 세상 돌아가는 걸 좀 알아야지."

"뉴스를 세상 돌아가는 거 알려고 봐요?"

"그럼?"

"새예언이랑 다를 게 있나?"

"뭐?"

"세상 돌아가는 게 궁금해서가 아니라 자기 입맛에 맞는 뉴스를 보고 싶어서 보는 거죠. 그렇지 않으면 주문한 메뉴랑 다른 음식이 나온 것처럼 화를 내잖아요. 그러니 뉴스는 사실을 알려주기보단 사람들이 보고 싶어 하는 세상을 보여주고요. 그게 돈이 되니까. 항상 진짜 사실만 보여주는 뉴스가 있다면 망하고 말걸요? 근데 그럼 새예언이랑 다를 게 없잖아."

"……."

선재는 호랑의 말에 입을 다물었다. 뭐라도 말을 하고 싶은데 무슨 말을 해야 할지를 몰랐다.

"저기 영감탱이 나오네. 일어나요."

호랑이 창밖을 가리키며 몸을 일으켰다.

백발에 하얀 정장을 입은 남자가 새예언 건물에서 나왔다. 백발 남자는 대기하고 있던 검은색 아우디에 올라탔다. 백발 남자는 동명의 장인이자 새예언의 담임 목사였던 이기만이었다. 선재는 감자튀김을 남겨두고 호랑을 따라나섰다. 호랑은 바이크 뒤에 선재를 태우고 이기만이 탄 차를 쫓았다. 생전 처음 바이크를 탄 선재는 호랑의 허리를 감싸고 눈을 질끈 감았다. 무서운 놀이기구라도 타는 것처럼 눈을 감았다가 떠보니 어느새 성남의 한 시설 앞으로 이동해 있었다. 한 번도 본 적은 없었지만 새예언의 수양관이 분명했다. 이기만이 탄 차는 수양관 안으로 사라졌고, 호랑은 입구가 보이는 지점에서 멈췄다.

"어우, 엉덩이 아파. 근데 저 인간은 여기 왜 온 거야?"

선재가 바이크에서 내리며 말했다.

"오늘 '정화의 날'을 통과할 예비 신도들을 격려하러 오셨지요."

"뭐?"

선재가 놀라며 수양관 쪽을 돌아봤다.

"그럼 지금 저 안에 수아가 있단 말이야?"

선재가 다시 호랑을 보며 말했다.

새예언의 신자가 되기 위해선 두 달간의 교육을 거쳐야 했다. 교육을 다 마치면 정화의 날이라는 수료 행사를 가졌다.

"어디 가요?"

호랑이 수양관 쪽을 향해 걷는 선재를 붙잡았다.

"어딜 가긴? 조카 데리러 가지."

"가서 어쩌게? 문 딱 열고 들어가서 '어디 있냐? 나와라!' 이러게요?"

"그럼 안 되냐?"

"이 아저씨, 아직 상황 파악이 안 됐네. 여긴 그냥 평범한 교회가 아니에요. 아저씨 꼴리는 대로 했다간 쇠고랑 차요. 자식이 자기 구출하겠다고 하는 부모를 납치 혐의로 고소하는 케이스가 한둘인 줄 알아요?"

"무슨 말이야? 수아가 날 고소할 거라고?"

호랑이 한숨을 푹 쉬더니 다시 입을 열었다.

"아저씨, 군대는 갔다 왔죠? 여긴요, 신병훈련소예요. 새예언의 군사가 될 사람들을 양성하는 곳이라고요. 근데 여긴 징병제가 아니야. 무슨 말인지 알아요? 아저씨 조카는 여기 자기 발로 들어왔어요. 보통이라면 이미 세뇌가 된 상태라고요. 정화의 날까지 지나면 아마 당분간은 정신 못 차리게 될 거고요."

"그럼 전화해서 나를 찾은 건 뭐야? 나보고 와달라고 한 거나 마찬가지 아니야?"

"정화의 날을 통과하면 주일예배 시간에 단상에 나가서 수료증을 받아요. 그게 공식적인 수료 행사예요. 그때는 가족들도 와서 축하해줄 수 있어요. 축하해줄 가족이 있다면요."

호랑이 바지를 툭툭 털더니 선재를 남겨두고 앞서 걸었다.

"아저씨보고 와달라고 하는 건 그때예요. 어차피 이제 곧 만나게 된다고요. 그러니까 지금 들어가서 깽판 칠 필요 없어요."

"어디 가는 거야?"

"일하러요."

호랑이 수양관 쪽으로 걸었다.

"우린 못 들어간다며?"

선재가 소리쳤다.

"우리가 아니라 아저씨가 못 들어가지. 나는 이미 정화의 날을 마친 사람이거든."

"뭐라고?"

동명은 호랑을 소개하면서 에메트의 비밀요원이라고 했다. 선재는 영화라도 찍냐며 핀잔을 줬지만 그제야 동명의 말을 이해했다.

'이 녀석, 내부 고발자구나.'

선재가 멀어지는 호랑에게 말했다.

"난 뭘 하면 돼?"

"마음대로 해요. 기도라도 하든가."

호랑은 뒤도 보지 않고 걸어가 수양관 안으로 사라졌다.

선재는 홀로 남겨져 멍하니 수양관 입구를 보았다. 호랑이 들어가고 얼마 되지 않아 한 남자가 수양관 밖으로 나왔다. 남자는 군복 바지에 전투화를 신고 있었다. 위에는 얇은 패딩 조끼를 입고, 모자를 눌러썼다. 복장을 보아하니 수양관 관리인 중 하나 같았다. 수양관 관리인이라면 내부 사정을 잘 알 것 같았다. 구워삶을 수만 있다면 쓸 만한 정보를 캐낼지도 몰랐다. 여기까지 와서 멀뚱히 기다리고 있을 생각은 없었다. 선재는 남자를 따라나섰다. 일단 거리를 두고 쫓다가 수양관에서 멀어지면 말을 걸어볼 생각이었다. 하지만 선재가 타이밍을 잡기도 전에 남자가 갑자기 멈춰 뒤를 돌아봤다. 선재는 저도 모르게 몸을 숨겼다. 남자는 잠시 주변을 살피더니 다시 걷기 시작했다. 남자는 누가 봐도 경계심을 잔뜩 품고 있었다. 선재는 말 걸기를 포기하고 남자의 뒤를 조심스레 쫓았다. 남자는 구불구불 이어진 골목을 빠른 속도로 걸어갔다. 10분 정도 지나서 남자는 한 단독주택 안으로 들어갔다. 선재는 지나가는 행인인 양 그 옆을 스쳐 갔다. 남자는 반지하에 세를 들어 사는 것 같았다. 창문이라기보다는 숨 쉴 구멍처럼 생긴 작은 창이 하나 있었다. 창은 조금 열려 있었다. 선재가 조심스럽게 창 옆에 쭈그려 앉았다. 액자 속 사진이 보였다. 남자아이의 유치원 졸업 사진이었다. 안을 더 살피고 싶었지만 그러려면 창을 더 열어야 했다. 안에서 인기척이 느껴지지는 않았다. 선재가 과감하게 창문에 손을 대보려는데 뒤편에서 대문이 열리는 소리가 들렸다. 누군가 집 밖으로 나왔다. 선재는 뒤를 돌아보지도 못하고, 그대로 멈춰 신발 끈을 묶는 척했다. 뒤에서 발소리가 가까워졌다. 심장이 튀어나올 것 같았다. 발소리가 멈추고, 뭔가를 땅에 내려놓는 소리가 들렸다.

"뭐 하세요?"

선재는 여자의 목소리를 듣고 그제야 고개를 돌렸다. 바로 뒤에 여자가 내놓은 음식 쓰레기통이 보였다. 여자는 군복 남자와 같은 집에 사는 주민 같았다.

"아, 아닙니다. 신발 끈이 풀려서……."

선재가 어색하게 웃으며 말했다. 선재는 다시 앞으로 고개를 돌리다가 열려 있는 창틈에 시선을 멈췄다. 군복 남자가 창문 안쪽에서 선재를 뚫어져라 보고 있었다. 선재는 시선을 피하고 아무 일도 없다는 듯 일어나 걸었다. 골목을 빠져나가는 동안 천천히 걸으려 했지만 선재의 다리는 제멋대로 속도를 냈다. 경보 선수마냥 골목을 벗어난 선재는 앞으로 쭉 벋은 길을 미친 듯이 달렸다.

선재가 어둠 속을 달리는 동안에 호랑은 수양관 원장실 앞에 섰다. 호랑이 문을 두드리자 '들어와요'라는 소리가 들렸다. 호랑이 문을 열고 들어가자 컴퓨터 화면을 보던 남자가 고개를 들었다. 호랑은 선재를 대할 때와는 전혀 다른 태도로 정중하게 고개를 숙여 인사를 했다.

"다녀왔습니다."
"수고했어. 데리고 왔어?"
"네, 밖에 있습니다."
마재형이 빙긋이 웃었다.

11
스파이 양성소

오전에 내린 눈이 창밖의 나무와 공터에 쌓였다. 3월에 내린 눈치고는 양이 많았다. 환기를 시킨 후, 수아가 숙소의 창문을 닫았다. 곧 '정화의 날' 행사가 시작될 터였다.

'두 달이 너무 빠르게 지나갔다.'

수아는 군대에 간 남자 선배들의 이야기가 떠올랐다. 호랑의 표현대로 수양관은 신병훈련소와 비슷한 분위기였다. 입소한 예비신도들은 수련생이란 호칭으로 불렸다. 입소와 동시에 휴대폰은 압수 및 해지되었고, 단체로 맞춘 체육복을 입고 다녀야 했다. 신발과 수건은 물론이고 비누와 화장품도 수양관이 제공하는 제품만 써야 했다. 숙소는 군대 내무반과 흡사한 배치였고, 남녀는 구분되지 않고 함께 생활했다. 새예언의 기치 아래에서 성별의 차이는 없으며 모두가 같다는 의미였다. 심지어 화장실까지 같이 사용을 했지만 자유 시간이 전혀 주어지지 않았고, 화장실에 다녀오는 것까지 모든 움직임을 통제받았기 때문에 큰 문제는 없었다. 수련생들은 대부분의 시간에 새예언의 교리를 배웠고, 한 주에 한 번 있는 체육 시간엔 강사를 초빙해 특정한 부위의 살을 빼준다는 운동법을 배웠다. 식사는 새예언에서 사업체로 운영하고 있는 유기농 도시락 업체에서 담당했다. 도시락은 한 끼에 2만 원에 가까운 액수였고, 외부 음식 반입은 허용되지 않았다. 두 달간의 교육에 참여하기 위한 총비용은 299만 원이었다. 굳이 비싼 돈을 들여서 스스로 자유를 구속당한 이유는 다양했다. 수아 옆자리의 재숙은 일자리 때문에 이 교육 과정에 참여하게 됐다. 새예언은 유기농 도시락 업체 외에도 화장품과 건강식품, 의료기 등을 판매하는 사업도 하고 있었다. 재숙은 새예언의 화장품 회사에 계약직으로 입사했는데 정규직이 되기 위해선 새예언의 공식 신도가 되는 과정을 거쳐야만 했다.

"아, 이 짜증나는 곳도 오늘로 안녕이다."

재숙이 자리에 드러누우며 말했다.

재숙은 안정된 직장을 원했을 뿐, 새예언에 대해서 아무런 관심도 없었다. 우근이 반대편 침상에서 재숙을 노려봤다. 우근은 전도를 받아 새예언에 왔다. 전도를 받았다고 하면 종교가 없던 사람이었을 것 같지만 새예언의 전도를 받아서 온 사람은 대부분 교회를 다니던 사람이다. 우근은 심지어 목사의 아들이었다. 우근은 새예언에 들어오기 위해 어릴 때부터 다니던 교회에서 나왔을 뿐 아니라 목사인 아버지와도 연을 끊었다. 두 달 동안 눈 뜨고 자는 법을 익혔다는 재숙과는 마음가짐이 달랐다.

"쟤, 꼬나보는 거 봐. 무서버라."

재숙이 수아에게 말했다.

"듣겠어요."

수아가 웃으며 말했다.

"쟤 같은 애들이 나중에 스파이 짓 하는 거 아니야. 무슨 간첩도 아니고 웬일이야."

재숙이 인상을 쓰면서 수아에게 속삭였다.

신병훈련소를 퇴소하면 각각 특기에 맞춰 자대배치를 받듯이 수련생들은 수양관의 프로그램을 수료한 후에 다양한 임무를 부여받았다. 재숙 같은 경우는 일하던 곳으로 돌아가 하던 일을 하면 되겠지만 특별한 임무가 주어지는 사람도 있었다. 이들은 우수한 성적으로 수료를 했을 뿐 아니라 호감을 주는 외모와 언변을 가진 사람들이었다. 거기에 새예언을 향한 충성심까지 더해진 사람들은 적진 한가운데 떨어져 작전을 펼치는 특수부대처럼 운영이 되었다. 간단히 말하면 새예언 소속이 아닌 교회에 침투해 사람들을 빼오는 전도 특공대였다.

"정말 너도 전도받아서 온 거야? 솔직히 말해봐. 너 여기 왜 왔어?"

재숙이 물었다.

"그냥 친구 따라 왔다니까요."

"거짓말. 네가 저런 광신자들이랑 똑같다고? 이상한 거 빤히 알면서도 돈 좀 벌겠다고 온 나도 한심한 인간이지만 너는 다르잖아."

"제가 뭐라고요. 정말 친구 때문에 온 거예요."

"정말이라면 네 친구 정말 대단하네. 어떻게 널 꼬셨대?"

새예언의 전도 특공대는 방법을 가리지 않았다. 새예언에게 기성 교회는 부패한 기득권 세력이자 무너져야 할 악의 축이었고, 그런 교회에 속한 신도들은 구해내야 할 어린 양이었다. 새예언은 목적이 옳다면 어떠한 수단도 허용된다고 가르쳤고, 실제로 새예언이 파견한 전도 특공대는 요인 암살이나 쿠데타 선동 등 군사작전을 펼치는 것처럼 움직였다. 교회에 잠입한 새예언의 신도들은 신분을 위장하고 활발히 활동을 하며 교회 안에서 자신의 자리를 만들어갔다. 그리고 물밑에서 포섭을 할 만한 타깃을 고른 후에 시간을 들여 관계를 맺어갔다. 주요한 타깃은 교회 내에서 영향력이 있거나 불만이 많은 사람들이었다. 목회자나 장로들의 약점을 알아내 폭로하거나 필요하다면 루머를 퍼뜨려서라도 요직에 서 있는 사람들을 무너뜨렸다. 또한 내부에 분열을 일으켜 교회 사람들이 서로를 미워하고, 양쪽으로 갈라져 싸우게 만들었다. 선전, 선동에 탁월한 역량이 있는 특공대원들은 아예 교회를 통째로 장악해 새예언의 지부 교회로 바꿔놓기도 했다. 이들은 새예언에서 영웅으로 대접받았다.

"세 시까지 강당으로 집합하시랍니다."

전령이 복도를 다니며 소리쳤다.

수아가 시계를 봤다. 오후 두 시 사십오 분이었다. '정화의 날' 행사가 곧 시작될 터였다. 숙소에서 대기하고 있던 사람들이 하나둘씩 일어나 강당으로 향했다. 수아도 재숙과 함께 움직였다.

"뭘 하려나……."

재숙이 한숨을 쉬며 말했다.

재숙은 헛짓거리를 빨리 끝내고 쉬고 싶을 따름이었다. 재숙에게 정확한 답을 가르쳐줄 수련생은 없었다. 그저 교육이 끝났으니 퇴소 전에 하는 수료 행사일 거라고 생각할 뿐이었다. 수아와 재숙이 강당에 들어섰다. 강당 안에는 이미 많은 수련생이 와 있었고, 나머지 인원도 곧 다 들어왔다. 강당은 의자를 치워놓은 상태였다. 수련생들은 옹기종기 모여 대화를 나누고 있었다. 세 시가 되어가자 뒤에서 검은 옷을 입은 사람들이 우르르 들어왔다. 수련생 교육을 맡고 있는 조교들이었다.

"정렬하세요."

조교들이 소리치자 수련생들이 익숙한 움직임으로 일정한 간격을 두고 섰다. 세 시 정각이 되자 강당의 문이 닫혔다. 밖에서 체인으로 문을 잠그는 소리가 들렸다. 그 소리가 수아의 신경을 긁었다. 퇴소는 수련생 본인의 의사에 따라 언제든 할 수 있었다. 실제로 교육 중에 자리를 박차고 나간 사람도 있었다. 이제 모든 교육을 다 마치고 수료 행사를 하는데 왜 갑자기 문을 잠그는지 알 수가 없었다. 의문을 품은 사람은 수아만이 아니었다. 수련생들 사이에 불안감이 퍼져 나갔다. 조교들이 검은 커튼을 치자 강당은 순식간에 컴컴해졌다. 수련생들이 웅성거리는 가운데 단상 위에 스포트라이트가 비쳤다. 한 남자가 빛 가운데 섰다. 그는 수양관의 모든 프로그램과 정화의 날을 만든 장본인이었다. 수련생들은 그를 '아침햇살'이라고 불렀다.

"수련생 여러분, 그동안 수고하셨습니다. 여러분이 잘 따라와준 덕분에 드디어 정화의 날을 맞이하게 됐습니다. 여러분은 오늘 새롭게 태어나게 될 것입니다. 빛나는 세계로 나아가게 될 겁니다. 그러기 전에 마지막으로 이 어둠 속에서 모든 것을 토해내야 합니다. 자신을 숨기지 마십시오. 마음껏 드러내십시오. 어둠 속에서 자유하십시오."

마재형이 말했다.

12
정화의 날

  강당 안은 비명, 욕설, 울음, 분노로 가득했다. 마치 커다란 재난이 벌어진 현장 같았다. 수아는 파랗게 질린 얼굴로 강당 중앙에 서 있었다. 눈앞에 벌어진 광경을 머릿속에서 처리하질 못했다.

  '도대체 왜 이렇게 된 거지?'

  모든 것이 헛짓거리라고 한 재숙조차 수아의 옆에서 악귀 같은 얼굴로 욕을 뱉어 냈다. 재숙 앞에 선 우근도 재숙을 향해 핏대를 올리며 소리를 쳤다. 서로 치고받아도 이상하지 않을 분위기였다. 두 사람만이 아니었다. 강당 안의 모든 수련생이 누군가와 싸우고 있었다. 재숙과 우근처럼 수련생끼리 싸우는 사람도 있었고, 조교를 붙잡고 소리를 치는 사람도 있었다. 혼자서 허공을 향해 주먹을 휘두르는 사람도 있었다. 사람들이 내뿜는 어두운 기운이 강당을 휘감았다. 강당 안에 화가 나게 하는 가스라도 살포한 것 같았지만 바이러스처럼 강당에 퍼진 분노는 수련생들의 마음에서 시작되었다. 조교들은 수련생들에게 일대일로 붙어 증오의 불씨에 입김을 불어 넣었다.

"뭐 하고 있어? 여기 관람하러 왔어?"

수아 곁에 있던 조교가 말했다.

수아가 조교를 돌아봤다. 검은색 반팔 티에 검은색 모자를 눌러 쓴 남자는 운동깨나 한 것 같은 단단한 체격이었다.

"전 없어요."

수아가 말했다.

"욕하고 싶은 게 없어?"

수아가 고개를 끄덕이자 남자가 코웃음을 쳤다.

"세상 편하게 살았네. 그러니까 여길 제 발로 왔지."

남자는 빈정거리지 않으면 말을 못 하는 병이라도 걸린 것 같았다. 하지만 다른 조교들처럼 수아를 다그치진 않았다.

'거짓된 마음으로 하나님의 음성을 들을 수 없다. 자신의 마음에 솔직해야 해. 마음속에 있는 분노를 전부 꺼내.'

마재형은 '정화의 날' 시작을 알리며 다윗의 시편을 인용했다.

다윗은 골리앗과의 싸움으로 명성을 얻었지만 사울 왕의 시기 때문에 오랜 기간 목숨을 위협당하며 광야를 떠돌아야 했다. 나중 엔 선지자의 예언대로 왕이 되었지만 아들에게 배신을 당해 왕좌 에서 쫓겨나기도 했다. 다윗이 남긴 시편에는 당시 고난을 겪었던 다윗의 감정이 적나라하게 드러났다.

……사탄이 그의 오른쪽에 서게 하소서 그가 심판을 받을 때에 죄인이 되어 나오게 하시며 그의 기도가 죄로 변하게 하시며 그의 연수를 짧게 하시며 그의 직분을 타인이 빼앗게 하시며 그의 자녀는 고아가 되고 그의 아내는 과부가 되며 그의 자녀들은 유리하며 구걸하고 그들의 황폐한 집을 떠나 빌어먹게 하소서……

다윗은 비탄에 젖어 자신을 괴롭히는 자들을 무섭게 저주했다. 하나님의 말씀이라는 성경에 이런 내용이 들어가 있었구나 싶었을 정도였다. 마재형은 다윗의 시편을 설명해주며 너희들도 자신의 분노를 마음껏 드러내라고 말했지만 선뜻 나서는 수련생은 없었다.

"전 욕할 사람이 없는데요."

모두가 미쳐 돌아가기 전, 수아보다 앞서 용기를 낸 수련생이 있었다. 마재형은 단상에서 내려가 그에게 다가갔다. 마재형을 따라 스포트라이트도 같이 이동을 했다.

"한 명도?"

마재형이 그의 앞에서 미소를 지으며 말했다.

"네."

"거짓말."

"네?"

"위선자."

"아니, 뭐라고 하셔도……."

"겁쟁이."

"에?"

수련생이 인상을 쓰자마자 마재형이 수련생의 뺨을 날렸다. 수련생은 무슨 일이 벌어졌는지도 모를 정도로 당황한 얼굴로 마재형을 바라봤다.

"화나?"

"이런 씨발, 뭐야 지금!"

"욕 잘하네. 욕할 게 없다며? 고작 뺨 한 대 맞으니까 바로 욕이 나오는데?"

수련생이 항변할 틈도 주지 않고, 마재형은 몸을 돌려 수련생 전체에게 이어서 말했다.

"여러분, 여기 왜 왔어요?"

"……."

"진실을 알려줄까? 여러분은 모두 불행해. 그래서 여길 온 거야. 모든 게 좋은 상황에서 인간은 신을 찾지 않거든. 아니야?"

마재형은 연극무대에 선 배우가 객석을 둘러보듯 수련생들 사이를 돌아다니며 계속 말했다.

"오해는 하지 마. 여러분들이 뭘 잘못했다는 건 아니니까. 오히려 반대지. 여러분들은 아무 잘못이 없어."

마재형은 너희들의 죄를 사하노라고 말하는 구세주처럼 팔을 활짝 벌렸다.

"다시 말해줄까? 여러분은 잘못이 없어. 뭘 잘못했는데? 무슨 잘못을 그렇게 많이 해서 이렇게 됐냐 말이야. 지금 이 시간에 행복하게 살고 있는 연놈들은 뭘 잘해서 그렇게 살고 있나? 아무런 잘못도 안 하고 살아서 축복이라도 받은 건가? 설마 그렇게 생각하는 모지리는 없겠지?"

마재형은 강당 중앙에 서서 사람들이 듣고 싶어 했던 말을 했다.

"외모로 사람을 차별하는 이 사회 때문이야. 학벌로 사람을 차별하는 사회 때문이기도 하고, 돈으로 사람을 차별하는 사회 때문이기도 하지. 부모를 잘못 만나서이기도 하고, 남자를 또는 여자를 잘못 만나서이기도 해. 친구를 잘못 만났고, 선생을 잘못 만났고, 상사를 잘못 만났고, 동료를 잘못 만났지. 그래, 지금 머릿속에 떠오르는 놈들 있잖아. 그 새끼들 잘못이야. 그러니까 욕하라고! 마음껏 소리 지르라고!"

여전히 아무도 입을 열지 않았지만 강당의 분위기가 달라졌다. 태풍이 불기 전의 고요함 같은 불길한 침묵이 강당을 휘감았다. 마재형이 손짓을 하자 양옆에 도열해 있던 조교들이 수련생들에게 일대일로 붙었다.

"조교님들이 여러분을 도우실 겁니다. 믿고 맡기세요. 저는 올라가서 여러분을 위해 기도하겠습니다."

마재형은 단상으로 올라가 무대 뒤편으로 사라졌다. 동시에 불빛도 사라졌다. 어둠에 잠긴 강당에서 조교들이 수련생들에게 속삭이는 소리가 들렸다. 그리고 얼마 안 가 몇몇 수련생이 중얼거리기 시작했다. 수련생들은 전혀 몰랐지만 새예언이 수련생들 사이에 심어놓은 연기자 몇 사람이 화를 폭발시키며 분위기를 잡아갔다. 덩달아 수련생들의 중얼거림이 조금씩 커졌다. 누군가는 아빠를 욕했고, 누군가는 엄마를 욕했다. 누군가는 형과 누나를, 그리고 동생을 욕했다. 학교를 다닐 때 만났던 교사와 친구를 욕했고, 빌어먹을 세상을 욕했다. 한 번도 만나본 적이 없는 연예인이나 운동선수를 욕하는 수련생도 있었다. 그리고 같은 수련생에게 욕을 퍼붓는 사람들도 나타났다. 모두가 누군가에게 분노를 터뜨렸다. 욕을 하면 할수록 더욱더 분노가 불타올랐다. 발바닥이 뜨겁다고 느낄 정도로 분위기가 달아올랐다. 사실은 정말로 발바닥이 뜨거운 것이었다. 아직 서늘한 초봄이긴 했지만 찜질방처럼 느껴질 정도로 난방이 강했다. 사람들은 윗옷을 벗어 던지고 땀을 뻘뻘 흘리며 소리를 질러댔다. 끝내 주저하는 몇몇 수련생들에겐 조교들이 먼저 욕을 하며 따라서라도 하라고 했다. 영어 강사가 교육을 시키는 것 같은 광경이었다. 하지만 수아를 맡은 조교는 수아가 상황을 지켜보도록 내버려두었다. 다른 조교들이 수련생의 분노를 끌어내는 동안에 수아를 맡은 조교는 수아가 이 상황에 어떻게 반응하는지 보려는 것 같았다. 수아는 겁을 집어먹었지만 분위기에 휩쓸리지는 않았다. 수아는 마재형의 말이 궤변이란 것을 알았다. 마재형이 말한 대로 다윗은 신 앞에 나아가 정직하게 자신의 마음을 토해냈다. 그럴싸한 말로 듣기 좋은 소리를 하지 않았다. 하지만 다윗이 쓴 시편의 마지막은 비탄과 저주가 아닌 감사와 찬양으로 끝났다.

⋯⋯내가 입으로 여호와께 크게 감사하며 많은 사람 중에서 찬송하리니 그가 궁핍한 자의 오른쪽에 서서 그의 영혼을 심판하려 하는 자들에게서 구원하실 것임이로다

자신을 둘러싼 상황이 아니라 변함없이 자신을 사랑하는 신을 바라보았을 때 다윗에게 평안이 찾아왔다. 다윗은 분노와 증오에 사로잡히지 않았다. 원수인 사울 왕이 죽었을 때에도 기뻐하기는커녕 그의 죽음을 애도했고, 왕이 되고 난 후에 사울의 남은 자손들을 잘 돌보아주었다. 그런 모습들을 통해 자신에게 왕이 될 자격이 있다는 것을 백성에게 보여주었고, 전쟁으로 갈라졌던 나라는 하나가 되었다.

마재형이 만들었다는 성경 프로그램은 전부 이런 식이었다. 마재형은 성경 구절들을 새예언의 교리에 맞게 편집한 다음, 성경이 이렇게 말하니 옳다라고 주장했다. 새예언의 교리에 맞지 않는 성경 구절들은 절대 언급하지 않았고, 그에 대한 질문을 해도 시대가 달라졌으니 의미가 없다며 무시했다. 전문을 보면 아무 문제도 없는 인터뷰를 교묘하게 편집해 다른 의미로 전달시키는 가짜 뉴스와 다를 바가 없었다. 그리고 수아는 가짜 뉴스가 얼마나 무서운 결과를 초래하는지 알았다.

'사람은 누구나 거짓말을 해.'

할아버지 장례식장에서 삼촌이 말했다. 삼촌은 뉴스에 나오는 유명한 기자였지만 너무 바빠서 실제로 볼 기회는 거의 없었다. 삼

촌은 술병을 들고 혼자 놀고 있는 수아에게 다가와 말을 걸었다. 삼촌이 추도예배를 드리러 온 교회 신도들에게 행패를 부리기 두어 시간 전의 일이었다.

"뭐 하니?"

"신문 봐요."

수아가 얼굴이 슬슬 달아오르는 삼촌에게 말했다. 할아버지는 평생을 신문을 배달하며 사셨다. 할아버지는 엄해 보였지만 수아에겐 더할 나위 없이 다정했고, 수아는 할아버지를 좋아했다.

"숨은 그림 찾기라도 하냐?"

수아가 말없이 삼촌을 올려다봤다. 삼촌이 수아를 끌어다 무릎에 앉히고 신문을 펼쳤다.

"숨은 그림보단 숨은 사실을 찾는 쪽이 더 재밌다."

"네?"

"여긴 분명 사실이 적혀 있지만 진짜 사실이 아니야. 숨겨진 진짜 사실을 보지 못하면 넌 평생 거짓말쟁이들이 말하는 대로 세상을 보고 살게 될 거다."

"기자가 거짓말을 해요?"

수아가 고개를 갸우뚱하며 물었다.

"사람은 누구나 거짓말을 한다."

고작 열 살짜리 조카를 붙잡고, 진짜 사실을 분별할 줄 알아야 한다고 말했던 삼촌은 몇 년 후에 증거를 조작해 사람을 죽인 혐의를 쓰고 뉴스에 등장했다. 수아는 누가 거짓말을 한 것인지, 진짜 사실은 무엇인지 궁금했다.

"왜 권선재를 끌어들인 거야?"

조교가 말했다.

수아는 정신이 번쩍 들었다.

"우리 삼촌을 어떻게 알아요?"

"같이 햄버거 먹은 사이야."

"무슨 말이에요……?"

"친구 때문에 여기 온 거냐? 여기서 빼내려고?"

"……."

"그래서 권선재를 부른 거고? 지금이야 형편없는 쓰레기지만 기자 짬밥이 있으니까 도움이 될 것 같아서?"

수아는 이제 다른 사람이 누구와 싸우든, 무슨 욕을 하든 아무 신경도 쓰이지 않았다. 조교는 수아의 속셈을 꿰뚫어 보고 있었다.

"누구세요?"

"널 팔아넘길 사람은 아니니까 겁먹지 마."

수아는 마른침을 삼켰다. 사람은 누구나 거짓말을 한다던 삼촌의 말이 다시 떠올랐지만 지금은 조교의 말을 믿는 수밖에는 없었다.

강당 뒤편의 문이 활짝 열렸다. 정화의 날이 끝난 것이다. 조교들은 양을 모는 사냥개마냥 수련생들을 바깥으로 내몰았다. 수련생들은 어둡고 갑갑한 강당 안을 벗어나 해방감을 느끼며 밖으로 뛰쳐나갔다.

"너도 미친 척하고 뛰어나가."

조교가 말했다.

수아가 상황을 살피며 고개를 끄덕였다. 수아가 사람들을 따라 출발하려는 순간, 조교가 뒤에서 속삭였다.

"너는 네 의지로 여기 왔다고 생각하겠지. 과연 그럴까? 이 질문에 제대로 된 답을 찾지 못하면 너뿐 아니라 권선재도 무사하지 못해. 정신 똑바로 차려."

수아는 조교의 말이 끝나는 것을 출발 신호로 삼아 바깥으로 달려 나갔다. 강당 밖 공터엔 나무로 만든 관이 있었다. 밖으로 나온 수련생들은 조교의 지시에 따라 붙이고 있던 이름표를 관 속에 집어넣었다. '정화의 날'은 수련생들의 이름이 든 관을 불태우면서 끝났다. 이어서 불타는 관을 둘러싸고 캠프파이어가 진행되었다. 앞에 설치된 무대에 새예언 신도로 알려진 연예인들이 등장해 흥을 돋우었다. 수아가 좋아하던 배우와 아이돌이었지만 수아는 좀처럼 무대에 집중하지 못했다.

'너는 네가 자기 의지로 들어왔다고 생각하겠지.'

조교가 한 말이 수아의 머릿속을 떠나지 않았다. 수아는 홍자영에게 속아서 새예언에 온 것이 아니다. 수아는 새예언이 어떤 집단인지 알았고, 홍자영이 무슨 꿍꿍이로 자기에게 접근했는지도 알았다. 다 알면서도 새예언에 들어왔다. 하지만 조교는 모든 것이 다 새예언의 계획이었다고 말했다. 게다가 삼촌인 선재의 존재까지 파악하고 있었다. 수아는 슬며시 무리에서 빠져나와 조교를 찾아보았지만 조교는 보이지 않았다.

13
무신론자의 신

"자, 이제 우리 새예언의 새로운 식구가 된 형제, 자매를 소개하는 시간을 갖겠습니다. 화면에 이름이 나온 분들은 앞으로 나와주십시오."

사회자가 말했다.

본당 메인 스크린에 이름들이 떠올랐다. 선재는 본당 예배를 생중계하는 화면에서 수아의 이름을 찾았다. 가나다순으로 적힌 이름들 속에서 '예수아'라는 이름이 보였다. 하나둘씩 사람들이 일어나 단상 위로 올라갔다.

"누군지 알겠어?"

옆에 있던 동명이 말했다.

동명과 선재는 그레이스 안에서 노트북으로 새예언의 방송을 지켜보고 있었다. 에메트의 그레이스 안은 영화에서 보던 비밀수사팀의 차량 같았다. 언제든 새예언을 쫓을 수 있도록 내부를 개조한 승합차엔 카메라와 무전기 등이 구비되어 있었다.

새예언의 예배엔 누구나 참석할 수 있었지만 본당 안에서 예배를 드릴 수 있는 사람은 정화의 날을 거친 신도들뿐이었다. 나머지는 본당 주변에 있는 별관이나 지역 교회에 모여 새예언 방송국을 통해 송출되는 화면을 보며 예배에 참여했다.

선재는 수아를 쉽게 알아보았다. 사진으로 최근 모습을 본 적도 있는 데다 방송 카메라가 수아를 클로즈업했기 때문이다. 수아는 최우수 수료생으로 가장 먼저 수료증을 받았다.

"슬슬 이동을 할까요?"

운전석에 앉은 황주필이 말했다.

"그러시죠."

동명이 말하자 황주필이 시동을 걸었다. 선재 일행은 새예언의 본당 근처 지하 주차장에 대기하고 있다가 예배가 마무리되어갈 시간에 밖으로 나와 선재를 내려주었다. 동명이 선재를 배웅했다.

"선재야, 저 안에 들어가면 무슨 일이 생길지 모른다. 절대로 감정에 휘둘리면 안 된다."

"아버지 살아 돌아오신 줄 알았네. 내가 유치원생이냐? 등원시켜주러 왔어?"

선재가 돌아보며 인상을 썼다.

"같이 가주지 못해서 미안하다. 기도하고 있을게."

동명이 미소를 지으며 말했다.

"참 위안이 된다."

선재가 침을 퉤 뱉고는 성큼성큼 걸어 새예언의 본당 쪽으로 향했다. 빚을 받으러 가는 건달 같은 걸음이었지만 실은 허세를 부리고 있을 뿐이었다. 새예언이 문제가 아니었다. 선재는 수아를 만나는 것이 두려웠다. 조카라지만 거의 10년 만에 보는 얼굴이었다. 수아가 자신을 어떻게 생각할지 감도 잡히지 않았다. 가족에게 경멸을 받는 상황은 피하고 싶었다.

선재가 본당 로비에 들어섰다. 외부인이 들어올 수 있는 곳은 로비까지였다. 예배가 끝나자 사람들이 내려왔다. 엘리베이터가 사람들을 꽉꽉 채우고 쉴 새 없이 오르내렸고, 계단도 발 디딜 틈이 없었다. 선재는 계단과 엘리베이터 양쪽을 체크할 수 있는 위치에 서서 수아를 찾았다. 오늘 공식적으로 새예언 신도가 된 사람들은 학교라도 졸업한 것처럼 가운과 모자를 쓰고 있어서 금방 눈에 띄었다. 선재가 수아를 발견하고, 손을 흔들며 다가갔다. 이름을 부르려 했지만 목에 뭐라도 걸린 것처럼 소리가 나가지 않았다. 수아는 선재를 알아보지 못하고 그대로 지나쳤다. 선재는 손을 든 채로 수아를 돌아보며 간신히 입을 열었다.

"수아야."

수아가 선재를 돌아보았다. 수아는 꽤나 놀란 눈치였다.

"삼촌?"

"오랜만이다."

선재가 손으로 머리를 긁적이며 인사를 건넸다. 선재는 빤하고 어색한 인사를 몇 마디 더 나눌 거라고 생각했지만 수아는 선재의 예상을 빗나갔다.

"빈손으로 오셨어요?"

"응?"

그러고 보니 수아는 꽃다발과 선물을 들고 있었다. 새예언 측에서 준 것이었다. 다른 수료생들은 거기에 더해 가족과 친구가 준비해 온 선물까지 들고 있었다.

"아, 이게 축하할 일이 맞는지 모르겠어서……, 축하해야 되는 거냐?"

"삼촌이랑 10년 만에 재회를 했으니 축하할 일이죠."

다시 만난 지 10분도 지나지 않아 선재는 수아를 사랑스러운 조카처럼 생각하게 됐다. 아마 다른 사람들도 마찬가지일 것이다. 수아는 누구에게나 호감을 줄 만한 사람이었다.

"밖으로 나가도 돼?"

선재가 바깥을 가리키며 말했다.

"그럼요. 수료식은 끝난걸요."

"그럼 나가자."

수아가 고개를 끄덕이고 선재를 따라나섰다. 선재는 누가 따라오지 않는지 주변을 경계하며 걸었다. 본당 계단을 내려가 주차장에 들어서자 선재가 갑자기 움찔하며 멈춰 섰다. 수아도 덩달아 멈춰서 선재의 시선이 향한 쪽을 바라봤다. 한 남자가 트럭에서 접이식 사다리를 꺼내 어디론가 가고 있었다. 선재가 뒤를 밟았던 군복 바지의 남자였다. 남자는 그때와 거의 같은 옷차림이었다.

"저 사람 알아?"

"아, 교회 시설물 관리하는 분이세요. 아들이 많이 아프대요."

수아가 안쓰러운 얼굴로 말했다.

"그걸 네가 어떻게 알아?"

"새벽기도회 시간에 근처에 앉았거든요. 울면서 크게 기도를 하시더라고요. 근데 저분은 왜요?"

"아니야. 아무것도……."

"차 가져오셨어요?"

수아는 선재가 대답을 않자 화제를 돌렸다. '아니'라고 말하면 그만이었지만 선재는 이 질문에도 쉽게 답하지 못했다. 수아는 그 이유를 금방 알아챘다. 선재의 음주 운전은 대대적으로 보도가 된 사건이었다.

"죄송해요."

"아니다. 내 잘못인데 뭘. 친구 차 얻어 타고 왔어. 밖에서 기다리고 있다. 나가자."

"왜 안 들어오시고요?"

선재는 그 질문에도 답하지 않았지만 수아는 곧 그 이유를 알게 됐다.

"하동명 목사님?"

수아가 깜짝 놀란 얼굴로 말했다.

그레이스 승합차 맞은 좌석에 앉은 사람은 분명 동명이었다.

　"절 아시는군요. 봐라, 내가 이렇게 유명 인사라니까. 반갑습니다. 하동명입니다."

　동명이 선재에게 너스레를 떨더니 수아에게 손을 내밀었다. 수아는 연예인이라도 본 것처럼 웃으며 동명과 악수를 나누었다.

　"당연히 알 수밖에 없죠. 수양관에서 귀가 닳도록 들었는데요."

　"절 뭐라고 하던가요?"

　"배신자 유다의 환생이자 우는 사자처럼 여러분의 영혼을 집어삼키려고 하는 악마요. 혹시라도 만나게 된다면 귀를 틀어막고, 무슨 수를 써서라도 그곳을 탈출하라고 하던데요."

　"실제로 올림픽대로에서 차 문을 열고 탈출을 감행한 사람도 있었지요. 지금은 다행히 새예언을 탈출했습니다."

　"정말 대단하세요. 존경합니다!"

　수아가 눈을 반짝이며 말했다.

　"하시는 말씀을 들어보니 갑자기 차 문을 여실 것 같진 않네요."

　"긴장하고 계셨나요?"

　"조금요?"

　수아는 방금 만난 동명과도 금방 친해졌다. 선재는 두 사람이 화기애애하게 대화를 나누는 모습이 꼴 보기 싫었다.

　"근데 두 분이 친구 사이셨구나."

　수아가 선재를 돌아보며 말했다.

　"친구는 무슨. 그냥 동창이야."

"아까 주차장에선 친구라고 하셨잖아요."

"그럼 뭐 동창을 원수라고 하냐. 근데 넌 어떻게 된 거야? 누나가 얼마나 걱정했는지 알아? 말 좀 해봐."

선재가 괜히 역정을 냈다.

"죄송해요. 일이 너무 갑작스럽게 돌아가서 어쩔 수가 없었어요."

수아가 분위기를 바꿔 공손하게 말했다. 선재는 금방 미안해졌다. 수아는 어떻게 해도 미워하기 힘든 아이였다.

"친구분 때문에 새예언에 들어간 건가요?"

동명이 말했다.

"그냥 동창이에요."

수아가 웃으며 말했다.

얼핏 선재의 말을 따라 한 농담 같았지만 수아의 미소가 씁쓸하게 느껴졌다.

"자영이 남편이 수용소 같은 곳에 갇혀 있다고 들었어요."

"홍자영이 결혼을 했어? 수용소는 또 뭐야?"

선재가 끼어들었다.

"자영이를 새예언으로 전도한 사람이 남편인 것 같아요. 남편이 뭔가 잘못을 했대요. 그래서 벌을 받는 거라고 했어요."

"새예언이 해외에 갖고 있는 섬이 있어. 그 섬에 공장을 세우고, 신도들을 보내 노동을 시키는 거지. 나오려면 보석금 개념의 돈을 내거나 새로운 신도를 포섭해야 해."

동명이 덧붙여 말했다.

"그래서 홍자영이 너한테 부탁을 한 거야? 넌 그걸 듣고 새예언에 들어간 거고? 아니, 그건 감금이잖아. 경찰에 신고를 해야지."

선재가 수아에게 말했다.

"거기 한두 명이 있는 것도 아닌데 신고를 안 해봤겠어? 당장 피해자인 신도들은 새예언이 아무 문제도 없다고 주장하는데 뭘 어떻게 하겠어?"

동명이 수아 대신 말했다.

"하여튼 종교에 미친 새끼들은 답도 없어요."

선재는 어처구니가 없다는 듯 고개를 흔들었다.

"무식한 사람들만 사이비에 빠지는 게 아니야. 새예언엔 선재 네 대학 동문도 있고, 교수도 있어. 나름 이 사회의 지성인이란 사람들이 새예언의 가르침을 진리로 믿는단 말이야."

"하긴 누나랑 너만 봐도……."

선재가 말하다 수아를 보고 입을 다물었다. 수아가 미간을 찌푸린 채 볼에 바람을 넣고 선재를 바라봤다.

"아니, 수아, 네 이야기가 아니라……."

"제 이야기가 아니면 달라지나요? 엄마가 종교에 미친 사람이면 저도 미친 사람이죠. 엄마가 믿는 하나님, 저도 믿어요."

동명이 서로 엉겨 붙은 선수를 떼어내는 심판처럼 나섰다.

"선재 입장에선 그럴 수 있어요. 선재는 하나님을 믿지 않으니까 정통이니 이단이니 하는 것도 자기들끼리 싸우는 걸로 보일 수 있지요. 어차피 존재하지도 않는 신이 있다고 믿는 건 똑같은 거니까."

"아, 그래! 막말로 동정녀니 부활이니 말도 안 되는 걸 믿는 게 무신론자인 내 눈에는 터무니없을 수 있지. 그게 이상해? 내가 잘못된 거야?"

선재가 동명의 말을 냉큼 받아 자신을 변호했다. 하지만 수아는 순순히 물러서지 않았다.

"그럼 예수님은 사기꾼이에요?"

"내가 언제 그런 말을 했냐? 예수야 좋은 사람이지. 성인! 가난한 사람들 도와주고, 병든 사람들 고쳐주고, 그러다가 빌어먹을 기득권 세력한테 붙들려서 억울하게 죽은 거 아니야."

"하하하!"

동명의 웃음소리가 라운드의 종료를 알리는 종소리처럼 차 안에 울려 퍼졌다. 수아와 선재가 동명을 바라봤다. 동명이 선재를 보며 말했다.

"아, 미안. 너도 똑같이 말한다 싶어서."

"뭐가?"

선재가 성을 내며 물었다.

"많은 사람들이 너처럼 말하거든. 교회는 싫지만 예수는 좋다. 그런데 선재야, 예수님은 하나님의 아들이거나 미치광이 사기꾼이거나 둘 중 하나야. 진리와 거짓 사이에 중간은 없다. 사탄만이 그 사이에 부담 없는 뭔가가 있다고 가르치지. 하나님은 없지만, 예수는 성인이다. 얼마나 마음 편한 말이야? 하지만 예수는 스스로 하나님의 아들이라고 말했기 때문에 죽었어."

"맞아요. 애초에 예수님은 부자도 아니고, 의사도 아니죠. 사람들을 도운 것도 다 하나님의 아들이었기 때문에 가능했던 거잖아요."

"오늘 처음 만난 거 맞아? 두 사람 아까부터 아주 호흡이 척척 맞네."

선재가 동명과 수아를 번갈아 보며 말했다. 선재는 심판이 상대 선수의 편에 서서 자신을 공격하는 것 같았다.

"널 괴롭히려는 게 아니야. 선재야. 예수를 믿든 안 믿든 네가 지금 무엇을 믿고 있는지, 과연 그게 정말 믿을 만한지는 알고 선택을 해야 한다는 거지. 넌 스스로 무신론자라고 하지만 존재하지 않는 건 신이 아니라 무신론자야."

"무슨 개소리야?"

"다들 뭔가를 믿고 산다는 말이야. 살아가기 위해선 누구나 믿음이 필요해. 돈이 있으면 뭐든 할 수 있다고 생각하는 것도 믿음이고, 안정된 직업이 있으면 미래가 보장된다고 생각하는 것도 믿음이지. 어떤 사람과 함께한다면 행복해질 거라고 생각하는 것도 믿음이고, 어떤 사상이 세상을 좋게 바꿔줄 거라고 생각하는 것도 믿음이야. 결국 사람들은 저마다 갖고 있는 믿음에 인생을 거는 거야. 겨우 일주일에 교회 한 번 다녀오는 게 아니라 1년 내내 미친 듯이 돈을 벌고, 공부를 해. 한 사람의 마음을 얻기 위해서 필사적으로 노력하지. 자신이 믿는 사상을 위해서 기꺼이 목숨까지 내놓는 사람도 있어. 이게 신앙이 아니면 뭐겠어?"

동명은 잠시 말을 멈추고, 진지한 얼굴로 선재에게 질문을 던졌다.

"선재야, 네가 믿는 건 뭐냐?"

선재는 동명의 눈을 피해 고개를 돌려버렸다. 운전석에 앉은 황 주필이 백미러로 선재를 힐끔 바라봤다. 달리는 차 안은 오래된 차량의 엔진 소리와 부딪혀 오는 바람 소리만 가득했다. 누구도 입을 열지 않고, 선재의 입에 집중했다.

'이 차 안에 내 편은 없다.'

선재는 숨이 막힐 것 같았다. 선재는 달리는 차의 문을 열어서라도 도망치고 싶었다. 구원의 목소리는 의외의 곳에서 들려왔다. 수아의 휴대폰이 요란하게 울리며 침묵을 깼다. 새예언이 지정한 대리점에서 개통한 휴대폰이었다. 지급받은 휴대폰은 새예언 사람들과 통화하는 용도로 사용되었다. 새예언은 공정한 가격에 판매한다고 했지만 실제론 폭리를 취하기 위한 수단에 불과했고, 수익은 고스란히 새예언으로 들어갔다. 신도 수가 십수만 명이니 거기서 얻는 수입만 해도 쏠쏠했다. 큰 사업은 아닐지라도 새예언은 돈을 벌 수 있는 구멍을 놓치지 않았다.

"네."

수아가 전화를 받았다. 선재에게 집중되어 있던 분위기가 풀어졌다. 하지만 이내 모두의 시선이 다시 선재를 향하게 됐다.

"삼촌을요?"

수아가 휴대폰을 들고 선재를 바라보았다.

14

전도자의 예언

전도자의 방으로 가는 길은 복잡했다. 벽 안쪽으로 길이 따로 나 있어서 신도들이 다니는 통로에서는 접근조차 하지 못했다. 전도자는 장로교에서 신학을 전공한 전도사로 '예수의 언약 위에 세워진 교회' 때부터 전도사 생활을 하다가 새예언이 이단 단체로 공표되면서 전도사 신분을 박탈당했다. 하지만 그는 교단의 징계를 비웃기라도 하듯 스스로를 '전도자'로 칭하면서 사실상 교주 노릇을 했다. 새예언 신도들은 전도자가 전해주는 하나님의 음성이 반드시 이뤄진다고 믿었다. 그래서 새예언의 신도들에게 전도자와 만날 기회를 얻는 것은 최고의 복이었다. 평범한 신도들이 전도자를 만나는 방법은 백 명의 새로운 신도를 전도하거나 거액의 헌금을 내는 것뿐이었다. 하지만 예외도 있었다. 연예인이나 사업가, 그리고 정치인처럼 사회에 영향력이 있는 인물이라면 새예언의 신도가 아니라도 전도자는 조건 없이 만나주었다. 꽤 많은 유력 인사가 전도자와 만나 새예언의 신도가 되었는데 이들은 따로 교육을 받지 않고도 새예언의 신도로 인정을 받았다. 이른바 하나님의 특별한 음성으로 부름을 받은 신도였다.

"모시고 왔습니다."

선재를 안내한 남자가 문을 열어주었다. 선재가 전도자의 방으로 들어갔다. 전도자의 집무실은 의외로 소박했다. 신도 수가 십수만에 다다르는 종교 단체의 수장이 머무는 곳치고는 수수한 인테리어였다. 전도자가 의자에서 일어나 선재를 맞이했다. 지하철에서 만났다면 평범한 회사원이라고 여겼을 외모였다. 하얀 피부에 테가 없는 안경, 단정한 헤어스타일에 깔끔한 남색 정장, 어딜 봐도 사이비 교주 같지는 않았다. 전도자는 일 때문에 방문한 협력업체 사람을 맞이하는 것처럼 웃으며 자리를 권했다.

"오시느라 수고하셨습니다."

전도자가 말했다.

"바쁜 분으로 아는데 왜 저 같은 사람을 보자고 하셨을까요?"

"저 같은 사람이라뇨. 권 기자님처럼 훌륭한 분을 뵐 수 있어서 영광입니다."

"옛날에 뵈었다면 그 말씀이 진심처럼 느껴질 수도 있었을 텐데 지금은 솔직히 놀리시는 건가 싶네요. 저는 아시다시피 이제 아무런 쓸모도 없는 인간인데요."

전도자가 선재의 말을 듣고 빙긋이 웃었다.

"그렇게 생각하는 사람도 있겠지요. 사람을 실컷 이용만 하다가 가치가 없어지면 버리는 세상이니까요. 하지만 기자님이 지금껏 진실을 좇으며 살아오신 것을 하나님은 잊지 않고 계세요. 저도 마찬가지고요."

"하나님이 그렇게 말씀하시라고 하시나요?"

"……."

전도자가 잠시 선재의 눈을 빤히 바라봤다.

"하나님의 음성을 듣고 싶으십니까?"

"전 신을 믿지 않습니다."

"제가 어떻게 기자님께 연락을 드렸는지 궁금하지 않으신가요?"

"조카 인적 사항을 조사하시다 알게 되셨나 보죠. 그렇다 해도 왜 저를 보자고 하셨는지는 감도 잡히지 않습니다만."

"한두 명도 아니고 신도 친척까지 조사할 이유가 있겠습니까? 오늘 이 자리는 제가 만든 게 아닙니다. 하나님이 기자님을 특별히 부르신 거죠."

"다시 말씀드리지만 저는 신을 믿지 않습니다."

"그럼 여기 왜 오셨지요? 거절하셔도 됐을 텐데요. 하나님의 음성에 관심이 있으셨던 거 아닙니까?"

수아는 엊저녁에 집으로 들어갔다. 누나는 대성통곡하며 수아를 맞이했다. 수아도 울면서 그간의 사정을 이야기하고 용서를 구했다. 홍자영이 갑작스럽게 말을 꺼냈고, 그때를 놓치면 다음 기수의 교육이 끝날 때까지 홍자영의 남편은 꼼짝없이 수용소에 있어야 했다. 수아는 고민을 하다가 마지막 순간에야 결단을 내렸고, 설명할 시간조차 없이 떠나야 했다. 하지만 수아는 당분간 새예언의 신도 노릇을 계속할 생각이었다. 아직 홍자영과 연락이 닿지 않기 때문이었다. 우선 홍자영 남편의 안전이 확보된 후에 자연스럽게 거리를 두며 나와도 될 일이었다. 하지만 그것 말고도 이유는 하나 더 있었다.

'새예언은 대학생들에게 굉장히 공을 들여요. 겉으로는 인권이나 환경보호, 봉사활동, 심리치료 같은 간판을 달고 동아리를 운영하면서 신도들을 포섭해 나가는 거예요. 이번에 우리 학교에도 그런 위장 동아리가 있다는 걸 알게 됐어요.'

수아는 대학신문에 새예언에 대한 기사를 쓰고 싶다고 했다. 학우들에게 새예언의 실체를 알려서 더는 피해자가 생기지 않도록 하겠다는 것이었다. 수아는 걱정하는 누나 앞에서 열띤 얼굴로 말했다.

"이단으로 규정된 단체의 교주, 그것도 하나님의 음성을 듣는다는 사람과 대면할 기회가 흔한 건 아니잖아요?"

선재는 수아가 했던 말을 그대로 했다. 전도자는 이단이란 말을 듣고도, 동요하지 않았다.

"예수님도 그 당시의 종교 지도자들에게 이단으로 몰려 돌아가셨지요. 실은 자신들의 부패한 권력을 빼앗기지 않으려고 누명을 씌운 것이지만요. 한국 교회가 지금 하는 짓이 그와 같습니다. 우리는 오직 하나님의 음성만을 듣고 따를 뿐입니다."

"하동명이 해준 이야기는 좀 다르던데요."

전도자가 미소를 지었다.

"두 분이 친구 사이시지요?"

"그냥 동창입니다. 아니라고 하셨지만 역시 조사를 하긴 하셨네요."

"조사를 했다면 기자님 쪽이 아니라 하동명 씨 쪽이지요. 저희 입장에서 하동명 씨는 배도자이자 저희를 적대시하는 세력의 지도자니까요. 기자님은 워낙 유명 인사시니 굳이 뒷조사를 할 필요도 없습니다."

"새예언의 수법에 대해서는 이미 알고 있습니다. 자연스럽게 포섭 대상에게 접근해 정보를 수집하고, 적당한 시기에 당신이 나타나 자리를 만들고, 그동안 수집한 정보를 토대로 하나님의 음성을 들려주는 것이죠. 처음 만난 사람이 어떻게 나에 대해 이렇게 잘 알까 놀라워하지만 알고 보면 오랫동안 함께 일해온 매니저나 비서가 새예언의 신도였던 겁니다. 자신의 과거뿐 아니라 요즘 고민하는 문제까지도 정확히 맞혀내니 정말 하나님의 음성이구나 싶지만 실은 측근을 통해 캐낸 정보를 그럴싸하게 포장해서 말해줄 뿐인 거죠."

"제가 사기꾼이란 말씀이군요. 하동명 씨가 그리 말하던가요?"

전도자가 미소를 잃지 않고 말했다.

"비난하려고 드린 말씀은 아닙니다. 사실 제 입장에선 하동명도 마찬가지니까요. 전 종교 자체가 사기라고 생각합니다."

"어릴 때의 기억 때문입니까?"

"네?"

"누님이 열성적인 신도라 어린 시절부터 충돌이 많았다죠? 유년기에 그런 경험을 하게 되면 평생 부정적인 기억으로 남게 되지요."

선재가 피식 웃었다.

"그건 제가 다 공개적으로 밝힌 이야기지요. 설마 지금 그걸 들려주면서 하나님의 음성이라고 하시는 건 아니죠? 그렇다면 조사가 조금 부족하셨던 것 같습니다."

"압니다. 다 하셨던 말씀인 거. 뉴스뿐만 아니라 기자님이 그간 쓰신 글이나 인터뷰 같은 것도 빼놓지 않고 다 봤거든요. 제가 기자님 좋아한다니까요. 계속 의심만 하시니까 조금 속상하네요. 어떻게 해야 저를 믿어주실까요?"

말로는 속상하다지만 전도자의 얼굴에는 여유가 넘쳤다. 밤을 새서 시험 준비를 해놓고선 공부를 못 해왔다고 푸념을 하는 학생 같았다. 막상 시험지를 받아 들면 자신만만하게 답을 써내려갈 학생의 얼굴 말이다. 선재는 까다로운 시험 감독관처럼 다리를 꼬고 전도자를 주목했다. 전도자가 잠시 눈을 감았다. 기도를 하는 건지 생각을 하는 건지 알 수가 없었다.

"그럼 이 이야기는 어떨까요?"

전도자가 눈을 뜨고, 말을 이었다.

"길을 잃어버리신 적이 있지요?"

선재가 꼬고 있던 다리를 풀었다. 전도자가 천천히 이야기를 해 나갔다.

"꼬마가 버스를 잘못 타서 낯선 곳에서 내렸네요. 꼬마는 당황해서 울고 있습니다. 사실 집과 아주 먼 곳은 아니었지만 꼬마는 그걸 알지 못했지요. 다행히 지나가던 아주머니가 길을 가르쳐주었고, 꼬마는 집으로 돌아갑니다. 하지만 마음 한구석은 편치 못했죠. 엄한 아버지에게 혼이 날까봐요."

전도자는 길을 잃었던 어린 시절의 선재를 직접 보면서 말하는 것 같았다. 선재의 눈이 커지고, 심장박동이 빨라졌다.

"하지만 아버지는 아들을 간절히 기다리고 있었습니다. 그저 무사히 돌아오기만을 바라고 있었지요. 그리고 마침내 아들이 눈에 들어왔을 때, 아버지는 아들을 덥석 끌어안았지요."

선재는 있을 수 없는 일이라는 듯 고개를 저었다. 선재의 눈에 당혹스러움이 가득했다.

"많이 놀라셨군요? 놀라실 것 없습니다. 하나님은 항상 기자님과 함께하셨고, 모든 것을 보고 계셨습니다. 저는 하나님이 보여주신 것을 전할 뿐입니다. 이제 믿으시겠습니까?"

선재는 아무 대꾸도 못 하고 전도자를 바라보기만 했다. 분명 전도자가 해준 말은 아버지와 선재 말고는 아무도 모르는 이야기였다. 선재는 이 상황을 어떻게 받아들여야 할지 혼란스럽기만 했다. 바로 눈앞에서 사람이 사라지는 마술을 본 기분이었다. 속임수가 분명하다고 생각했지만 차라리 진짜 마술이라고 믿는 편이 나을 정도로 어떻게 알아낸 것인지 감도 잡히지 않았다.

"기자님, 그날, 아주머니를 만났던 것은 우연이 아닙니다. 오늘, 저를 만난 것도 우연이 아니지요. 모두 다 하나님의 섭리 가운데 일어난 일입니다. 하나님이 저에게 하신 말씀을 더 들어보시지 않겠습니까?"

선재는 처음 벌거벗은 여자의 몸을 봤던 날이 떠올랐다. 아직은 인터넷이란 단어가 등장조차 하지 않았던 시절, 일본에서 건너온 성인 만화와 잡지는 희귀한 보물처럼 취급을 받았다. 하지만 선재는 반 친구들 사이에 돌아다니는 성인 만화와 잡지에 관심을 두지 않았었다. 그런 모습이 꼴 보기 싫었는지 학내 불법 성인물 유통을 장악하고 있던 친구 녀석이 몰래 선재의 가방에 성인 잡지를 넣어두었다. 누명을 씌우려고 한 것이 아니다. 네가 이걸 한 번 보고도 계속 그렇게 고고한 척할 수 있을까라는 질문을 던진 것이다. 선재는 집에 돌아가 가방 속에서 나온 잡지를 펼쳐 보았다. 먼저 나서서 자기도 보여달라고 하지는 않았지만 선재는 눈앞에 펼쳐진 광경에서 고개를 돌리지 못했다. 다시 덮을 자유가 있었지만 선재는 계속 보는 쪽을 택했다.

선재는 지금도 자유가 있었다. 전도자에게 개소리는 집어치우라고 외칠 수 있었다. 당장 문을 박차고 나가면 될 일이었다. 하지만 선재는 처음 벌거벗은 여자의 몸을 본 그날처럼 전도자 앞에서 입만 벌리고 있었다.

"기자님 잘못이 아닙니다."

전도자의 말이 툭 하고 떨어졌다.

정치계와 언론계, 양쪽 모두에서 하는 말이 있다. 섹시해야 한다는 말이다. 도발적인 매력을 풍기는 정책과 기사라야 관심을 받는다. 아무리 성품이 좋은 사람이라도 성적 매력이 없으면 인기를 끌기 힘든 것처럼 정말 필요한 정책과 분명한 사실을 보여주는 기사라도 섹시하지 못하면 외면을 받는다. 전도자가 이어서 한 말들은 절세미인이 한 꺼풀씩 옷을 벗는 소리 같았다. 선재는 전도자의 말을 외면하지 못했다.

"기자님은 그때처럼 잘못된 버스를 타는 바람에 길을 잃어버린 상태입니다. 물론 따지고 들자면 기자님에게도 잘못이 있을 겁니다. 없다고는 할 수 없지요. 오보로 인해서 사람이 죽었으니까요. 하지만 하나님은 기자님의 진심을 알고 계세요. 기자님은 오로지 정의를 위해서 진실을 좇는 분이시지요. 류병두 의원의 죽음은 안타까운 일이지만 예기치 못한 사고입니다. 기자님 잘못이 아니에요."

선재의 낡은 운동화에 눈물이 툭 떨어졌다. 전도자가 옆으로 다가와 선재의 손을 쥐며 계속 말했다.

"하나님은 다 알고 계십니다. 기자님의 억울함과 원통함을 아세요. 기자님이 지난 세월 동안 겪은 고통을 아십니다. 그리고 이제 다시 기자님을 세워주실 겁니다. 기자님을 이 세상이 아닌 하늘나라의 스피커로 세워서 새로운 뉴스를 전하게 하실 겁니다."

선재가 젖은 눈으로 전도자를 올려다봤다. 선재의 입술이 움찔거렸다. 전도자가 선재보다 먼저 입을 열었다.

"물론 그 전에 명예 회복을 하셔야지요. 걱정하지 마십시오. 제가 도와드리겠습니다."

선재는 전도자의 배웅을 받으며 집무실을 나왔다. 건물 밖으로 나가자 빗방울이 떨어졌다. 선재는 비를 피하지도, 우산을 사지도 않았다. 전도자가 말한 대로 하늘이 자신과 함께 울어주는 것 같았다. 선재는 빗속을 걸었다. 눈물이 비와 함께 흘러내렸다.

15
유착癒着

동명이 사무실을 나서다 어둠 속에 서 있는 남자를 보았다.

"선재냐?"

선재가 사무실 계단 아래에서 비를 맞고 서 있었다. 동명은 계단을 내려가 선재와 마주 섰다.

"왜 비를 맞고 있어? 이거 들고 있어."

동명은 선재에게 빨간 우산을 쥐여주고, 다시 사무실로 들어가려고 했다.

"하동명."

선재가 부르자 동명이 멈춰서 돌아봤다.

"동명아."

"왜 그래? 술 마셨냐?"

"그래, 이 새끼야. 마셨다."

동명이 한숨을 쉬더니 선재에게 다가왔다.

"선재야. 일단 올라가자. 올라가서 이야기하자."

"말해봐."

"뭘?"

"네가 사기꾼이라고 말한 새끼 말이야. 그놈이 내가 누구한테도 한 적이 없는 이야기를 해주더라. 바로 앞에서 본 것처럼 이야기하더라니까. 하나님이 자기한테 보여줬대. 그러니까 너도 아무거나 말해봐. 내가 널 믿을 수 있게."

"내가 말해줬잖아. 그게 다 수법이라고."

"아무도 모르는 이야기라니까! 나랑 아버지만 알던 이야기라고!"

"그럼 아버님한테 접근을 했나 보지."

"아버지는 옛날에 돌아가셨어."

"······그랬구나, 미안하다. 근데 어쩌다가······."

"말 돌리지 말고 이 새끼야!"

"선재야. 무슨 말을 듣고 왔는지 몰라도 속으면 안 돼. 새예언엔 하나님이 없다."

"그놈은 반대로 말하던데? 네가 죄를 지었기 때문에 하나님이 너한테서 능력을 빼앗아 자기에게 줬다고. 그리고 그놈은 모든 걸 알고 있다는 신이 아니면 알 수 없는 이야기를 나한테 해줬어. 이걸 뭐라고 설명할래?"

"그래서 갑자기 신의 존재를 믿게 된 거냐?"

"네가 있다며, 이 새끼야!"

"그래, 있어. 하나님은 살아 있다. 그리고 악한 귀신도 있어. 악한 귀신에 사로잡혀도 영적인 능력을 갖게 돼. 남몰래 숨기고 있던 과거를 볼 수도 있지. 그걸 갖고, 협박을 해. 겁을 줘. 내 말을 듣지 않으면 저주를 받게 될 거라고. 하지만 귀신은 우리의 미래를 알지 못해."

"협박은커녕 축복해주던데? 하나님이 내 누명도 벗겨주고, 명예를 회복시켜줄 거란다. 자기가 도와줄 거니까 걱정하지 말래. 너는 뭘 해줄 수 있냐?"

"선재야. 그거 하나님 음성 아니다. 그냥 네가 듣고 싶어 하는 말을 해준 거야. 네 마음을 흔들어서 자기 뜻대로 움직이려고⋯⋯."

"너는 나 안 믿지?"

"뭐?"

"너도 내가 증거를 조작했다고 생각하지? 내가 쓰레기 같지? 그지?"

"나는 네가 뭘 어떻게 했는지 모른다."

"아는 게 뭔데! 네가 사기꾼이라는 새끼는 내 맘을 다 알아주잖아! 근데 너는 왜 모르는데?"

"내가 확실히 아는 건 하나뿐이다. 하나님은 널 여전히 사랑하신다는 거야. 하나님은 널 미워하지 않아. 그리고 그건 나도 마찬가지다."

선재는 멀뚱히 동명을 바라보다 피식 웃었다.

"네가 나를 왜 미워해? 내가 너한테 뭘 잘못했는데!"

선재가 우산을 집어 던지며 말했다.

우산이 바람에 날려 바닥을 나뒹굴었다.

"너만 잘났지? 너는 큰 그림을 볼 줄 몰라. 그래서 네가 이 모양 이 꼴인 거야, 새끼야. 알겠냐?"

선재가 동명에게 손가락질을 하며 말했다. 그런 뒤 동명에게 등을 돌리고, 비틀거리며 걸었다. 동명은 어둠 속으로 사라지는 선재를 안타까운 눈빛으로 바라봤다.

다음 날, 선재는 새예언이 마련한 사무실로 나갔다. 새예언은 예배를 중계하는 수준을 넘어 방송국을 설립하려고 준비 중이었다. 기독교 방송 채널이 따로 있는 것처럼 새예언 방송 채널을 만들려는 것이었다. 아직까진 새예언의 소식을 전하는 유튜브 방송과 홍보용으로 만든 웹드라마가 전부였지만 새예언은 자신들이 방송국을 소유하게 될 것을 의심치 않았다. 전도자가 방송국을 갖게 될 거라는 하나님의 음성을 예배 시간에 선포했기 때문이다. 방송 허가도 나기 전에 스튜디오부터 만들고 있는 현장은 기묘한 활기로 가득했다.

"노아가 방주를 만들던 현장 같지 않습니까?"

선재 옆에서 카메라를 들고 있는 남자가 말했다. 어용수는 다큐멘터리 감독이었다. 여러 사회 이슈를 도발적으로 다뤄 호평을 받은 인물로 열렬한 추종자들을 거느렸다. 하지만 한편으론 이미 결론을 정해놓고, 그에 끼워 맞춰 다큐를 만들어낸다는 비판을 받기도 했다.

"어떻게 생각하십니까?"

어용수가 카메라를 선재 쪽으로 돌리며 말했다.

"찍지 마십시오."

선재가 손바닥으로 카메라를 가렸다.

"이제 같은 식구인데 빡빡하게 굴 거 있습니까?"

어용수가 카메라를 내리면서 아쉬운 얼굴로 말했다.

"감독님이 새예언 신도이신 줄은 몰랐네요."

"신도요? 권 기자는 하나님의 음성이란 걸 믿어요?"

어용수가 가당찮다는 듯 웃었다.

"지금 새예언 홍보 기록물을 찍고 계신 거 아닙니까?"

"저는 진실을 기록할 뿐입니다."

"진실이 뭔데요?"

"왜 이리 순진한 척을 하실까? 현장 떠났다고 감을 완전히 잃어버렸어요? 방송국 인허가가 좀 어렵습니까? 그런데도 이렇게 확신을 갖고 진행을 한다는 것은 하나님의 음성이 아니라 권력자의 음성을 들었다는 거죠. 그게 누군지 모르지만 말이에요. 솔직히 말해봐요. 정말 몰라서 묻는 건 아니잖아요. 권 기자는 여기 왜 왔어요?"

선재도 새예언이 정치권에 줄을 대려고 하는 것은 알고 있었다. 강수미가 낸 기사 아이템이었기 때문이다. 새예언은 10년도 전부터 여야를 가리지 않고 다양한 루트로 로비를 해왔다. 덕분인지 교계에서는 이단 판정을 받았지만 정부와 지자체에서 주는 공로상과

표창장을 받기까지 했다. 반대로 유력 정치인들에게 새예언이 제정한 상을 주기도 했다. 어용수가 말한 대로 선재도 전도자를 완전히 믿지는 않았다. 하지만 전도자의 말을 마냥 무시할 수도 없었다. 선재는 대영철에게 새예언에 들어가 잠입 취재를 하겠다고 했다. 전도자가 정말 하나님의 음성을 듣고 자신을 돕는다면 그건 그것대로 좋은 일이고, 그저 사기꾼일 뿐이라면 그건 그것대로 좋은 기삿거리였다. 게다가 당분간 새예언에 머물겠다는 수아를 보호하기도 좋았다. 전도자는 수아와 함께 일하게 해달라는 선재의 요청을 들어주었다.

"삼촌."

수아가 나타나자 어용수가 인사를 건네고 물러났다. 수아 옆에 성원이 노트북을 들고 따라왔다.

"들어가자."

선재가 말했다.

세 사람은 스튜디오 공사 현장을 떠나 이미 완성이 된 사무실로 이동했다. 성원이 노트북을 켜자 선재가 다가와 노트북에 작은 글씨를 썼다.

'입조심.'

사무실 안에 CCTV는 보이지 않았지만 도청이 되고 있을지도 몰랐다. 수아와 성원이 가볍게 눈짓을 주고받았다. 성원이 노트북을 자기 쪽으로 돌려 영상을 띄웠다. 선재가 수백 번이나 본 영상이었고, 수백만의 사람이 본 영상이었다. 대통령까지 꿈꾸었던 류병두를 나락으로 떨어지게 한 영상이었고, 선재를 파멸시킨 영상이기도 했다. 선재는 이 영상을 입수했을 때를 뚜렷하게 기억했다. 선재는 자기 전에 메일을 확인하고 그날 밤을 꼬박 새웠다. 흥분된 마음에 도무지 잠을 잘 수 없었다. 선재는 동이 트기도 전에 영상이 담긴 USB를 들고 보도국으로 달려갔다. 선재는 당시 보도국장과 탐사취재팀장 앞에서 영상을 재생시켰다. 영상은 한 지하 주차장의 CCTV 녹화본이었다. 원래 CCTV가 없던 사각지대였지만 그즈음 주차장에서 강도사건이 벌어지면서 새로 설치를 한 지점이었다. 영상엔 세 명의 남자가 등장했다. 한 남자가 자신이 몰고 온 차의 트렁크에서 사과 박스를 꺼내 바로 옆에 주차된 차량의 트렁크로 옮겼다. 남자는 박스를 옮긴 후에 자신이 타고 온 차에 올라 사라졌다. 얼마 후에 두 명의 남자가 나타났다. 한 남자는 중절모를 쓰고 선글라스를 끼고 있어 얼굴이 잘 보이질 않았다. 하지만 그의 키와 체격, 몸짓이 류병두와 비슷했다. 옆에 있는 남자는 류병두의 비서를 맡고 있던 보좌관이었다. 보좌관은 트렁크를 열어 안에 든 박스를 확인하고, 먼저 차에 탄 남자와 함께 그대로 사라졌다. 보도국장과 탐사취재팀장의 의견이 갈렸다. 보도국장은 당장 저녁 메인뉴스에 내보내길 원했고, 탐사취재팀장은 후속취재를 한 후에 심층보도를 하길 바랐다. 양측의 의견 모두 일리는 있었다.

"보도국장은 선거가 얼마 남지 않은 시점이었기 때문에 빨리 뉴스를 터뜨리고 싶어 했지. 어물거리다가 다른 곳에서 냄새를 맡을지도 모르고 말이야. 반면, 탐사팀장은 류병두의 얼굴이 정확히 보이지 않는다는 점을 꺼림칙하게 여겼어. 뇌물을 수수하는 현장에 류병두가 직접 간 것도 이해하기 어렵다고 했지."

"삼촌은 뭐라고 하셨어요?"

"그때의 나에겐 권한이 없었어. 결국 보도국장의 주장대로 그 주에 뉴스를 내보냈지."

수아가 커다란 눈망울로 선재를 바라보았다. 선재는 수아의 시선이 불편한지 눈을 피했다.

"왜?"

"죄송해요."

"뭐가?"

의외의 말에 선재는 오히려 인상을 썼다.

"솔직히 저도 삼촌을 의심했어요. 확신한 건 아니었지만 삼촌이 정말로 증거 영상을 조작했을지도 모른다고 생각했어요."

"의심해도 돼. 의문을 가지는 게 우리 일이니까. 앞으로도 계속 의심하고 또 의심해. 이게 맞나. 정말 맞는 건가. 그러다가 정말 인정하기 싫은데도 어쩔 수 없이 인정할 수밖에 없는 순간이 오면 그때 믿어."

"네."

수아가 웃으며 고개를 끄덕였다.

"우와, 오늘은 진짜 기자 같네요. 이런 모습 너무 낯설고 불편한데……."

성원이 감탄한 얼굴로 말했다.

"뭐, 인마!"

"아, 근데 대체 새예언은 이 사건을 왜 다시 파헤쳐보라는 거예요? 그것도 당사자인 아저씨까지 불러내서."

성원이 선재의 눈치를 보며 재빨리 화제를 돌렸다.

"그러게요. 무슨 꿍꿍이일까요?"

수아가 말했다.

"자기한테 이득이 되니까 한 말이겠지. 어떤 사건이든 진실을 파악하려면 누가 이득을 취하고 있는지를 잘 살펴봐야 해. 욕망만큼 솔직한 것도 없거든."

"대체 무슨 이득이 될까요?"

수아가 도저히 모르겠다는 듯 말했다.

"아니면 정말 하나님 음성이거나."

선재가 슬쩍 눈치를 보며 말했다.

"삼촌, 그 사람은 이단 교주예요!"

"그냥 해본 말이야. 발끈하는 건 지 엄마랑 똑같네."

"그럼 이 영상으로 이득을 본 건 누구일까요?"

성원이 끼어들자 선재와 수아가 다시 영상에 집중했다.

"보도국장은 이 사건을 보도하고 결국 사장 자리까지 올라갔어."

선재가 말했다.

"아저씨는 짤렸는데 그 사람은 지금도 잘나가요?"

"류병두의 보좌관이 나를 지목했으니까. 나한테 모든 걸 덮어씌우기 좋은 상황이었지."

"아니 평소에 주변에 어떻게 했길래……."

성원이 선재의 시선을 느끼고 입을 다물었다.

"뭐가 묻었나?"

성원이 괜히 노트북 화면을 닦으며 말했다.

"왜 삼촌한테 누명을 씌웠는지는 나중 문제예요. 이 영상은 삼촌이 아니라 류병두 의원을 노리고 조작한 거니까요."

"그럼 류병두를 제거해서 가장 득을 보는 사람이 범인인가? 그게 누군데요?"

성원이 물었지만 선재와 수아는 답을 하지 않았다. 답을 몰라서가 아니었다. 답은 빤했지만 답이 없는 존재였기 때문이다. 질문을 한 성원도 곧 빤한 답을 스스로 생각해냈다.

"뭐야? 설마 대통령이에요? 지금 대통령? 김대한?"

성원은 자기가 말해놓고도 소름이 돋는지 몸을 떨었다.

김대한은 지난 대선정국에서 류병두에 이어 지지도 2위를 달렸던 인물이다. 2위라곤 해도 '어차피 대통령은 류병두'라는 말이 돌 정도로 류병두와의 격차는 분명했다. 하지만 류병두가 스캔들로 낙마하면서 결국 김대한이 대통령의 자리에 올랐다. 누가 봐도 류병두 스캔들의 가장 큰 수혜자였다.

갑자기 문밖 복도가 소란스러워졌다. 누군가 밖에서 문을 거칠게 두드리는 소리가 들렸다. 성원이 맹수와 맞닥뜨린 초식동물처럼 몸을 웅크렸다. 하지만 복도는 다시 조용해졌다. 아마도 밖에서 스튜디오를 만들던 사람들이 자재를 들고 복도를 지나가다가 부딪힌 모양이었다.

"아오, 누가 쳐들어와서 잡혀가는 줄 알았네."

성원이 한숨을 내쉬며 말했다.

"지금이 독재정권도 아니고, 뭐 그런 생각을 하세요."

수아가 성원을 한심하다는 듯이 쳐다봤다.

"가능해."

선재가 말했다.

"네?"

"방식이 다를 뿐이지. 지금도 권력을 가진 자는 얼마든지 다른 사람의 인생을 조질 수 있어. 합법적으로 말이야. 그래서 권력은 아무에게나 주어져선 안 되는 거야."

"그럼 삼촌은 계속 대통령을 의심해온 거예요?"

"영상을 봐. 류병두하고 체형도 똑같지만 걸음걸이도 비슷해. 작정하고 대역을 섭외해서 연습까지 시킨 거야. 그리고 류병두의 최측근인 보좌관을 통해서 내부 고발 형식으로 나에게 제보를 해왔어. 유력한 대선후보의 보좌관까지 포섭했다는 이야기지. 그게 가능한 사람은 많지 않아."

"그동안 조사를 하신 거예요?"

선재가 고개를 저었다.

"정말 대통령이 한 공작이라면 내가 할 수 있는 일이 뭐가 있겠니? 나를 범인으로 지목한 보좌관도 죽었어. 나 하나쯤 더 묻는 건 아무 일도 아니야."

"자살이 아니란 말씀이세요?"

수아가 믿지 못하겠단 얼굴로 말했다.

"가능은 하다는 거다."

"그래서 만날 술이나 마시고 폐인처럼 산 겁니까? 나는 조용히 찌그러져 살고 있으니 건들지 말라고?"

성원이 말했다.

"정말 대통령이 관여한 일이라면 죽은 듯이 사는 것 말고 내가 뭘 할 수 있겠냐?"

"그럼 지금은 갑자기 왜 이러는데요? 뭐 달라진 것도 없잖아요. 여전히 김대한이 대통령인데."

"대통령은 왕 같은 존재지만 영원한 권력자는 아니야. 역대 대통령들이 자리에서 내려온 후에 어떻게 됐는지는 알지? 지금 정권에 대한 평가는 썩 좋지 않아. 이번 총선에서 야당이 압승하면 조기 레임덕에 빠져버릴 거야. 이젠 슬슬 움직여도 좋을 시간이야. 도와줄 사람도 있으니까."

"삼촌, 정말 전도자를 믿는 거예요? 그 사람은 사기꾼이라니까요."

"전도자가 아니야. 나를 도와줄 사람은 따로 있다."

수아와 성원이 동시에 선재를 바라봤다.

"네?"

"그게 누군데요?"

선재는 잠시 망설이다가 입을 열었다.

"내가 믿는 사람이다."

16
고해소 앞에서의 부인

"정의의 이름으로 아멘."

선재가 성호를 그으며 장난스럽게 말했다.

고해소 맞은편에 앉은 남자가 희미하게 웃었다. 칸막이 구멍 사이로 보이는 남자는 신부복이 아닌 정장을 입고 있었다.

"잘 지냈어? 찾아가 보지도 못하고 미안하다."

남자가 말했다.

"아니에요, 형. 내가 미안하지. 지금 중요한 때인 걸 아는데 갑자기 만나자고 해서 미안해요."

"네가 만나자는데 당연히 시간 내야지. 그래, 무슨 일이야?"

"이제 슬슬 총선도 다가오는데 진전은 없나 해서요. 그동안 더 알아낸 건 없어요?"

맞은편의 남자는 잠시 침묵하더니 입을 열었다.

"미안하다, 선재야. 큰소리쳐놓고 내가 면목이 없다."

"나 신부님 아니에요. 그리고 형이 뭘 잘못했다고 나한테 미안해요. 다 내 잘못이지. 형이 최선을 다하고 있다는 거 다 알아요. 그냥 뭐라도 달라진 게 있나 싶어서 물어본 거예요."

"류병두 의원 대역을 한 사람을 계속 찾아보고는 있는데 쉽지가 않아. 사기 전과자들부터 시작해서 연극, 영화, 방송가까지 샅샅이 뒤져봐도 뒷모습만 갖고 특정을 하기가 어렵다."

"어쩌면 벌써 처리를 했는지도 모르죠. 보좌관 자살 재수사는요?"

남자가 고개를 저었다. 잘 보이진 않았지만 남자의 얼굴이 짐작이 갔다.

"지금 상황이 좋아 보이지만 아직 대통령 임기는 많이 남았어. 위에서도 정권을 빼앗길 때를 대비해서 검경에 압박을 가하고 있기도 하고. 현실적으로 지금 재조사는 힘들어."

"공식 수사가 아니라 흔들어보는 용도로는 어때요?"

"어떻게?"

"어용수가 다큐를 찍잡니다. 제목은 '누가 류병두를 죽였는가?'"

"어용수가? 증거는? 뭐라도 확보를 한 거야?"

"그 양반이 증거부터 챙긴 적이 있나요. 일단 불부터 질러놓고, 다 태워버리면 아니라는 증거도 없다고 생각하는 인간인데."

남자는 잠시 고심하는 것 같았다. 선재가 남자를 재촉했다.

"사실이든 아니든 그게 중요한 게 아니잖아요. 저들이 믿고 싶은 것을 믿게 해주면 그게 최고의 사실이죠. 어용수는 그쪽으론 타고난 인간입니다."

"그래서 류병두가 죽었지."

남자가 말했다. 선재가 보디 블로를 맞은 복서처럼 고개를 바닥으로 떨어뜨렸다.

"고개 들어. 네 잘못이 아니야. 너는 그저 진실을 좇았을 뿐이다. 사람들은 결과만 보고 비난을 하지만 그때로 돌아간다고 다른 선택을 할 거냐? 네 선택은 틀리지 않았어!"

"그렇게 말해줘서 고마워요. 형."

선재가 고개를 들며 가벼운 미소를 지었다.

"어용수 건은 생각을 더 해보자. 역풍이 불지도 몰라. 지고 있다면 모험도 해봐야지만 지금은 이길 확률이 더 높다. 유리한 상황에서 계산이 안 되는 수를 던질 필요는 없어."

선재가 뭔가 말을 하려 하자 남자가 먼저 말을 이었다.

"지금까지 했던 것처럼 날 믿고 조금만 더 기다려줘. 우리가 승리하는 날에 너는 지금처럼 내 우편에 앉게 될 거다. 이렇게 숨어서가 아니라 당당하게 내 옆에 서서 세상을 바라보게 될 거야. 내가 반드시 그렇게 만들 거야."

선재가 혓바닥 끝에 얹혀 있던 말을 삼키고, 고개를 끄덕였다. 남자가 손바닥으로 구멍을 가렸다. 선재가 손을 들어 남자의 손바닥에 마주 댔다. 곧 문이 열리는 소리가 들렸다. 선재는 남자가 사라질 때까지 기다렸다가 고해소를 나왔다. 성당은 텅 비어 있었다. 제대 뒷벽의 십자가에 달린 예수가 선재를 보고 있었다. 선재는 그 시선을 외면하듯 고개를 돌리고 성당을 나왔다. 성당 앞에 작은 놀이터와 치킨집, 그리고 편의점이 있었다. 선재는 치킨에 생맥주 한잔하고 싶은 마음을 억누르고, 놀이터를 지나 편의점으로 들어갔다. 한 남자가 카운터를 지키고 있었다. 알바처럼은 보이지 않았다. 낮시간에는 사장이 일하는 모양이었다. 선재는 아쉬운 대로 편의점 커피를 하나 집어 들고, 카운터에 돌아와 담배를 주문했다. 사장이 포스기를 찍다가 선재를 빤히 쳐다봤다. 평소라면 자신을 알아보는가 싶어 주눅이 들었겠지만 선재는 술에 취해 아무한테나 시비를 거는 사람처럼 짜증이 잔뜩 난 상태였다.

"뭘 봐요? 나 알아요?"

"네, 알 것 같네요. 당신은 나 알아요?"

사장이 포스기를 내려놓고 말했다.

"내가 당신을 어떻게 알아?"

"하긴 모를 수도 있지. 아버지 장례식에도 안 왔으니까. 실제로 보는 건 처음이네요. 권선재 씨."

"……"

선재는 그제야 편의점 사장의 얼굴을 뚫어져라 바라봤다. 분명 처음 보는 사람이었다. 하지만 선재는 그가 누구인지 알 것 같았다. 류병두의 아들 '류금선'은 누구 아들이라고 소개할 필요도 없을 정도로 아버지를 빼닮았다. 선재는 급히 몸을 돌려 편의점을 나와버렸다. 뒤에서 편의점 문이 열리는 소리가 들렸다. 선재는 걸음을 재촉했다. 하지만 뒤쪽에서 쫓아오는 소리가 들렸다. 선재는 냅다 뛰어 놀이터를 가로질렀다. 곧 뒤에서도 달음박질을 하는 소리가 들렸다. 선재는 아이들이 가득한 놀이터를 통과해 다시 성당 안으로 들어가려 했다. 하지만 추격자의 발은 선재의 가쁜 숨보다 빨랐다. 선재는 성당으로 올라가는 계단을 밟지도 못하고 성당 앞마당에서 추격자에게 목덜미를 잡혔다. 선재는 균형을 잃고 뒤로 자빠졌다. 추격자의 얼굴이 선재의 눈앞에 나타났다.

"왜 도망쳐? 뭐 훔치기라도 했어?"

류금선이 말했다.

선재는 두들겨 맞고 있는 사람처럼 양팔로 얼굴을 감쌌다. 류금선이 억지로 팔을 뜯어냈다.

"왜 그래? 내가 뭐 때리기라도 했어? 아, 맞을 짓 했다는 건 아는구나? 그래서 미리 준비하는 거야? 그런 거야? 이 쓰레기 새끼야!"

류금선이 캔을 찌그러뜨리는 것처럼 선재의 배를 밟았다. 선재는 비명을 지르며 배를 움켜쥐었다. 눈물이 핑 돌았다. 선재의 눈에 성당 입구에 걸린 십자가가 보였다.

"여긴 왜 기어왔어? 용서라도 구하려고 왔어? 누구한테? 누가 널 용서해주는데!"

류금선이 고통으로 엎드려 있는 선재의 엉덩이를 걷어찼다. 선재는 옆으로 굴러 하늘을 보고 대자로 누워버렸다. 류금선이 발로 선재의 가슴을 밟았다. 선재가 류금선의 발을 잡고, 고통스러운 신음을 내뱉었다.

"누가 널 용서해줄 것 같아? 용서 안 해. 용서 안 한다고, 이 벌레 같은 새끼야!"

"내가 뭘 잘못했는데!"

선재가 소리를 질렀다.

"뭐?"

류금선의 얼굴이 구겨졌다. 선재가 가슴을 누르던 류금선의 발이 느슨해진 틈을 타 몸을 일으켰다.

"뭐라고 했냐, 지금."

류금선이 말했다.

"나도 피해자라고! 내 인생도 그 일 때문에 망가졌다고!"

선재가 악을 썼다. 류금선이 선재의 멱살을 잡았다.

"그게 사람 새끼가 할 말이냐!"

"뭐, 씨발, 어쩌라고! 야, 너는 정말 류병두가 억울하게 죽은 거 같아? 네 아버지가 정말 결백한 사람 같냐? 내가 파고 있던 사건만 몇 개였는 줄 알아? 다 더러워. 이 판엔 다 더러운 새끼들뿐이라고. 그 더러운 구정물 속을 매일 들여다보는 게 내 일이었어. 네 아버지, 절대 깨끗한 사람 아니야. 재수 좋게 그때까지는 안 걸렸을 뿐이지. 내가 아니었으면 대통령이라도 됐을 것 같아? 됐어도 결국엔 쇠고랑 찼어. 추하게 가느니 명예롭게 갔다고……."

선재가 말을 끝내기 전에 류금선의 주먹이 선재의 입을 쳤다. 선재가 바닥에 쓰러졌다. 류금선은 선재 위에 올라타 무방비 상태의 선재를 붙잡고 계속 주먹을 날렸다.

"네가. 사람. 새끼냐. 사람. 사람. 사람. 사람!"

류금선은 기합 소리를 내듯 '사람'이라는 말을 외칠 때마다 선재의 얼굴을 때렸다. 선재의 눈이 풀리고, 의식이 멀어질 때에 검은 옷을 입은 남자가 나타나 류금선을 뒤에서 붙잡았다. 류금선은 남자에게 붙들려 몸부림쳤다. 남자는 쓰러진 선재를 내려다보며 류금선을 달래듯이 말했다.

"사람이라서 그래요. 사람이라서 어리석은 거예요."

선재가 눈을 찡그려 보았다. 남자의 얼굴은 흐릿하게 보이다 곧 사라져버렸다.

17
고장 난 대포

선재가 눈을 떴다. 한 남자가 자신을 내려다보고 있었다. 의식이 돌아오면서 흐릿해 보이던 남자의 얼굴이 점차 뚜렷해졌다.

"뭐야, 너…… 악!"

선재가 입을 열다 통증을 느끼고 인상을 썼다. 선재의 얼굴은 온통 찢기고 터져 있었다.

"괜찮아요? 늦게 말렸나 싶었는데 어디 부러지지는 않았대요."

호랑이 웃으며 말했다.

선재가 주변을 둘러봤다. 병원 응급실이었다. 환자가 많지는 않은 걸 보니 대학병원은 아닌 것 같았다.

"너 보고 있었냐?"

선재가 상처 입은 짐승처럼 그르렁거리며 말했다. 호랑이 한 손에 든 프로틴바를 씹으며 고개를 끄덕였다.

"네가 거기 왜 있는데?"

"아저씨 지켜보라고 해서 따라갔지."

"누가? 동명이? 전도자?"

"둘 다요."

"너 도대체 누구 편이냐?"

"둘 다 아닌데, 굳이 말하자면 하동명도, 전도자도 다 뒈져버렸으면 좋겠는 편?"

"무슨 원한이 있길래?"

선재가 안간힘을 쓰며 침대에서 일어났다.

"아버지의 원수."

"……나 놀리냐?"

"우리 아버지가 새예언 초대 장로예요. 건물 하나 갖다 바치니까 장로 시켜주더라고요."

선재의 머릿속에 동명이 거짓 예언을 해주었다는 사업가와 그 사업가가 헌금으로 내놓았다는 건물이 떠올랐다. 패스트푸드점에서 호랑과 함께 본 과천의 건물이었다.

"그동안 과천 땅값이 얼마나 올랐는지 알아요? 금싸라기요, 금싸라기. 대박 터져서 건물 하나 올렸으면 그냥 적당히 만족하고 살다가 아들한테 물려줄 것이지. 무슨 부귀영화를 누리겠다고 욕심을 부리다가 다 날려버렸어. 내가 화가 안 나게 생겼냐고."

"아버님은 돌아가셨어……?"

"돌아가셨다는 너무 고상한 표현이네. 하긴 돌아버려서 죽었으니 맞는 말 같기도 하고."

호랑이 남은 프로틴바를 입에 넣고, 침대 옆 쓰레기통에 봉지를 버렸다. 호랑은 잠시 우물우물거리다가 프로틴바를 삼키고 다시 말을 이었다.

"새예언에서 재판을 받았어요."

"재판?"

"인민재판이라고 생각하면 돼요. 무려 배심원까지 있지만 다 전도자를 위대한 지도자로 모시고 있는 돌대가리 새끼들뿐이라 아무 소용도 없지요. 전도자가 잘못된 거라고 하면 아무튼 잘못된 거예요. 웃긴 건 어제 잘못된 것이 오늘은 잘한 게 되고, 내일은 다시 잘못된 게 된다는 거죠. 그냥 전도자가 꼴리는 대로 하는 거예요. 새예언에서 전도자는 절대 선이고, 전도자에 반하는 모든 것은 악이니까."

"아버님은 무슨 판결을 받았는데?"

"사형."

"아버지를 죽였단 말이야?"

"정확히는 저주를 선포했지요. 새예언은 일반 신도는 물론이고, 장로들에게 막대한 헌금을 요구했어요. 특히 선거가 다가오면 요구하는 액수가 달라졌죠. 참다못해 초대 장로였던 아버지가 총대를 메고 이의를 제기했어요. 전도자는 다른 장로들 앞에서 아버지를 저주했어요. 그리고 아버지는 일주일도 지나지 않아서 죽었어요."

"어떻게?"

"아버지가 운영하던 간장공장 옥상에서 투신했어요. 지분을 전부 새예언에 건네고 나서요. 지금은 새예언의 돈줄이 되었지요. 유기농 간장, 된장 부문에서 업계 1위를 다툽니다. 요즘엔 사업을 확장해서 유기농 전문 도시락 프랜차이즈도 운영하고 있어요."

"타살이란 말이야? 신의 이름으로 저주를 해놓고, 스스로 저주를 실현시켰다고?"

"CCTV에는 아버지 혼자 옥상으로 올라가는 모습이 확실하게 찍혀 있었어요. 하지만 꼭 직접 떠밀어야만 타살은 아니잖아요. 아버지는 돈 욕심이 상상도 못 할 인간이었어요. 달란다고 순순히 회사를 넘길 양반이 아니에요. 넘길 수밖에 없는 상황이라고 판단했으니 간 거죠."

"결국 네 추측일 뿐이잖아."

"전도자가 저주를 한 사람은 아버지만이 아니에요."

호랑이 근처에 있는 플라스틱 의자를 끌고 와 앉았다.

"그래서?"

"뭐가 그래서예요. 전도자가 저주를 한 사람은 정말로 다 다치거나 죽거나 망했어요. 사고를 당한 사람도 있었고, 사업이 무너진 사람도 있었고, 아버지처럼 자살한 사람도 있었지요. 그게 다 우연 같아요? 설마 진짜로 전도자의 저주에 능력이 있다고 믿는 건 아니죠?"

"괴담도 안 믿지만, 음모론도 안 믿는단 말이야."

"음모론은 어용수 같은 인간들이 만들어내는 거고, 이건 팩트예요. 아저씨 같은 사람들이 만날 입에 달고 사는 팩트! 정작 진짜 팩트를 알려줘도 믿지를 않으니……"

호랑이 한심하다는 듯 혀를 찼다.

"그러니까 그게 팩트라는 걸 어떻게 증명할 거냐고? 계속 주장만 하면 그게 팩트가 되냐?"

선재가 짜증스러운 목소리로 말했다.

"류병두도 저주를 받았어요."

선재는 얻어맞은 상처들에 소금이라도 뿌린 것처럼 온몸을 움찔거렸다.

"류병두가 새예언 신자였어?"

"신자로 포섭하려고 했었죠. 꼭 신자는 아니더라도 같은 진영에 속하고 싶어 했어요. 대통령이 될 사람이었으니까."

"정치자금을 제공하면서?"

호랑이 고개를 끄덕였다.

"근데 씨알도 안 먹혔죠. 수상쩍은 종교 단체의 도움 같은 거 없어도 충분히 이길 자신이 있었으니까요. 오히려 감히 사이비 단체 따위가 국가권력에 줄을 댈 생각을 하냐고 호통을 쳤대요. 당선이 되면 박살을 낼 거란 말까지 하면서요."

"그래서 전도자가 류병두를 저주했다? 그리고 스스로 저주를 실현시키기까지 했고?"

"결과적으론 그렇게 됐지요."

"네가 지금 무슨 말을 하고 있는지나 아냐? 일개 사이비 단체 교주가 이 나라 권력의 정점에 설 뻔했던 인간을 날려버렸다고 하는 거야."

"왜 안 되는데요? 대통령이건 독재자건 결국 사람 아니에요? 하늘을 나는 새도 떨어뜨리는 게 권력이라지만 막상 자기가 어떻게 떨어질지는 아무도 모르잖아요."

선재는 심각한 얼굴로 잠시 뭔가를 생각하다가 고개를 들었다.

"너 솔직히 말해봐. 오늘 내가 얻어맞는 거 말고 뭐 봤어?"

"딱히 더 본 건 없어요. 성당 안에 따라 들어가려고 했더니 앞에서 신부님이 막더라고요. 거짓말을 별로 안 해보셨는지 너무 티 나게 거짓말을 하시면서요. 신부님한테 거짓말을 시킬 정도면 알려지면 안 되는 사람이랑 만나기라도 하셨나봐요?"

"너 정체를 어떻게 숨기고 새예언에 들어갔는지 모르겠는데 함부로 입 놀리면 다 폭로해버린다. 동명이가 심어놓은 스파이라고 전도자한테 다 말해버릴 거야."

"야, 이 아저씨, 아까 개소리하는 거 듣고 알아보긴 했는데 진짜 쓰레기네."

"뭐, 인마!"

"내가 울 아버지 죽었다는 소식 뒤늦게 듣고, 하동명을 찾아갔어요. 애초에 하동명 거짓말 때문에 새예언이 시작된 거고, 우리 아버지도 새예언이랑 엮이게 된 거니까 일단 하동명 조지고, 그다음에 전도자도 조지겠다고 마음을 먹고, 술에 이빠이 취해서 찾아갔죠. 근데 이 인간이 내가 누구 아들인지 듣더니 바로 무릎부터 꿇네. 그리고 다 자기 잘못이래. 대역죄인이라도 된 것처럼 머리를 박으면 서 말하더라고."

"그래서 뭐, 감동이라도 했냐? 그래서 스파이 짓 하기로 했어?"

선재가 붉어진 얼굴로 빈정거렸다.

"아니, 존나 깠지. 내가 학교 다닐 때 축구를 했거든. 축구화를 신 고 가서 존나 깠어. 축구공 차듯이. 계속 발로 차다가 내가 지쳐서 쓰러질 때까지 깠어. 얼마나 요란하게 두들겨 팼는지 이웃에서 신 고를 해서 경찰이 다 왔어요. 난 바로 쇠고랑 찰 줄 알았는데 이 인 간이 경찰한테 아무 일도 아니라는 거야. 그리고 다시 나한테 빌더 라고. 다 자기 잘못이라고. 바로잡을 수 있게 도와달라고. 새예언 무너뜨리고 난 다음에 자길 어떻게 해도 좋다고. 그래서 당분간 살 려두기로 했어. 근데 아저씨는 아까 그냥 뒈지게 놔둘걸 그랬다."

호랑이 엉덩이를 살짝 들어 의자를 선재 쪽으로 쓱 끌더니 조용 히 덧붙였다.

"아저씨, 나는요, 나 방해하는 새끼들은 다 조질 거거든. 그러니 까 깝치지 마요. 진짜로 뒈지는 수가 있으니까."

호랑의 눈빛에 불꽃이 튀었다. 선재는 호랑의 눈을 피해 자리에 서 일어났다.

"어디 가요?"

"화장실 가는 것도 허락 맡아야 되냐!"

호랑이 귀찮다는 듯 다녀오라고 손짓을 했다. 선재는 코너를 돌 아 호랑의 시야를 벗어난 후에 응급실 밖으로 나갔다. 호랑이 휴대폰으로 잠시 뉴스를 살피는데 누군가 응급실 안으로 들어왔다. 호랑이 자신에게 오는 사람을 보고 얼굴을 찡그렸다.

"여길 왜 와?"

"선재는?"

동명이 말했다.

"사람이 물으면 대답을 해. 왜 왔냐고?"

"친구가 다쳤는데 와봐야지."

"그냥 처맞아야 될 놈이 처맞은 거야."

"나한테는 무슨 소리를 해도 괜찮은데 선재는 너한테 잘못한 거 없잖아. 너무 함부로 대하지 마라."

동명이 타이르듯 말했다.

"이러니까 그 모양이지. 그렇게 물러 빠져서 어떻게 새예언을 끝장낼 건데?"

"지금껏 하던 것처럼 해야지. 나쁜 놈들은 결국 제풀에 쓰러지게 돼 있어."

"에유, 얌전히 보고나 있어요. 괜히 나대다가 골로 가지 말고. 새예언은 내가 알아서 처리할 테니까."

"알아서 어떻게?"

"남이사!"

동명이 웃으며 침대에 털썩 앉았다.

"요즘 분위기는 어때?"

"마재형은 야망이 있는 인물이야. 마냥 전도자 밑에서 지낼 생각은 없어. 요즘 만나는 사람이 꽤 많아. 새예언에서 나와 자기 사업을 하려는 것 같아."

"전도자는 그걸 알아?"

"모르겠어. 별로 신경을 안 쓰는 것 같아. 늘 모든 걸 꿰뚫어 보는 것처럼 말하는데 진짜인지 아니면 연기를 너무 오래 하다 보니 정말 자신을 신처럼 생각하게 된 건지 알 수가 없어."

"아무리 총명한 사람이라도 자기를 신처럼 떠받드는 사람들 사이에서만 지내다 보면 멍청해지기 마련이지."

"경험담인가?"

동명이 미소를 지으며 호랑을 바라봤다.

"뭘 재수 없게 꼬나보고 있어."

"늘 고맙게 생각한다."

"뭘?"

"나도 착각할 때가 있거든. 다들 사이비 단체와 목숨을 걸고 싸우는 정의의 투사처럼 대해주니 나도 정말 내가 그런 인간 같기도 해. 하지만 널 보면서 나는 그저 용서받은 죄인일 뿐, 전도자와 하나도 다를 것 없는 놈이란 사실을 떠올리지."

"누가 널 용서했는데?"

호랑이 잡아먹을 듯이 동명을 노려봤다. 하지만 동명은 미소가 조금 옅어졌을 뿐 부드러운 눈빛으로 호랑의 시선을 받아냈다.

"환자분 어디 가셨어요?"

의사가 중재자처럼 다가와 말했다.

"아, 네, 화장실요."

호랑이 말하다 말고 시계를 봤다. 벌써 시간이 꽤 흘렀다.

"이 새끼가⋯⋯."

호랑이 나직하게 말했다.

병원에서 나온 선재는 택시를 잡아타고, 휴대폰을 꺼내 어디론가 문자를 보냈다. 택시는 남산 아래에 멈췄고, 선재는 인적이 드문 위치에 서서 누군가를 기다렸다. 얼마 후에 은색 소나타가 나타났다. 선재가 소나타에 탔다. 선재는 운전석에 탄 남자를 보고 조금 놀란 눈치였다.

"형은요?"

선재가 차 안을 둘러보고 말했다. 운전석에 앉은 남자 말고는 아무도 없었다.

"얼굴은 왜 그 모양입니까?"

"별거 아니에요. 형은요?"

"의원님은 만나실 수 없습니다."

"아니, 중요한 할 이야기가 있다니까요."

"저한테 하십시오."

"제가 직접 해야 할 이야기예요."

남자가 한숨을 쉬더니 정색을 하며 말했다.

"지금이 어떤 시기인지 몰라서 이러십니까? 알 만한 분이 왜 이러십니까? 저는 오늘 오전에 두 분이 만나는 것도 반대했습니다.

하지만 의원님이 고집을 하셨지요. 그런데 하루도 지나지 않아서 또 이러세요?"

"알지요. 알아서 이러는 거예요. 조금 무리를 해서라도 꼭 전하고, 확인해봐야 하는 이야기라니까요. 무슨 곤란한 부탁을 하려는 게 아니에요."

"저한테 말씀하세요. 어차피 의원님은 모든 상황을 저와 공유하십니다. 그러니 저한테 말씀하셔도 의원님에게 말씀하시는 것과 다를 게 없습니다."

선재가 남자를 빤히 보다가 피식 웃었다.

"혹시 지금 나하고 기 싸움하는 거예요?"

"네?"

"어차피 우리 다 같은 배를 탄 사이 아닙니까? 결국 나중에 함께 일도 하게 될 텐데 이래서 좋을 게 뭐가 있습니까? 아직 형한테 내 말도 제대로 전하지 않았지요? 이러지 말고, 일단 내 말부터 전하세요. 독단적으로 결정을 했다가 나중에 문제 생기면 어쩌려고 그러세요. 다 제가 '리' 선생님 생각해서 말씀드리는 겁니다."

리 선생이라고 불린 남자의 얼굴이 굳었다. 남자는 교사도 아니었고, 선재에게 선생님이라고 불리기엔 나이가 어려 보였다. 하지만 백발이 성성한 국회의원들도 남자를 만날 때면 꼭 리 선생이라고 불렀다. 리 선생은 사우스캐롤라이나 출신으로 대학을 졸업하자마자 미국 정치판에 뛰어들었다. 리 선생은 대중의 감성을 자극할 줄 알았다. 리 선생은 몇 번의 선거에서 자신이 무엇을 할 수 있는지 보여주었고, 미국 정치판에 자신의 이름을 알려갔다. 하지만 그는 별안간 한국행 비행기에 몸을 실었다. 정구현이 리 선생을 스카우트한 것이다. 정계에선 유현덕이 제갈공명을 얻은 격이라는 말이 돌아다녔다. 물론 그런 평가는 같은 진영에서 나온 것으로 상대 진영은 리 선생을 '선거판의 귀신'이라고 불렀다. 사람을 홀려서 자기 뜻대로 휘두르다 망쳐버리는 악령.

악령이 차가운 미소를 지으며 입을 열었다.

"같은 배라……, 맞습니다. 우린 같은 배에 타고 있죠. 선장은 물론 의원님이십니다. 저는 일등항해사겠지요. 기자님은 자신이 뭐라고 생각하십니까?"

"저는……."

"기자님은 대포입니다. 한때는 꽤 무서운 대포였죠. 많은 배가 기자님 때문에 침몰했습니다. 가장 크고 빠른 배조차 기자님 때문에 수장되었지요. 하지만 지금은 고장 난 대포입니다. 다른 배를 공격하기는커녕 안에 든 화약 때문에 오히려 집중 공격 대상이 될 위험 요소입니다. 고장을 고치기 전까진 아무런 쓸모가 없습니다. 차라리 바다에 버려버리는 편이 낫지요."

"말씀이 심하지 않습니까! 이길 가능성이 높아 보이니 미리 형과 내 사이를 갈라놓고, 자기 자리를 확보하고 싶은 모양인데 그러다가 정말 크게 다칠 겁니다."

"전 자리 욕심은 없습니다. 욕심이 있었다면 미국에 계속 있었겠지요. 전 선거라는 게임을 좋아합니다. 세상에서 가장 큰 도박판이고, 가장 재밌는 게임이지요. 한국의 선거판엔 어떤 재미가 있을지 느껴보고 싶어서 왔을 뿐입니다. 물론 재미있기만 해선 안 되지요. 전 이기기 위해 고용된 사람이고, 승리할 수 있다면 무엇이든 합니다. 두 분이 대학 시절부터 친밀하게 지내온 것은 잘 압니다. 얼마나 특수한 관계인지도 알지요. 하지만 저에게 그런 건 고려의 대상이 아닙니다. 제가 고려하는 부분은 이런 것들이지요. 만약 오늘 오전에 의원님과 기자님이 함께 있는 모습을 누가 찍었다면? 그걸 언론에 흘렸다면? 과연 상대 진영은 그것을 어떻게 이용할까? 가짜 뉴스로 류병두를 죽인 권선재와 차기 대선후보 정구현이 비밀스러운 만남을 가졌다. 저라면 정구현 의원이 권선재를 이용해 가짜 뉴스를 퍼뜨려 류병두를 제거했고, 대선에서 승리하면 권선재를 요직에 앉힐 거라는 소문을 낼 겁니다."

"그게 할 말입니까!"

"정치는 프로레슬링 같은 겁니다. 스포츠가 아니에요. 쇼입니다. 각본이 있는 드라마입니다. 그 선수가 무대 아래에서 어떤 사람이냐는 중요하지 않아요. 무대 위에서 악역이면 그 선수는 악당인 거고, 그래서 조롱받습니다. 무대 아래에선 약물에 절어 살며 아이들을 폭행하는 쓰레기라도 선역으로 정해진 선수는 무대 위에서만큼은 영웅입니다. 대중들은 만들어진 캐릭터에 몰입하고, 열광하지요. 캐릭터가 망가지면 끝장인 거예요."

선재의 얼굴이 일그러졌다.

"기자님, 저는 기자님이 의원님 근처에 얼씬도 거리지 않기를 바랍니다. 기자님이 정말로 의원님을 형제처럼 생각하신다면 지금은 없는 사람처럼 지내셔야 할 때입니다. 그러니 하실 말씀이 있으면 저에게 하십시오.”

선재는 한동안 창밖을 보다가 불쑥 입을 열었다.

“새예언을 아십니까?”

정지화면처럼 무표정하던 리 선생의 얼굴이 찰나의 순간 화면이 깨진 것처럼 변했다.

“무슨 말입니까? 질문을 하지 마시고, 하실 말씀이 있으면 쭉 하세요. 간 볼 생각 하지 말고요.”

“아닙니다. 그냥 잊어버리세요.”

선재는 차 문을 열고 나가버렸다. 어느덧 날이 어둑해졌다. 선재는 뒤도 보지 않고 앞을 향해 걸었다. 뒤편에서 자동차 헤드라이트가 선재를 쏘았다. 문득 선재는 소나타가 자신을 치고 지나가지 않을까 하는 두려움에 사로잡혔다. 하지만 은색 소나타는 선재를 지나쳐 어둠 속으로 사라졌다. 선재는 그 자리에 주저앉아버렸다. 문득 길을 잃었던 어린 시절이 떠올랐다. 그때와 달리 선재는 어디로 가야 하는지를 알고 있었다. 택시를 잡아탈 돈도 있었다. 하지만 시장 바닥에서 자신을 기다려주었던 아버지는 없었다. 세상 모두가 포기해도 자신을 기다려줄 아버지. 선재는 아버지가 보고 싶었다.

18
광신도와의 인터뷰

"전도자님 지시 사항이세요."

이 한마디면 손사래를 치던 사람도 인터뷰에 응해줬다. 수아와 성원은 새예언 본당 건물을 돌아다니며 신도들을 대상으로 인터뷰를 진행했다. 전도자는 물론이고 선재도 시키지 않은 일이었다. 수아에게도 선재는 슈퍼맨 같은 존재였다. 그래서 선재의 몰락은 커다란 충격이었다. 선재가 함정에 빠진 것을 알게 된 지금, 수아는 누구보다 선재를 돕고 싶었다. 하지만 선재는 수아에게 아무 일도 맡기지 않고, 종일 바깥으로 다니기만 했다. 그렇다고 멍하니 있을 수만은 없었다. 수아는 본당 건물을 돌아다니며 새예언 신도들의 인터뷰를 따기 시작했다. 명목상은 새로 만들어질 새예언 다큐에 들어갈 인터뷰였지만 실은 새예언의 실체를 폭로하기 위한 것이었다. 새예언 신도들의 반응은 예상한 대로였다. 새예언 신도들은 하나같이 전도자를 훌륭한 지도자라고 칭송했고, 새예언이야말로 지상에 이뤄질 천국의 모형이라고 말했다. 관광을 간 남한 사람에게 북한 체제의 우수성을 선전하는 안내원 같았다. 수양관에서 몇 번이나 마주쳤던 남자도 어눌한 말투를 빼면 크게 다르지 않았다. 남자는 늘 낡은 군복 바지를 입고, 공구를 챙겨 다녔다.

"카메라를 보고 말하면 되나요?"

"네, 편안하게 해주세요."

"언제부터 새예언에서 일을 하셨어요?"

수아가 말했다.

"6년째입니다."

"처음부터 신도셨나요? 아니면 일을 시작하고 신도가 되셨나요?"

"아들 때문에 오게 됐습니다. 아들이 많이 아파서⋯⋯."

남자의 목소리가 갈수록 쪼그라들었다. 수아는 남자가 새벽기도회에서 고래고래 지르던 소리를 기억했다.

아들을 고쳐달라고, 다 내 잘못이라고, 내 목숨을 거둬 가셔도 좋으니 아들이 일어나게 해달라고.

"아드님은 어디가 아픈 건가요?"

"귀신이 붙었어요⋯⋯."

남자가 죄인처럼 고개를 숙이고 말했다.

"네?"

"나 때문이에요. 내가 사람을 죽여서⋯⋯."

수아가 옆에서 촬영 중인 성원을 바라봤다. 당황한 나머지 수아는 말문이 막혔다.

"혹시 직업군인이셨나요?"

성원이 수아 대신 말했다.

"네, 파병을 다녀왔습니다."

"그럼 사람을 죽이셨다는 게 복무 중에 벌어진 일인가요?"

남자가 고개를 끄덕였다.

"적군이었다면 군인으로서 임무를 다한 거잖아요."

"제 아들 또래 아이였어요."

이 대목부턴 성원도 입을 다물었다. 남자가 고백하듯 말을 이어갔다.

"총을 들고 있기는 했습니다. 분명 위협이 되었죠. 어쩔 수 없는 상황이라고 생각했어요. 하지만 집에 돌아오니 아들이 아프기 시작했어요. 갑자기 쓰러져서는 발작을 했습니다. 병원을 가봤지만 차도는커녕 병명이 뭔지도 알아내지 못했습니다. 그러다가 전도자님의 소문을 들었지요. 이야기를 해보고 싶었지만 감히 저 같은 사람은 만나뵙기도 어려운 분이었지요. 그런데 감사하게도 저희 부자를 만나주셨습니다. 전도자님은 제가 말씀도 드리기 전에 모든 걸 알고 계셨어요. 제가 죽인 아이가 귀신이 되어 제 아들을 데려가려 한다고 하셨지요."

"그래서 헌금이라도 내면 괜찮아질 거라고 했나요?"

성원의 질문에 남자의 얼굴이 무섭게 변했다.

"어이구, 갑자기 색감이 이상하네."

성원이 카메라 뒤로 얼굴을 숨기며 말했다.

"헌금 같은 것은 요구하신 적이 없습니다. 오히려 병원비도 지원을 해주셨어요. 전도자님은 저를 위로하시면서 제가 죽어가는 영혼을 열 명 구원해낸다면 용서를 받을 수도 있다고 하셨습니다. 전도자님을 만나기 전에는 아이와 함께 죽을려고 한 적도 있지만 지금은 끝까지 아이와 함께 살아가기로 결심했어요. 전도자님이 도와주신 덕분입니다."

"그래서 새예언에서 일을 하시는 건가요? 여기서 일하는 것이 영혼을 구하는 일이라서요?"

수아가 질문을 던지는데 남자의 뒤로 낯익은 얼굴이 지나갔다.

"아, 잠시만요. 죄송하지만 잠시만 있다가 계속할게요."

수아는 남자에게 양해를 구하고, 급히 발걸음을 옮겼다. 성원이 의아한 눈으로 수아가 가는 쪽을 바라봤다.

"저기요. 잠깐만요."

수아가 외치자 호랑이 고개를 돌리며 멈춰 섰다.

"오, 또 만났네."

호랑이 미소를 지으며 수아에게 말했다.

"맞죠? 우리 수양관에서 만났었죠?"

"여기서 뭘 하고 있어?"

"인터뷰요."

"무슨 인터뷰? 새예언이 얼마나 사악한 사교 집단인가?"

"대체 정체가 뭐예요? 정화의 날에 나한테 했던 말은 무슨 뜻이고요? 내가 삼촌을 끌어들이기 위한 미끼라는 것처럼 말했잖아요."

"실망인데. 권선재가 여기서 뭘 하고 있는지 보면서도 그걸 묻는다 말이야?"

"삼촌을 부른 것은 내 선택이었어요. 누가 나더러 삼촌을 부르라고 한 적도 없었어요."

"덕분에 편했지. 네가 알아서 불러줬으니까."

"그럼 자영이는요? 나는 자영이한테 속아서 온 게 아니에요. 내의지로 왔어요."

"네 의지?"

호랑은 피식 웃더니 말을 이었다.

"네가 지금껏 인터뷰한 사람들도 다 자기 의지로 여기 왔어. 다들 그러지. 자기 자신을 믿어야 한다고. 웃기는 소리야. 거짓에 속지 않으려면 자기 자신조차 의심할 줄 알아야 돼. 나도 언제든 속아넘어갈 수 있는 사람이다. 그런 생각을 하고 있는 사람이 가장 속이기 어렵지. 나는 저 돌대가리 같은 놈들과 다르다고 생각하면 너도모르는 사이에 네 머리도 돌처럼 굳어버릴 거야."

호랑이 손가락으로 자기 머리를 가리키며 돌아서려 했다.

"잠깐만요."

수아가 불러 세우자 호랑이 인상을 쓰며 멈췄다.

"왜? 나 지금 네 삼촌 때문에 바빠."

"자영이가 연락이 안 돼요. 어떻게 된 거죠?"

"나도 어디 있는지는 몰라."

"자영이는 자유로운 상태인가요?"

"여기서 자유로운 사람은 아무도 없어."

호랑이 주변을 둘러보라는 듯 양팔을 벌렸다.

"남편을 아직도 안 풀어준 거예요?"

수아의 목소리가 점점 올라갔다.

"그놈은 풀어줬어. 더 이상 쓸모가 없으니까."

"내가 삼촌을 끌어들이기 위한 미끼였으면 자영이는 나를 끌어들이려는 미끼잖아요. 그럼 이제 목적을 다 이뤘는데 왜 자영이를 풀어주지 않지요?"

"홍자영은 여전히 쓸모가 있으니까."

"그게 뭔데요?"

호랑이 잠시 수아를 보다가 입을 열었다.

"신기하네. 홍자영을 돕겠다고 여기가 어떤 곳인지 알면서도 들어왔으면서 정작 홍자영에 대해선 아는 게 별로 없어. 친구 맞아?"

"그냥 동창이에요. 딱히 친구라 할 사이는 아니었어요."

"권선재하고 하동명이랑 똑같네. 둘 사이에 무슨 일이 있었나?"

"난 잘못한 거 없어요!"

"뭣들 하고 있어!"

수아와 호랑의 대화에 낯선 목소리가 끼어들었다.

"삼촌."

"어딜 싸돌아다니다 오시나?"

수아와 호랑이 다가오는 선재를 향해 연달아 말했다.

"전도자 지금 만날 수 있냐?"

선재는 수아와 호랑의 말을 무시하고 물었다. 호랑이 고개를 갸우뚱하면서도 안쪽으로 들어가라는 듯 손을 들어 보였다. 선재가 굳은 얼굴로 수아와 호랑 사이를 지나쳐 갔다.

"이제야 좀 정신을 차린 모양이네."

호랑이 멀어져 가는 선재의 뒷모습을 보며 말했다.

"무슨 말이에요? 삼촌 얼굴은 왜 저래요?"

"네가 직접 물어봐. 난 간다."

호랑이 돌아서자 수아가 황급히 따라가며 말했다.

"제대로 답해준 게 없잖아요! 대체 누구 편이에요?"

호랑이 우뚝 멈추더니 돌아섰다.

"내가 누구 편인 게 중요해? 네가 알고 싶은 건 진실 아니야?"

"……."

"잘 생각해보고, 딱 하나만 더 물어봐. 내가 네 편이 아니라도 입을 열 만한 걸로."

수아는 눈싸움이라도 하는 것처럼 호랑을 노려봤다. 호랑이 돌아서려 하자 수아가 급히 입을 열었다.

"어딜 가면 홍자영 남편을 만날 수 있나요?"

호랑이 수아를 빤히 쳐다봤다. 수아는 기죽지 않고 말을 이었다.

"지금 어디 있는지는 몰라도 기록 정도는 남아 있겠지요. 가르

처줘도 상관없잖아요. 새예언에서도 쓸모없어 버린 사람이라면서요."

"굳이 기록 같은 걸 찾아볼 필요는 없어. 지금 어디 있는지는 몰라도 갈 곳은 빤하니까."

"어디요?"

"새예언에 가족을 빼앗긴 사람이 어디를 가겠어?"

호랑은 이번에도 쉽게 답해주지 않았다. 하지만 수아는 답을 금방 알아챘다.

19

신만이 아는 이야기

전도자는 응급실 의사처럼 선재를 맞았다.

"어이구, 권 기자님. 이게 어떻게 된 겁니까?"

선재는 냉랭한 태도로 소파에 앉았다. 전도자가 맞은편에 앉으며 호들갑을 떨었다.

"아니, 대체 누가 이런 거예요? 사람이 이렇게 될 때까지 뭘 한 거야?"

전도자가 밖을 보며 말했다.

"저한테 사람 붙이셨지요?"

"……."

"병신 같은 새끼가 조용히 따라 붙으랬더니 들키기까지 했다고 생각하시진 마세요. 그 새끼가 스스로 나타나기 전까진 전혀 몰랐고, 그 새끼가 말려주지 않았다면 지금보다 더 엉망으로 터졌을 거니까요."

잠시 굳었던 전도자의 얼굴에 미소가 번졌다.

"불쾌하셨다면 죄송합니다. 권 기자님이 사건을 다시 파헤치다 보면 분명 위험이 있을 거라고 생각했습니다."

"제가 누구를 만났는지 아십니까?"

"모릅니다. 누굽니까?"

"……."

적막 속에서 전도자와 선재가 서로를 보았다. 선재가 먼저 침묵을 깼다.

"현장에 있을 때, 새예언이 정치권에 줄을 대려고 한다는 첩보가 있었습니다. 후배가 물고 온 아이템이었지요. 류병두 의원한테 접근한 적 있지요?"

전도자는 여유 있는 태도로 찻잔에 입술을 적신 후 입을 열었다.

"나라를 위해 기도하던 중에 류병두 의원을 도와야 한다는 하나님의 음성을 들었어요. 그래서 연락을 드렸지만 아쉽게도 제 마음을 오해하셨지요. 오해야 늘 받는 것이니 어려운 일도 아니지만 그렇게 비극적으로 돌아가셔서 제 마음도 편치 않았습니다."

"류병두 의원 다음에는 누구한테 걸었습니까?"

"네?"

"이러지 맙시다. 솔직해지자고. 나보고 하나님 음성이란 걸 믿으라고? 당신들 사람 한 명 포섭하려고 몇 년을 쓰는 걸 아깝지 않아 하는 집단이잖아. 류병두 의원을 잡으려고 한 건 당연히 강력한 대권 주자니까 그런 거 아니야. 그게 실패했을 때는 차선책이란 게 있을 거 아니야. 김대한인가? 그쪽에 건 거야?"

"무슨 경마라도 합니까?"

"경마 맞지. 대한민국에서 가장 큰 도박판이야. 지금 각종 기관장들 다 뭐 하던 인간들인데? 해당 분야에 전문성을 가진 사람이 얼마나 있나? 선거 전부터 김대한에게 베팅을 했고, 그 대가로 낙하산 타고 떨어진 놈들 아니야. 야당일 때는 누구보다도 앞장서서 비난했지만 결국 정권을 잡고 나면 다 똑같지. 그러니까 어떻게든 줄을 대려고 하는 거고. 순진한 척하지 말라고!"

선재는 폭풍 같은 공격을 마친 복서처럼 숨을 들이쉬었다. 하지만 전도자는 아무런 타격도 없어 보였다.

"그렇다고 칩시다. 우리가 김대한 대통령에게 베팅을 걸었고, 당선이 됐어요. 대통령이 우리의 뒷배가 된 겁니다. 그런데 뭐가 달라졌지요? 정권이 바뀌고 지금까지 교세는 지속적으로 확장되었습니다. 하지만 여전히 새예언은 사이비 종교일 뿐입니다. 물론 대중들은 잘 모르지요. 장학사업이나 복지사업 덕분에 그저 좋은 일 하는 교회구나라고 생각하는 분도 있습니다. 우리 신도들이 다양한 분야에서 애를 많이 썼지요. 하지만 기성 교회에선 여전히 우리를 이단 취급하고, 우리 존재를 인정하지 않습니다. 정말 대통령이 우리의 뒤를 봐준다면 최소한 기성 교회가 공개적으로 우리를 차별하고 비난하지는 못하게 해야 하는 거 아닙니까?"

"정치인들 말 달라지는 게 어제오늘 일인가. 그래서 이번에야말로 확실한 줄을 잡으려는 거 아니야. 하나님이 날 도우라고 해서가 아니라 나를 돕는다는 명분으로 새로운 줄을 잡으려는 거 아니냐고."

"도대체 누구요? 기자님이 누굴 아시는데요?"

"……."

선재는 선뜻 대답하지 못했다. 주변을 둘러보았지만 투시 능력이 있는 것도 아니고 도청 장치가 있는지는 알 수 없었다. 현시점에서 가장 강력한 대권 주자인 정구현 의원과 가짜 뉴스로 사람을 죽인 기자 권선재가 실은 같은 배를 타고 있다는 사실을 섣불리 밝힐 수 없었다.

"저희를 그렇게 의심하시면서 애초에 후배분이 내놓은 아이템은 왜 덮으신 겁니까? 솔깃한 제보였을 텐데요."

전도자가 머뭇거리는 선재에게 말했다.

"그때 당시에 터뜨리기엔 너무 민감한 뉴스였어요. 확인하는 데 시간도 필요했고……."

선재는 어느새 다시 전도자에게 존대하기 시작했다.

"그렇게 믿음이 가지 않으시면 그 후배분을 만나보시는 게 어떻습니까? 가서 당시에 취재하려고 했던 내용을 살펴보시면 되지 않습니까?"

전도자는 하나도 걸릴 것이 없다는 듯 당당한 태도로 계속 말했다.

"제가 해드린 말씀을 듣고도 하나님 음성을 믿지 못하겠습니까?"

"전 이성적인 사람입니다. 잠깐은 속을지 몰라도 타당한 이유를 찾습니다. 하나님은 존재하지 않으니 당연히 하나님의 음성이란 것도 없습니다. 하지만 분명 그 이야기는 저와 아버지 말고는 아무도 모릅니다. 제가 말한 적이 없으니 아버지를 통해 알아냈겠지요. 거기까지 가니 수수께끼의 답은 어이없을 정도로 쉽더군요."

"들어나 보죠."

전도자가 흥미롭다는 얼굴로 소파에 몸을 기댔다.

"인터뷰입니다. 기자를 사칭해서 우리 아버지와 인터뷰를 한 거죠. 누나한테 확인해봤어요. 인터뷰를 하기만 하고 그 후로 연락이 끊긴 매체가 한 곳 있었다고요."

"거기가 우리다?"

"그런 일엔 아주 전문적인 집단으로 알고 있는데요."

"그럼 고등학교 때 이야기를 해볼까요?"

"……"

"기자님 고등학교 시절 이야기 말입니다. 기자님 말고는 아무도 모르는 이야기. 그러니까 기자님이 발설하지 않았다면 그 누구도 모르는 이야기를 들려드린다면 믿으실까요?"

선재의 입술이 슬쩍 벌어졌다. 선재가 벌어진 입술 사이로 짧은 숨을 내뱉었다.

"고등학교 때부터 신문부 활동을 하셨지요? 제가 다닌 학교에서도 학교신문이 나왔지만 고등학생이 만드는 학교신문이란 것이 대부분 거기서 거기지요. 학교 소식이나 학우들의 근황, 그 정도 아니겠습니까? 하지만 기자님이 발행하신 학교신문은 달랐지요. 주요

일간지와 저녁 메인뉴스에도 소개가 된 적이 있는 걸로 압니다. 폭력 교사를 폭로하는 내용이었죠?"

정년 퇴임을 얼마 남기지 않은 영어 선생이었다. 하얗게 센 머리에 네모난 안경, 깡마른 몸, 작은 체구였지만 신경질적인 인상을 가진 남자였다. 그는 수업 시간에 졸거나 딴짓을 하는 녀석들을 잡아 뺨을 날렸다. 인터넷에 학생들이 교사를 괴롭히는 영상이 올라오는 요즘엔 상상하기 어려운 일이지만 당시엔 흔한 타입의 교사이기도 했다. 흔하다 해서 옳은 일은 아니었지만 그것만으로 학교에서 쫓겨나기엔 부족했다는 말이다. 그는 다른 폭력 교사들과 비교해서도 유독 학생들에게 좋은 평가를 받지 못했다. 정확히는 공부와 담을 쌓은 아이들뿐 아니라 공부 좀 한다는 아이들에게도 형편없는 교사로 찍혀 있었다. 그는 일본에서 번역한 영어 교재를, 다시한국어로 번역한 교재를 가지고 공부를 했던 세대였다. 전형적인 일본식 영어의 피해자였으면서, 동시에 엉터리 영어를 전파하는 교사이기도 했다. 사실 다른 영어 교사들도 회화를 유창하게 하지는 못했다. 가끔 외국에서 손님이 오면 영어 교사들은 갑자기 몸이 아프거나 집에 일이 생기곤 했다. 다만 다른 교사들은 개정된 교과서를 바탕으로 공통된 수업 과정을 따르고 있었다. 오로지 그만이 변해가는 교과서를 무시하고 자신만의 지도법을 고수했다. 당연히 교과서 진도는 나가지 못했고, 그에게 수업을 듣는 학생들은 학교 시험에서도 불리한 입장에 서게 되었다. 학급 임원들이 모인 학생회에서도 이 문제가 논의될 정도였다. 그리고 반장이자 신문부 부장이었던 선재도 그 자리에 있었다. 학생회는 뜻을 하나로 모아 학교 측에 전달했다. 하지만 학교 측은 오랜 동료였던 그를 수업에서 배제하지 못했다. 학교 측도 문제를 인지하고 있었지만 그 교사는 정년이 얼마 남지 않았기에 조금 더 시간을 흘려보내려는 심산이었다. 하지만 입시를 앞둔 아이들에게는 그 조금의 시간이 중요했다. 불만이 고조되던 어느 날, 사건이 터졌다.

"한 학생이 그 교사에게 맞아 손가락이 부러졌지요. 학교 측은 사건을 덮으려고 했지만 소용없었습니다. 그 학교엔 권선재라는 학생이 있었으니까요. 학교 옥상에서 호외를 뿌리셨다고요. 마치 해방이라도 맞은 것처럼 학생들이 뛰쳐나와 소리를 질렀다죠. 정말 장관이었다고 들었습니다. 호외의 내용은 직접 쓰셨다고 들었습니다. 고등학생이 쓴 문장이라고는 믿지 못할 정도로 훌륭했다고요. 그 교사에게 수업을 듣지 않는 학생들조차 분노할 정도로요. 그 교사는 억울함을 호소했습니다. 학생을 때린 것은 맞지만 자신 때문에 손가락이 부러진 것은 아니라고요. 하지만 어설픈 해명은 불에 기름을 부은 것과 같았지요. 사건이 커진 덕분에 언론사들이 달려들면서 학교 측은 결국 그 교사를 내보낼 수밖에 없었고요."

"그거는……."

선재의 목소리가 미세하게 떨렸다.

"네, 압니다. 이런 건 누구나 다 아는 내용이지요. 훗날 전설적인 기자가 될 권선재의 시작이었으니까요. 이제부턴 아무도 모르는 이야기를 해드리겠습니다. 권 기자님과 하나님만 아시는 이야기요."

전도자가 빙긋 웃으며 말을 이었다.

"이 사건 이후에 기자님은 학교의 스타가 됩니다. 학교 역사상 최초로 신문부 부장 자리를 내려놓고, 2학기에 전교 회장 선거에 도전하시지요. 그리고 압도적으로 당선됩니다. 솔직히 전교 회장이란 자리가 무슨 대단한 권력이 있지는 않지요. 하지만 기자님은 달랐어요. 기자님은 적극적으로 나서 학생들을 위한 학교로 만들어가려고 노력했지요. 학교 측도 신문부 시절 호외까지 발행해가며 학교의 어두운 면을 폭로했던 기자님을 무시하기는 어려웠고요. 다신 나오기 힘든 역대 최고의 학생회장이란 말까지 들으셨지요. 그런 분이 엘리트 언론인으로 성장한 후에 국회의원까지 도전한다고 했을 때 난리가 난 건 당연하지요. 하지만 그 사건 이후로 그 교사와 함께 학교를 떠나야만 했던 사람도 있지요."

선재는 가슴이 따끔거렸다.

"그때만 해도 친구 사이셨지요. 같은 신문부였던 하동명 씨 말입니다. 공교롭게도 저희와도 인연이 깊은 분이죠."

전도자는 즐거운 소식을 들고 온 사람처럼 환하게 웃었다.

20
귀신을 보는 아이

양다한이 찻잔을 들었다. 동명이 직접 담근 레몬청으로 만든 차였다. 제법 맛이 괜찮았지만 양다한은 목으로 넘어가는 것이 뭔지 모를 정도로 정신이 나가 있었다.

"다 내 잘못입니다."

양다한이 울먹거리며 말했다.

"그때 뒈져버렸어야 했는데!"

양다한은 고개를 파묻고 머리를 움켜쥐었다.

그날도 양다한은 벤치에 앉아 같은 자세로 같은 말을 했다. 나 같은 새끼는 뒈져버려야 한다고.

연말의 명동 거리엔 사람들의 행렬이 끊이지 않았다. 양다한은 그 인파 속에서 익사해버릴 것만 같았다. 고등학교를 졸업하고 연극을 하겠다며 서울에 온 지 6년째 되던 날이었다. 극단에 들어가

허드렛일부터 시작해 1년이 넘어서야 단역이 주어졌지만 양다한은 번번이 제대로 해내질 못했다. 연습 때면 괜찮다가도 막상 무대에 오르면 실수 연발이었다. 노련한 선배들 덕분에 묻어갔지만 무대가 끝나면 혼이 나기 일쑤였다. 결국 양다한은 극단에서 쫓겨나듯 나오고 말았다. 양다한은 연극무대뿐 아니라 인생이란 무대에서도 쫓겨난 기분이었다. 거리엔 화려한 조명이 반짝였고, 사람들은 저녁 시간을 맞아 삼삼오오 짝을 이뤄 식당으로 들어갔다. 양다한은 문득 같이 밥 먹을 사람 한 명이 없다는 것을 깨달았다. 자신이 살아 있건 죽건 누구도 관심을 가지지 않을 것 같았다. 머릿속에서 '죽어, 죽자'란 말이 종을 치듯 울렸다. 양다한은 머리를 움켜쥐었다.

"내 손을 잡아주었습니다."

양다한이 고개를 들고 말했다. 양다한의 눈은 젖어 있었다. 그날, 양다한의 손을 잡아준 사람은 홍자영이었다.

"같이 밥을 먹었습니다. 흔해 빠진 김밥 체인점에서 돈까스랑 우동을 먹었지만 정말 그곳이 천국 같았어요. 그리고 자영이는 하나님이 보낸 천사처럼 보였습니다. 꿈이라도 꾸는 것 같았지요."

분명 꿈은 아니었다. 다음 날에도, 그다음 날에도 홍자영은 양다한의 곁에 있어주었다. 홍자영의 정체를 알 수 없었지만 그건 별로 중요하지 않았다. 홍자영과 함께 있으면 죽고 싶단 생각이 사라졌다. 그것만으로 충분했다. 양다한은 홍자영과 함께 지내기 위해 일자리를 수소문했지만 경기가 좋지 않아서 아르바이트 자리도 찾기가 어려웠다. 때마침 잠시 함께 극단에 있었던 선배가 일자리를 소개해주었다. '새예언영성수양관'이란 곳이었다.

"미심쩍기는 했어요. 하는 일이 정확히 뭔지 이해하기가 어렵더라고요."

양다한에게 주어진 임무는 신분을 숨기고 수련생들과 함께 생활하면서 같은 방을 쓰는 수련생에 대한 보고서를 작성하는 것이었다.

"비슷한 방식으로 평가를 하는 조직이 없지는 않지만 뭔가 찜찜했지요."

특히 '정화의 날' 행사 때에는 앞장서서 분위기를 주도해야 했다. 조교가 지시를 해도 갑자기 사람들 앞에서 자기 이야기를 꺼내며 감정을 폭발시킨다는 것이 쉬운 일은 아니다. 하지만 누군가 먼저 시작을 해주면 따라가는 것이 인간이다. 양다한 외에도 새예언이 심어둔 요원들이 곳곳에서 분노에 불을 붙였다.

"다 대본이 있습니다. 수양관에서 생활하는 내내 연기를 해야 되는 셈이라 저처럼 배우를 지망하던 사람들을 모은 거죠. 잘해내면 소속을 바꿔서 더 큰 역할을 맡기기도 한다고 들었어요. 전문 포교조로 들어가는 거죠. 그리고 거기서도 인정을 받고, 공을 세우면 연예계로 진출할 수 있도록 지원을 해준다고 했습니다. 그렇게 뜬 대표적인 사람이 조준영입니다."

조준영은 영화와 드라마를 넘나들며 활동하는 중견 연기자였다. 젊은 시절에는 빛을 못 봤지만 중년이 되어 악역으로 존재감을 드러내기 시작했다. 극 중의 역할과는 다르게 기부나 봉사활동에도 자주 나서서 이미지가 좋았다.

"수련생은 매 기수마다 끊이지 않고 들어와서 수입은 안정적이었어요. 일도 점점 할 만해졌고요. 욕심이 생겼습니다. 저도 인정을 받아서 조준영처럼 되고 싶었어요. 빨리 성공해서 자영이를 행복하게 해주고 싶었습니다. 항상 남들보다 앞장서서 열성적으로 활동을 했어요."

덕분에 양다한은 큰 공을 세웠다. 신분을 위장해 수양관에 잠입한 기자를 찾아낸 것이다. 기자는 완강하게 부인했지만 소용이 없었다. 기자가 몰래 인터뷰를 시도했던 수련생이 새예언이 심어놓은 양다한이었기 때문이다.

"그때쯤엔 저도 새예언의 충실한 신자가 되어 있었습니다. 다른 신도들은 한 번 받는 교육을 매 기수마다 들어가서 받았으니까요. 물론 처음엔 건성으로 들었죠. 하지만 같은 메시지에 지속적으로 노출된다는 건 굉장한 효과가 있더군요. 그래서 그 기자를 잡아냈을 때는 정말 기뻤어요. 단순히 성과를 올린 것이 아니라 올바른 일을 하고 있다고 믿었죠. 그 일로 표창까지 받았습니다. 그때, 전도자를 직접 봤지요. 군대에 있을 때, 사단장하고 악수를 했던 적이한 번 있어요. 병장만 봐도 다른 세계의 사람 같았는데 투 스타인 사단장은 하늘 위에 있는 존재였지요. 그런데 그때보다 전도자를 만났을 때가 훨씬 떨렸습니다. 말 그대로 메시아 같았어요. 자영이를 구해줄 사람은 전도자밖에 없다고 생각했습니다."

"구해줘요? 뭐로부터요?"

양다한은 잠시 망설이다 입을 열었다.

"자영이는 귀신을 봅니다."

탄식 같은 소리를 뱉어낸 사람은 동명이 아니라 옆에 앉아 있던 수아였다.

1학기 중에 전학을 간 수아는 홍자영이 반 아이들에게 따돌림을 당한다는 사실을 금방 알아챘다. 뉴스에 나올 법한 사건은 없었지만 반 아이들 모두가 홍자영을 싫어했다. 아이들뿐 아니라 교사들도 마찬가지였다. 홍자영이 무엇을 잘못한 것이 아니었다. 홍자영은 잘난 척도 하지 않았고, 다른 친구들의 험담도 하지 않았다. 다만 사람을 똑바로 보질 못했다. 바닥에 뭔가 흘린 사람처럼 늘 시선을 아래에 두고 다녔다. 수업 시간 중에도 칠판을 보지 않고, 교과서와 노트에만 눈을 두었다. 덕분에 딴짓을 한다는 오해도 자주 받았지만 가까이 가보면 필기를 성실히 하고 있었다. 사람을 똑바로 보지 못하는 습관은 초등학생 때부터 지적을 받았던 태도였지만 도저히 고쳐지질 않았다. 나쁜 습관은 하나 더 있었다. 홍자영은 가끔씩 허공을 보며 혼잣말을 했다. 그곳에 누군가 있고, 그에게 말을 거는 것 같았다. 어쩌다 그 모습을 본 사람들이 왜 그러냐고 물어보면 홍자영은 얼버무리며 자리를 피했다. 귀신이 보인다고 말할 수는 없었기 때문이다.

"저한테 처음 말을 건 것도 귀신 때문이라고 했어요. 제가 고개를 처박고 있던 바닥에서 귀신이 얼굴을 내밀고 저에게 속삭이고 있었다고 하더군요. 죽어, 그냥 죽자, 라고요. 그게 제가 생각한 말이 아니라 귀신이 저한테 한 말이라는 거예요. 자영이는 그걸 보고 큰일이 나겠다 싶어 다짜고짜 제 손을 잡았다고 하더군요. 나중에 그 말을 들었을 땐, 저도 믿지 못했어요. 이 사람이 미쳤나 했죠. 내 삶에 천사처럼 나타난 사람이라고 생각했는데 갑자기 무서워졌어요. 하지만 자영이는 미치지 않았어요. 정말입니다."

"전혀 몰랐어요. 저랑 있을 때는 딱히 그런 모습을 보인 적이……."

수아가 말했다.

"자영이를 아시나요?"

양다한이 놀란 눈으로 말했다. 양다한은 그때까지 수아를 에메트의 직원이라고만 생각하고 있었다.

"중학교 동창입니다."

"그러셨군요. 아, 혹시 전학을 오셨었나요?"

양다한이 뭔가 생각난 듯 소리를 높여 말했다.

"네, 자영이가 제 이야기를 했나요?"

"아마도요. 말씀을 들은 적이 있습니다. 귀신이 보이는 것 때문에 누구하고도 친해지기가 어려웠지만 친구라 할 사람이 딱 한 명 있었다고요. 전학을 온 친구인데 그 친구하고 있으면 귀신이 사라졌다고 했어요."

"귀신이 사라져요?"

동명이 끼어들었다.

"네, 자영이가 다른 사람한테 붙은 귀신을 보게 된 건 먼저 자신한테 귀신이 내린 다음이에요. 자영이 어머님이 무당이셨거든요. 자식에게도 신내림이 이어진 거죠. 자영이는 어머님처럼 살기 싫어했어요. 하지만 신내림을 거부하면 저주를 받는다고 하더군요. 실제로 자영이 몸은 계속 허해졌지요. 당연한 거죠. 보여선 안 될 것이 보이고, 들려선 안 될 소리가 들리니까요. 얼마나 괴로웠겠어요. 좀처럼 속내를 털어놓을 친구도 없었으니까요. 하지만 친구분을 만날 때만큼은 귀신이 자신을 괴롭히지 못했다고 했어요."

양다한은 안쓰러운 얼굴로 이야기를 하다가 수아를 바라보며 미소를 지었다. 하지만 수아의 얼굴은 밝지 못했다.

"저한테 그런 이야기를 한 적은 없어요."

"굳이 말할 필요가 없었겠지요. 존재만으로도 의지가 되는 사람이었을 테니까요. 분명 자영이한테 가장 고마운 친구였을 겁니다."

수아가 고개를 슬쩍 저었다. 동명이 수아의 눈치를 보며 화제를 돌렸다.

"전도자에게 자영 씨에게 내린 귀신을 쫓아달라고 한 겁니까?"

"네, 어떻게 하신 건지는 모르겠지만 친구분이 귀신을 잠시나마 사라지게 했다면 전도자는 완전히 쫓아낼 수 있을 거라고 생각했습니다. 전도자도 흔쾌히 데리고 오라고 했지요. 그런데⋯⋯."

양다한이 얼굴을 일그러뜨리며 말을 이었다.

"막상 전도자를 마주한 자영이는 겁에 질렸습니다. 무시무시한 괴물을 앞에 둔 사람처럼요. 말도 제대로 하질 못했어요. 전도자는 귀신이 자신을 보고 발작을 하는 거라며 저를 안심시켰습니다. 하지만 당장 영적인 수술을 진행해야 하는 상태이니 자기한테 맡기고 나가라고 했지요. 그게 마지막이었습니다."

"마지막이요?"

"그날을 마지막으로 자영이를 보지 못했습니다."

양다한의 눈에서 눈물이 뚝뚝 떨어졌다.

양다한은 한동안 슬픔을 억누르더니 간신히 다시 입을 열었다.

"전도자는 혼자 나와서 귀신을 깊은 잠에 빠져들게 했다고 했어요. 하지만 아직 귀신과 한 몸인 자영이도 깨어나지 못한다고 했지요. 그러면 어떻게 해야 하냐고 했더니 자영이가 이렇게 된 건 가문에 흐르는 저주 때문이라고 했습니다. 그것을 끊어내려면 제가 고행을 통해 그동안 조상들이 저지른 죄를 회개하고, 마음을 정결하게 해야 한다고 했어요."

"그래서 수용소로 간 겁니까?"

"저희들은 수행소라고 불렀습니다."

뭐라고 부르건 실상은 같았다. 입소자들은 강제로 노역을 해야 했다. 임금은 수용소에 오래 머물수록 조금씩 높아졌는데 그래봐야 월 20만 원 정도였다. 노동력 착취와 인권유린의 현장이었다. 하지만 입소자들은 모두 다 동의하에 수용소에 들어갔고, 수용소의 모든 규칙에 따르겠다는 각서에 자기 손으로 서명을 했다. 가끔씩 항의를 하는 사람도 나타났지만 곧 제압을 당했다. 따지지 않고 묵묵히 일만 한다고 해도 작업량을 맞추지 못하면 징계를 받았다.

"저녁마다 자체 비판 시간이 있었습니다. 우리끼리 서로가 서로를 감시하고, 비난하게 만들었어요. 비판을 할 때는 상대의 뺨을 치면서 했습니다. 약하게 때리면 반대로 맞아야 했어요. 가만히 있으면 된다고 생각하지만 누군가에게 지목이라도 당하면 피할 수가 없었죠. 당하지 않으려면 먼저 공격하는 수밖에 없었습니다."

지옥 같은 생활 속에서 유일하게 기다렸던 순간은 영상 면회 때였다. 하지만 양다한이 볼 수 있었던 장면은 홍자영이 누워 있는 모습뿐이었다. 홍자영은 주술에 걸린 사람처럼 깨어날 줄을 몰랐다. 그럴수록 양다한은 더욱 열심히 수행을 해야겠다는 각오를 다졌다. 그리고 양다한은 마침내 깨어난 홍자영을 영상으로나마 만나게 되었다. 화면 속의 홍자영은 양다한에게 작별을 고했다.

"운명이라고 했어요. 어쩔 수 없는 거라고, 그러니 받아들여야 한다고요. 자기는 귀신이 들린 여자고, 자영이 안의 귀신은 전도자에게만 복종한다고요. 우리는 헤어져야만 한다고 했어요. 절 내보내면서 수용소장도 말하더군요. 자영이는 특별한 능력을 가진 여자고, 저처럼 평범한 사람은 감당할 수가 없다고요. 전도자가 거두어줘서 다행이라고 생각하랬어요."

"그게 말이 돼요? 당장 신고를 해야죠!"

수아가 말했다.

"사실 혼인신고도 하지 않았어요. 법적으론 남남인 거죠. 그리고 처음 만났을 때 자영이는 미성년자였어요. 문제를 삼으면 오히려 제가 곤란해질 거라고 하더군요."

양다한이 고개를 푹 숙였다.

"다 제 잘못이에요. 돌이켜 보면 처음부터 다 엉망진창이었어요. 잘못된 선택을 너무 많이 했어요."

"양다한 씨. 고개 들어요."

수아의 목소리에 양다한이 움찔하며 고개를 들었다.

"자영이와 나는 친구 사이가 아니에요. 자영이는 날 싫어했고, 다신 날 만나고 싶지 않았을 거예요. 하지만 자영이는 날 찾아와서 무릎까지 꿇고 빌었어요. 남편을 구할 수 있게 도와달라고요."

수아는 양다한의 눈을 똑바로 바라보며 덧붙였다.

"그러니까 정신 차려요."

21
저주에 숨겨진 진실

수아는 홍자영이 다니던 학교로 전학을 가고, 얼마 되지 않아 생일을 맞았다. 생일 하루 전, 수아는 바로 전에 다녔던 학교에서 함께 지냈던 친구들에게 편지를 받았다. 수아와 같은 반이었던 아이들은 한 명도 빠지지 않고, 수아에게 축하와 그리움의 메시지를 전해 왔다. 당시 수아를 담당했던 교사는 10년 넘게 교직에 몸담으면서 그런 경우를 처음 보았다. 수아와 만난 사람들은 다들 수아를 좋아했고, 그건 전학을 간 학교에서도 마찬가지였다. 수아는 흔히 말하는 날라리 같은 아이들뿐 아니라 공부 외에는 관심이 없어 보이는 모범생들과도 잘 지냈다. 대부분의 평범한 아이들은 말할 것도 없었다. 비법은 없었다. 수아는 만나는 사람마다 밝게 인사를 건넸고, 다른 아이들의 말을 귀담아들었다. 장난으로라도 남을 깎아내리지 않았고, 항상 상대를 높여주는 말을 했다. 짝꿍으로, 청소 당번으로, 같은 동아리로, 등굣길에서, 하굣길에서, 점심시간과 체육시간에, 다양한 시간과 장소에서 수아는 모든 아이들을 한결같은 태도로 대했다. 물론 홍자영에게도 스스럼없이 다가갔다. 반 아이들 모두가 홍자영을 무시하는 상황에서 수아의 행동은 위험한 것이었다. 대세가 굳어진 상황에선 다른 태도를 가지는 것만으로도 적으로 몰리게 되니까. 하지만 그런 일은 벌어지지 않았다. 오히려 반 아이들은 얼마 안 가 수아가 친구로 대하는 홍자영도 함부로 대하지 않게 됐다. 수아를 미워하는 사람은 홍자영뿐이었다.

중학교를 졸업하던 날, 홍자영은 수아에게 다가와 편지를 건넸다. 수아가 함께 사진을 찍자고 했지만 홍자영은 희미하게 미소를 지으며 거절했다. 집에 돌아와 열어본 편지엔 짧은 시 같은 글이 적혀 있었다.

너는 나의 희망이었다.
이루지 못할 희망은 절망일 뿐이다.
절망을 버리려면 헛된 희망도 버려야 했다.
희망아, 나는 네가 밉다.
잘 가라. 나의 희망아.
가서 다시는 돌아오지 마라.

붓으로 휘갈겨 쓴 것 같은 붉은 글씨가 수아의 심장을 격동시켰다. 홍자영이 건넨 편지는 피로 쓴 혈서였다.

"고마운 친구에게 그런 걸 보낼 사람이 있을까요?"

수아가 말했다.

"고마운 친구한테 저주를 한 사람은 알고 있는데요. 저는 저주라고 생각하지 않지만요."

동명이 싱긋 웃으며 말했다.

수아와 동명은 양다한을 돌려보낸 뒤 함께 차를 타고 이동 중이었다. 수아는 양다한의 말을 들으며 군복 남자를 떠올렸다. 군복 남자는 자신의 잘못 때문에 아들에게 귀신이 붙었다고 말했다. 전도자는 군복 남자에게 열 명의 영혼을 구원하면 아들이 일어날 거라고 말했다. 수아는 홍자영을 통해서 자신을 끌어들였던 것처럼 군복 남자에게도 뭔가 임무를 주었을 거란 생각이 들었다. 수아는 당장 군복 남자를 만나서 확인을 해보고 싶었고, 동명도 따라나선 길이었다. 남자가 어디 사는지는 모르지만 항상 새예언에서 일을 하고 있으니 일단 그쪽으로 향했다.

"자영이는 무슨 생각으로 그런 걸 저한테 준 걸까요?"

수아가 말했다.

"다시 만났을 때 아무 말도 없었나요?"

그로부터 3년이 지난 후, 홍자영은 수풀에서 튀어나온 뱀처럼 갑자기 수아의 인스타그램에 나타났다. 홍자영은 아무 일도 없었다는 듯 평범한 인사를 건넸지만 수아는 혈서를 보았을 때의 감정이 고스란히 되살아났다. 불쾌함과 두려움, 그리고 의아함이었다. 그런 짓을 해놓고 대체 왜 연락을 해온 것인지 알 수가 없었다. 처음엔 사과를 하려는 모양이라고 생각했지만 홍자영은 중학교 시절의 이야기는 꺼내지도 않았다. 홍자영이 만나서 차라도 한잔하자고 했다면 수아는 응하지 않았을 것이다. 하지만 홍자영은 '하나님을 만나고 싶다'고 말했다. 수아는 그 말을 흘려듣지 못했다. 하나님을 만나고 싶다는 말이 진심인지는 몰라도 그 말 속에 담긴 절박함은 진짜처럼 느껴졌기 때문이다. 홍자영의 말은 위급한 상황에서 119를 불러달라는 요청 같았다. 그리고 수아의 판단은 정확했다. 다시 만난 홍자영은 불안해 보였고, 여전히 누군가에게 괴롭힘을 당하고 있는 것 같았다.

'우선 관계를 쌓아라.'

새예언에서 가르치는 가장 기본적인 포섭 방법이었다. 한 사람을 골라 시간을 들여 친밀한 관계를 형성하고, 그다음에 자신의 정체를 밝힌다. 짧게는 몇 달에서 길게는 몇 년에 걸쳐 쌓아올린 관계의 힘은 생각보다 훨씬 강력하다. 오랜 기간 우정을 나눈 친구를 한순간에 다르게 볼 수는 없는 노릇이니까. 진정한 친구라면 거짓으로 관계를 맺지는 않았을 텐데 이미 정이 들어버린 마음은 분별력을 잃기 일쑤였다.

'이단이라고 불리는 집단이지만 사람은 나쁘지 않다. 날 속이기는 했지만 어쩔 수 없는 일이었다. 새예언에 다닌다는 거 하나만 빼면 정말 좋은 친구다.'

여기서 한 걸음만 더 나아가 '어쩌면 새예언이란 곳도 사람들이 말하는 만큼 나쁜 집단은 아니지 않을까'라는 의문을 품게 하면 포섭에 성공한 것이나 마찬가지였다. 하지만 그 방법은 수아에게 통하지 않았다. 수아는 혈서를 보내놓고, 사과 한마디 하지 않는 홍자영을 친구로 여기지 않았다. 하지만 홍자영은 빈손으로 떠날 수가 없었다.

'널 데려가지 못하면 남편이 죽을지도 몰라.'

홍자영이 교회에 들어와서 했던 모든 말과 행동은 직업을 잘못 선택한 배우처럼 어설펐다. 반면 역설적으로 앞뒤 가리지 않고 진실을 토해낸 그 말은 무서우리만치 생생하게 전달이 되었다. 홍자영은 남편이 형벌을 받고 있다고 했다. 정확히 어디인지 모르지만 새예언이 소유한 해외의 섬으로 추방당해 고된 노동을 하며 지낸다는 것이었다. 남편을 그곳에서 빼내려면 죄의 경중에 따라 보석금 개념의 돈을 내거나 새로운 신도를 포섭해야 했다. 신도를 늘린다는 것은 귀한 영혼을 구원해낸 것이므로 다른 한 사람의 잘못도 용서할 수 있다는 논리였다. 하지만 새예언에선 천하보다 귀하다는 그 영혼조차 돈으로 환산했다. 사람에 따라 더 귀한 영혼이 있다는 말이었다. 죄가 중하면 그만큼 더 귀한 영혼을 데리고 와야 용서받을 수 있었다. 누가 더 귀한가 하면 돈이 있고, 학벌이 있고, 외모가 뛰어나고, 영향력이 있는 인물이었다. 반대로 가난하고, 교육받지 못한, 외모가 못난, 보잘것없는 사람은 데려와도 비싸게 쳐주질 않았다. 수아는 평범한 대학생일 뿐인 자신에게 홍자영의 남편을 구해낼 정도의 가치가 있을지 확신할 수 없었다. 하지만 사실 수아 외에 홍자영의 남편을 풀려나게 할 사람은 없었다. 수아를 미끼로 삼아야 선재까지 낚을 수 있었으니까.

"대체 새예언은 삼촌을 데리고 뭘 하려는 걸까요?"

"뭔지는 모르지만 분명 좋은 일은 아니겠지요. 하지만 너무 걱정은 하지 마세요. 본인은 잘 모르고 있지만 선재 주변엔 저처럼 좋은 친구들이 많으니까요."

동명이 장난스럽게 웃어 보였다.

"도대체 두 분 사이는 어떻게 된 거예요? 저랑 자영이보다도 더 복잡해 보이는데요."

동명은 뜻 모를 미소를 지으며 넘어가려 했지만 수아는 꼭 들어야겠단 얼굴로 동명을 바라봤다. 마침내 동명이 입을 열었다.

"수아 씨가 기자가 되려는 건 선재를 존경해서겠지요?"

수아가 고개를 끄덕였다.

"그럼 선재가 처음으로 이름을 날린 사건도 알고 있나요?"

"당연하지요. 고등학교 신문부 때 폭력 교사를 폭로한 기사잖아요. 기자가 되고 난 다음 사건 말할 줄 아셨죠?"

수아가 의기양양하게 답했다.

"정말 찐팬이시네요."

동명은 엄지손가락을 들어 보이곤 말을 이었다.

"하지만 지금 들려드리는 이야기는 모르실 겁니다. 제아무리 선재의 찐팬이라도 말이지요. 사실 선재의 팬이라면 알고 싶지 않은 이야기일지도 모릅니다. 괜찮으시겠습니까?"

어느덧 동명의 얼굴엔 웃음기가 사라져 있었다.

"괜찮아요. 말씀하신 대로 저는 '진짜' 팬이거든요. '진짜'라면 진실을 외면하지 않지요."

수아가 진지하게 말했다. 동명은 수아의 결연한 얼굴을 보고 미소를 지었다.

"그렇군요. 갑자기 선재가 부러워지네요. 좋아요. 그럼 진짜 팬에게 진실을 말씀해드리지요."

수아가 저도 모르게 침을 삼켰다.

"그 사건의 주요 골자는 당시 영어 과목을 맡고 있던 교사가 한 아이에게 체벌을 가하다가 그 아이의 손가락을 부러뜨렸다는 것입니다. 알고 계시죠?"

수아가 고개를 끄덕였다.

"거짓입니다."

동명이 무슨 말을 할지는 몰라도 좋지 않은 이야기일 거란 생각은 했다. 그래서 각오를 다지고 있었건만 너무나 단호한 동명의 말에 수아는 잠시 머리가 멍해졌다.

"네?"

"체벌을 가한 건 사실이에요. 하지만 손가락을 부러뜨린 적은 없습니다."

"그걸 어떻게 알죠?"

"제가 증인이니까요."

당시 손가락이 부러졌다고 주장한 녀석은 흔히 말하는 일진 그룹에 속한 놈이었다. 녀석은 조잡하게 번역된 일본 성인 만화와 잡지를 학우들을 상대로 대여하는 사업을 벌였다. 중학생 시절부터 시작된 녀석의 사업은 고교로 진학한 후에도 호황을 누렸다. 그날도 녀석은 쉬는 시간에 반을 돌아다니며 영업과 수금에 열심이었다. 그러다가 문제의 교사와 마주치고 만 것이다. 그 녀석이 들고 있다가 걸린 만화는 그냥 야한 정도가 아니라 정신이 이상해질 것 같은 변태적인 내용이 담겨 있었다. 교사는 늘 하던 대로 뺨을 올려붙였다. 한 대, 두 대, 세 대……, 녀석은 정신없이 얻어맞으며 물러났고, 결국 바닥에 꼬꾸라졌다.

"그건 폭행이었어요. 그 선생님은 분명히 문제가 많았습니다. 낡은 사고를 갖고, 낡은 행동을 하는, 교육 현장에서 사라져야 할 사람이었죠. 하지만 손가락을 부러뜨린 적은 없습니다."

동명은 체벌이 가해진 날 저녁에 녀석이 평소 어울리던 무리와 함께 당구장으로 들어가는 모습을 봤다. 녀석은 학교에서 얻어맞은 기억은 벌써 날아가버렸는지 실실 웃고 있었다.

"아마 그날 밤에 무슨 사고가 있었겠지요. 패싸움을 하다가 다쳤든 아니면 술에 취해서 넘어졌든 간에 녀석은 손가락이 부러졌고, 다음 날 깁스를 하고 학교에 나타났어요. 그리고 갑자기 그놈을 그렇게 만든 사람이 선생님이란 소문이 퍼졌어요. 사고뭉치들뿐 아니라 모범생들까지, 거의 모든 아이들이 반감을 갖고 있던 선생님이었죠. 아이들이 끓어오르기 시작했어요."

신호에 걸리자 운전대를 잡고 있던 동명이 수아를 보며 계속 말했다.

"선재는 이 사건을 기사로 내자고 했지요. 고등학교 신문에 체벌과 학생 인권에 대한 기사를 싣다니요. 그건 굉장한 아이디어였고, 용감한 행동이었습니다. 하지만 저는 반대했어요. 정확히는 손가락 이야기를 빼야 한다고 했지요. 설사 그게 사실이라 할지라도 그 사건을 그저 한 사람을 감정적으로 비난하고, 몰아내는 용도로 사용해선 안 된다고 생각했어요. 그때만 해도 당연하게 여겨지던 체벌에 대해서 다 함께 생각해볼 수 있는 좋은 기회였으니까요. 심지어 손가락을 부러뜨린 건 사실도 아니었고요. 선재는 저를 설득하려 했어요. 당연히 학교 측에선 반대를 할 거고, 마음대로 신문을 발행했다가는 징계를 먹을지도 모른다. 그런 위험을 무릅쓰고 나아가는데 그 대목을 빼버린다면 학교 측을 도와주는 꼴일 뿐이다. 틀린 말은 아니었습니다. 하지만 그건 정치적인 논리예요. 정치적인 논리를 따라가면 아무것도 바로잡히지 않아요. 왼쪽 타이어가 펑크가 났으면 타이어를 교체하면 될 일인데 오른쪽 타이어까지 펑크를 내요. 그러고선 문제를 해결했다고 하지요. 분명 잠시는 제대로 굴러가는 것 같아요. 하지만 더 큰 문제가 생겨나죠. 요즘 학교의 모습을 봐요. 제가 학교를 다니던 시절과는 전혀 다른 문제들로 망가지고 있지요."

신호가 돌아오자 동명이 전방을 주시하며 차를 움직였다. 차가 균형을 잡고, 부드럽게 앞으로 나아갔다.

"학교 신문부는 작은 조직이에요. 저와 선재 사이의 충돌은 금방 새어 나가 아이들 사이에 퍼졌어요. 워낙 큰 이슈이기도 했으니까요. 지금 생각해보면 참 기이할 정도로 불타올랐죠. 아이들에게 포르노 만화를 공급하던 녀석은 갑자기 학생 인권의 상징적인 존재가 되었고, 저는 삽시간에 학교 측의 끄나풀 같은 존재로 매도되었습니다. 정치적인 논리에 따르지 않고 진실을 주장한 대가로요. 몇몇 녀석들은 노골적으로 저에게 반감을 드러냈고, 심지어 하굣길에 저를 기다렸다가 집단 폭행하기도 했어요. 누군지 몰라도 저를 패면서 독립운동이라도 하는 기분이었겠지요."

"그래서 학교까지 그만두신 건가요?"

"맞는 것까지도 그러려니 했어요. 저는 잘못한 게 없으니 당당했습니다. 하지만 학교 측이 저를 좋은 대학에 보내주기로 했다는 음모론까지 들었을 때는 그냥 다 그만두고 떠나야겠단 생각이 들더라고요. 참 웃기죠. 어떻게 그런 말도 안 되는 소문이 나돌고, 그걸 또 믿었을까요. 아마 그냥 믿고 싶었던 거겠죠. 그래야 자신들의 행동이 정당화되니까요. 결국 저는 학교를 떠났고, 선재는 영웅이 됐죠."

"그런데도 고마운 친구예요? 원망스럽지 않아요?"

"그땐 당연히 미웠죠. 실망스럽기도 했고요. 지금도 선재가 틀렸다는 생각엔 변함이 없습니다. 그리고 선재가 국회의원이 되지 못한 것도 다행이라고 생각해요. 정말 하나님의 음성을 전했을 뿐 결코 저주를 한 건 아니었지만 솔직히 당시엔 저주하는 기분으로 말하기도 했어요. 이건 선재에겐 비밀입니다. 하하."

동명이 웃으며 주차를 하고 시동을 껐다. 새예언 본당 건물이 보이는 위치였다.

"하지만 선재가 저에게 친구로서 해준 고마운 것들은 변함이 없잖아요. 나쁜 것들만 바라본다면 저야말로 지옥에 떨어져 마땅한 인간입니다. 하지만 주님은 저를 용서하시고, 받아주셨지요. 그리고 저를 친구로 삼아주셨습니다."

"목사님은 회개하고 용서를 구하신 거잖아요. 삼촌이 목사님에게 그런 말씀을 하신 적이 있어요?"

"없지요. 그냥 제가 먼저 용서했습니다. 고마운 친구를 미워하며 살지 않기 위해서요. 주님은 결코 제가 그런 삶을 살기 원하지 않으실 테니까요."

수아가 고개를 끄덕이다가 손을 들어 누군가를 가리켰다.

"저기, 저 사람이에요."

수아가 가리킨 곳에 군복 바지를 입은 남자가 지나가고 있었다. 하지만 수아는 차에서 내리지 못했다. 그럴 새도 없이 남자가 트럭에 올라탔기 때문이다.

"어딜 급하게 가는 모양인데요."

동명이 말한 대로 남자의 얼굴은 급하게 출동하는 군인처럼 굳어 있었다.

"따라가 보죠."

동명이 시동을 켰다.

22
진실의 맛

"와, 뭐 이런 걸 갖고 오셨어요?"

강수미가 말했다.

말은 그리했지만 기분은 좋아 보였다. 강수미가 열어본 박스 안에는 입욕제와 샤워 용품이 담겨 있었다.

"휴지 들고 오는 건 너무 흔한 것 같아서……, 나는 잘 몰라서 조카한테 물어보고 골랐어. 좋은 거라고 하던데."

선재가 말했다.

"딱 수미 취향 저격인데요."

강수미의 남편, 맹준영이 옆에 앉으며 말했다.

"미안하다. 결혼식에도 못 가보고. 너희들도 알다시피 내가 가봐야 시끄럽기만 할 것 같아서."

"아유, 무슨 말씀을 하세요. 어서 드세요."

맹준영이 말했다. 세 사람이 둘러앉은 식탁엔 치킨이 올라와 있었다.

"죄송해요. 먼 길 오셨는데 고작 치킨이나 시켜서."

강수미가 말했다.

"뭐 먹으러 왔냐, 얼굴 보러 왔지. 다리는 너희들이 먹어. 나는 다이어트 중이라 가슴살 먹을란다."

선재가 퍽퍽한 가슴살을 베어 먹었다.

"다이어트를 하려면 치킨을 먹지 마셔야죠."

맹준영이 웃으며 말했다.

"그런가?"

선재가 아직 넘기지 못한 가슴살을 우물거리며 말했다.

"선배, 마음에 없는 이야기하지 말고, 그냥 편하게 하세요. 뭐 때문에 오셨어요?"

강수미가 말하자 맹준영이 선재의 눈치를 슬쩍 봤다.

선재가 가슴살을 꾸역꾸역 넘기자 맹준영이 콜라를 따라줬다. 선재는 맥주라도 되는 것처럼 콜라를 벌컥벌컥 마셨다. 선재는 마음을 먹은 듯 잔을 내려놓고 입을 열었다.

"그 새예언 로비 건 말이야. 네가 전에 내놓았던……."

"선배가 엎어버리셨던 아이템이요."

"그래, 그거……, 전에도 물어봤었는데 너 그거 계속 파고 있었냐?"

"파고 있었으면요?"

"아니, 파고 있었으면 알려줘야지. 전에 '대'선배랑 있을 때 같이 협조하자고 그랬잖아. 그러면서 정보를 숨기는 게 어디 있어?"

"그럼 선배부터 먼저 오픈해주세요."

"내가 뭘 오픈하냐? 뭐 숨기는 게 있다고."

"그때 왜 엎으셨어요?"

"야, 설마 그걸로 지금까지 꽁해갖고 있는 거야? 내가 깐 아이템이 한두 개야?"

"선배는 제가 말도 안 되는, 정말 터무니없는 걸 물고 와도 일단 다 진지하게 봐주셨어요."

"그거야 네가 싹수가 보이고 똘똘하니까 신경 써준 거 아니야."

"그러니까 왜 그때만 예외였냐고요. 제가 아닌 다른 사람을 신경 써줘야 했던 거 아닌가요?"

"너 이미 답을 정해놓고 있는 것 같다? 다른 말을 하면 인정도 안 해줄 것 같은데? 이럴 거면 그냥 네가 이야기해."

"정구현 의원이요."

"……."

"선배는 정구현 의원이 새예언과 연루되었을까봐 엎어버린 거예요. 정구현 의원을 보호하려고."

선재는 입술을 움찔거리다 빈 잔에 콜라를 따라 단번에 들이켰다. 선재가 속이 불편한 얼굴로 말했다.

"야, 강수미, 너 이것밖에 안 돼? 그때만 해도 정구현 의원은 아무도 주목하지 않았어. 새예언이 줄을 대려고 한 건 류병두였고, 류병두는 새예언이 내민 손을 잡지 않았고! 그럼 끝이지. 뭘 더 팔 게 있어? 너 얼마 전에 장관 모가지 하나 날려버리더니 뵈는 게 없냐? 이젠 대권 주자도 한번 날려보고 싶어? 기자가 아니라 스타 되고 싶은 거야? 나중에 정치라도 하려고?"

"류병두 날려버리고, 국회까지 진출하려던 선배처럼요? 걱정 마세요. 선배 덕분에 그렇게 살아선 안 된다는 거 알고 있으니까."

"뭐야, 인마!"

선재가 벌떡 일어났다. 맹준영이 따라 일어나 선재와 수미 사이를 막아섰다.

"류병두 작업한 영상, 류병두 보좌관이 아니라 정구현 쪽에서 보내준 거죠?"

강수미가 말했다.

"정구현 의원이 왜 그런 짓을 하는데? 급이 어느 정도 비슷해야 공작이란 것도 할 생각이 들지. 같은 당에 당선이 유력한 후보가 있는 상황에서 뭣 때문에 조작까지 해가면서 공격을 하냐고! 길게 보고 다음 대선을 노리는 게 당연한 거 아니야?"

선재가 인상을 쓰면서 되물었다.

"당시 정구현 의원은 당의 미래를 책임질 대표적인 젊은 피였죠. 하지만 당을 완전히 장악한 류병두 의원에 비하면 소수파 수장에 불과했고, 무엇보다 류병두 의원과는 사이가 좋지 않았어요. 반류라는 말까지 들었을 정도니까요. 류병두 의원이 당선이 된다고, 정구현 의원이 좋아할 상황이었을까요? 오히려 류병두가 조작된 스캔들로 낙마를 한 후에 정구현에게는 훨씬 좋은 상황이 펼쳐졌죠. 아무런 어려움 없이 대선후보가 됐고, 패배하기는 했지만 어차피 질 싸움을 선전했다는 평을 들었어요. 그 이후론 세력을 확보해 친류파를 몰아내고 당권을 장악했고요. 지금은 당당한 대권 주자죠."

"그건 결과론일 뿐이야. 상황이 이렇게 흘러갈 줄 누가 알았겠어? 그리고 정구현 의원은 영상과는 아무 상관도 없어. 내가 장담해!"

"어떻게요?"

맹준영이 의아한 얼굴로 물었다.

"정구현 의원이 나한테 보여준 게 아니라 내가 정구현 의원에게 보여줬어."

강수미와 맹준영은 선재의 말을 선뜻 이해하지 못했다.

"정구현 의원한테 보여주셨다고요? 왜요? 아니, 본인 확인이 필요하다고 판단했으면 류병두 의원한테 연락을 해야지……."

맹준영이 말했다.

강수미가 어이없다는 듯 피식 웃었다.

"친구가 아니라 모시는 분이었군요. 그걸 터뜨릴 경우에 정구현 의원에게 어떤 영향을 끼칠지 몰라서 보고를 한 거예요. 그래서 지시를 받으려고요. 맞지요?"

"오버하지 마. 정구현 의원은 나한테 이래라 저래라 한 적 없어. 그런 사람이면 보여주지도 않았어. 다 내가 판단해서 한 거야."

"영상을 보여주니 정구현 의원은 어떤 반응이었나요?"

맹준영이 말했다.

"곤혹스러워하는 눈치였어. 솔직히 이 뉴스가 자신한테 유리하게 작용할지 불리하게 작용할지 고민이 된다고 했어. 하지만 무엇이 옳은지는 분명한 것 같다고 했지. 그리고 나한테 눈치 보지 말고, 해야 할 일을 하라고 했어. 정구현 의원은 너희가 생각하는 그런 사람이 아니야. 내가 알아. 보증할 수 있어."

"선배가 한 일에 대해서 떳떳해요?"

강수미가 말했다.

"뭐? 정구현 의원한테 먼저 보여준 거? 비난할 수 있다고 생각해. 하지만 비난받더라도 해야만 하는 일이라고 생각했어. 정구현 의원은 정의로운 사람이야. 나는 언론인이고, 정구현 의원은 정치인이지만 우리는 같은 목표를 가진 같은 편이라고 생각해. 사사로운 감정으로 한 일이 아니야."

"우리가 하는 일이 우리랑 잘 맞는 편에 서서 그쪽을 돕는 거였어요?"

강수미가 말했다.

"그럼 아니야? 정말 아니라고 말할 수 있어? 지금 언론사들이 하고 있는 건 뭔데? 다 전부 자기들 관점에 맞춰 사실을 가공해서 내보내고 있어. 사람들이 사실을 알고 싶어서 뉴스를 봐? 음식 고르는 거하고 다를 게 없어. 짠맛을 좋아하는 사람, 불맛을 좋아하는 사람, 단맛을 좋아하는 사람. 다 달라. 진실이 아니라 내 입맛에 맞는 뉴스를 찾는 거지. 날것 그대로의 진실? 퍽퍽한 가슴살을 그냥 내놓으면 누가 좋아하나? 이게 현실이야. 아니라고 말할래? 네가 내놓는 뉴스는 달라? 지금 되도 않는 상상으로 정구현 의원을 엮으려는 건 뭐야? 여기엔 누군가의 입맛에 맞추려는 정치적인 고려가 없어?"

강수미가 상기된 얼굴로 화를 억누르려는 듯 고개를 숙였다. 식탁 위에 선재가 베어 먹은 닭 가슴살 덩어리가 보였다.

"선배, 왜 우리 프로 이름이 '굿뉴스'인 줄 알아요?"

강수미가 나직하게 말했다.

"뭐?"

"이상하지 않아요? 우리는 시사 고발 프로잖아요. 추한 스캔들 같은 뉴스를 내보내는데 이름은 굿뉴스예요. 그래서 이름을 지을 때 반대가 많았어요. 하지만 제가 고집했어요."

강수미가 선재를 바라보며 말을 이었다.

"예수가 우리의 죄를 대신해 십자가에 달렸고, 다시 부활했다. 이 사실을 믿고, 예수를 주로 시인하는 자는 구원을 받는다. 이게 성경이 말하는 복음이고, 이 복음의 원뜻은 굿뉴스랍니다. 하지만 이 좋은 소식은 스스로의 죄를 인정하는 사람에게만 해당되지요. 죄를 죄라고 생각하지 않는 사람에게 복음이란 아무런 의미도 없는 헛소리일 뿐이죠. 굿뉴스는 사람들의 죄를 밝혀내고, 추궁해요. 그들은 제가 죽도록 밉겠죠. 하지만 저는 그 죄가 밝혀지는 것이 그들에게 굿뉴스라고 생각해요. 구원은 스스로 죄인임을 인정하는 것에서부터 시작되니까요. 왜 정구현을 쫓냐고요? 그 사람이 내 반대편에 서요? 그 사람이 무너지는 걸 원하는 사람들의 입맛에 맞추려고? 아니요. 정구현이 죄를 지었다고 생각하기 때문입니다. 죄를 짓고도, 그건 죄가 아니라고 말하기 때문입니다. 바로 선배 같은 그의 추종자들이 있기 때문입니다. 선배, 선배는 마냥 억울하겠죠. 나도 선배가 영상을 조작하지 않았다고 믿어요. 하지만 선배는 그게 아니라도 그 자리에 있으면 안 되는 사람이에요. 해선 안 되는 일을 하고도, 그게 잘못된 게 아니라고 하는 사람이니까요. 자신의 죄를 인정하지 않는 사람이니까!"

적막이 흘렀다. 강수미가 쏟아낸 말의 무게만큼이나 무거운 침묵이었다. 선재는 입을 꾹 닫고 분을 삭이는 기색이 역력했다.

"그래, 잘 알았다. 그래서 네가 전하고 싶은 굿뉴스가 뭔데? 정구현 의원이 뭘 잘못했어?"

선재가 빈정거리는 말투로 길게만 느껴졌던 침묵을 끝장냈다.

"자, 일단 진정하시죠."

맹준영이 강수미와 선재를 끌어 앉혔다. 강수미와 선재가 어색한 태도로 의자에 앉자 맹준영이 부드러운 미소를 지으며 이야기를 시작했다.

"저희가 취재한 바로 새예언은 류병두 의원에게 접근했다가 면박만 당하고 바로 정구현 의원 쪽으로 선회했습니다."

"아니 베팅을 하려면 승산이 있는 쪽에 해야지. 당내에서도 1위를 못하는 정구현 의원한테 붙어서 뭐 해?"

여기서 강수미가 끼어들려 했지만 맹준영은 자기가 하겠다는 듯 손을 들며 차분하게 말했다.

"다들 이길 거라고 생각하는 쪽에 걸어봐야 남는 게 별로 없지 않습니까? 류병두가 새예언을 받아췄다고 한들 새예언이 없어도 충분히 이길 수 있는 류병두가 당선 후에 새예언을 특별히 챙겨줄 이유는 없지요. 하지만 정구현 의원은 당시만 해도 세력이 부족했어요. 대박을 치려면 모험을 해야지요. 어차피 대통령은 류병두란 말이 있을 정도였으니 먼저는 류병두에게 접근했지만 새예언은 조직의 존속을 위해서 류병두를 제거하고, 정구현을 대선후보로 세우려고 한 겁니다. 정구현이 잘만 된다면 결코 새예언의 도움을 무시하지 못할 테니까요."

"그래서 정구현 의원이 어디서 굴러먹는지도 모를 종교 단체와 손을 잡았다?"

"물론 처음엔 반신반의했겠지요. 하지만 새예언이 류병두를 정말로 제거해버리자 정구현 의원도 새예언을 무시할 수 없게 된 겁니다."

"새예언이 류병두 영상을 조작했다면 왜 나를 끌어들여서 그 사건을 파헤치도록 유도하는데? 이치에 안 맞지 않냐?"

"압박을 하려고요."

강수미가 기어이 끼어들었다. 선재가 인상을 썼지만 그러거나 말거나 강수미가 말을 이었다.

"정구현이 막상 유력한 차기 대선후보가 되니 새예언과 거리를 두려고 한 거죠. 정구현이 커진 사이 새예언도 덩치를 키웠고, 자연스럽게 여러 문제도 터져 나왔어요. 한때 힘이 되어준 집단이 이제 약점이 될 상황이 된 거죠."

맹준영이 눈치를 보다가 다시 말을 가로챘다.

"사실 저희가 처음 취재에 나선 건 순전히 새예언의 사기 행각 때문이었어요. 정구현 의원은 취재 대상이 아니었습니다. 선배도 새예언의 포교 방식은 아시죠? 미리 포교 대상자에 대해 철저하게 조사를 하고, 상황을 세팅한 후에 연기자들을 투입시켜서 예언을 믿게 만들죠. 사실상 사기극을 연출한 거죠. 그런데 새예언에 몸을 담았다가 탈퇴한 사람들을 인터뷰하면서 구체적인 사례를 수집하던 중에 충격적인 소문을 들었습니다."

맹준영은 뉴스 진행자처럼 잠시 뜸을 들였다가 말을 이었다.

"류병두 의원을 대신 연기한 사람이 있다는 거였어요."

선재의 몸이 움찔거렸다.

"찾았어?"

선재가 말했다.

맹준영이 고개를 끄덕이며 덧붙였다.

"배우 조준영입니다."

선재는 영화나 드라마에 관심 끊은 지 오래였지만 조준영의 이름과 얼굴 정도는 알았다.

"지금이야 모르는 사람이 별로 없지만 5년 전만 해도 철저한 무명이었죠. 지인들 말에 따르면 생활고도 극심했다고 합니다. 하지만 류병두가 스캔들로 물러난 후부터 갑자기 굵직한 작품들의 조연 자리를 꿰차더니 지금의 위치까지 오른 거죠."

"접촉은 해봤어?"

선재의 질문에 맹준영이 고개를 저었다.

"새예언이란 말만 꺼냈는데도 못 들을 소리 들은 사람처럼 가버렸어요. 이후에 매니저 통해서 연락이 오긴 했는데 한때 새예언에 다녔던 건 사실이지만 지금은 떠난 지 오래라고 합니다. 자기랑 엮지 말아달라고 했어요. 물론 엉뚱한 소리를 내보내면 고소할 거란 말도 잊지 않았지요."

"⋯⋯."

한동안 말이 없는 선재에게 강수미가 한층 차분해진 말투로 말을 건넸다.

"선배, 정구현 의원이랑 각별한 사이인 건 알아요. 하지만 객관적으로 냉정하게 생각을 해주세요. 지금 우리가 정말 엉터리로 취재를 하고 있다고 생각해요? 지금 우리가 취재하는 대상이 정구현이 아닌 다른 사람이라면 이거 엎을 건가요? 아니면 밀어줄 테니 계속 해보라고 할 건가요?"

선재는 고개를 숙이고 한숨을 길게 내쉬었다. 맹준영이 강수미에 이어서 말했다.

"정구현과 새예언이 연결되어 있다는 첩보는 내부자한테서 나온 겁니다."

"내부자?"

선재가 고개를 들며 말했다.

"새예언은 겉으로 보면 전도자가 절대적인 교주처럼 보이지만 내부에선 계속 권력투쟁이 벌어지고 있어요. 첫 번째 다툼은 초대 목사가 은퇴할 때였죠. 초대 목사는 자신의 딸을 교주 자리에 올려놓고, 계속 영향력을 유지하려고 했어요. 하지만 전도자는 목사의 딸을 정신병원에 입원시켜버렸어요."

"멀쩡한 사람을 정신병원에 보냈다 말이야?"

"엄밀히 말하면 그 안에 멀쩡한 사람은 없지요. 아무튼 교주로 삼으려 했던 딸은 오히려 인질이 되어버렸고, 전도자는 실권을 장악합니다. 하지만 최근 새예언의 사업이 점점 확장되면서 사업 파트를 총괄하는 마재형의 힘이 부쩍 커졌어요."

"그럼 정보는 마재형 쪽에서 흘린 건가? 전도자를 견제하려고?"

"저희는 그렇게 파악하고 있습니다."

선재는 류병두 아들에게 얻어맞아 병원에 갔을 때, 호랑이 해주었던 말을 떠올렸다. 호랑은 아마도 마재형 쪽의 라인을 타고 있는 것 같았다. 결국 이야기는 크게 다르지 않았다.

"정황은 그럴싸해. 이 정도면 더 파볼 만하지. 그건 인정한다. 하지만 증거가 나올 구멍이 없어. 영상 조작에 연관된 사람은 다 죽거나 사라졌어. 조준영이 정말 가담했다고 해도 절대 인정할 리가 없지. 더 파볼 방법이 없잖아."

"틀어박혀서 나오질 않으면 벌집을 건드려야죠."

강수미가 말했다.

"벌집?"

"정구현한테 만나자고 해요. 가서 정면으로 부딪쳐보지요. 우리가 잘못 생각하고 있는 게 아니라면⋯⋯."

강수미가 웬일로 말끝을 흐렸다.

"니들 생각이 정말 맞다면 날 묻어버리려고 하겠지."

"제가 백업하겠습니다."

맹준영이 말했다.

선재는 자신이 베어 먹은 닭 가슴살을 멍하니 바라보다가 다시 들어 한 입 더 물어뜯었다.

"더럽게 맛없네."

23
새벽녘의 손님

"어딜 가는 걸까요?"

수아가 앞에서 달리는 픽업트럭을 보며 말했다. 수아와 동명은 여전히 군복 남자를 쫓고 있었다. 군복 남자가 처음으로 들른 곳은 남자의 아들이 입원해 있는 병원이었다. 병원에서 군복 남자에게 말을 걸어볼까 했지만 시도도 하지 못했다. 그곳에서 군복 남자를 맞이하던 무리가 있었기 때문이다. 병문안 온 친구인가 했지만 정장을 입은 세 남자는 군복 남자와는 분위기가 사뭇 달랐다. 군복 남자의 아들은 1인실에 입원해 있었다. 대형 병원은 아니지만 병원비를 감당하기 쉽지 않을 것이었다. 군복 남자는 새예언이 병원비를 지원해준다고 말했다. 정장 남자들은 새예언 직원들처럼 보였다. 군복 남자는 한동안 병원에 머물다가 정장 남자가 건넨 휴대폰을 받아 들었다. 군복 남자는 누군가와 통화를 하더니 병원을 떠났다. 군복 남자는 새예언 본당으로도, 수양관으로도, 집으로도 돌아가지 않았다. 군복 남자는 인적이 드문 곳으로 트럭을 몰고 갔다. 도로 위의 차들도 점점 줄어들었다. 동명은 미행을 들킬까 싶어 트럭과 거리를 두고 갔다. 군복 남자는 트럭을 산길 앞에 세우고, 산 안쪽으로 들어갔다. 좁은 산길을 바짝 따라붙기는 위험한 상황이라 수아와 동명은 시간을 두고 뒤를 쫓았다.

"놓쳐버렸나봐요."

수아가 초조한 목소리로 말했다. 앞쪽에 사람의 기척이 느껴지지 않았다.

"사람이 있다는 게 느껴질 정도면 그쪽이 먼저 우리를 알아챌 겁니다. 그것보단 낫죠. 일단 가봅시다."

동명이 말했다.

산길을 한참 걸어 나오자 강이 보였다. 폭이 넓지는 않았지만 수심이 깊어 보였다.

"길은 여기밖에 없는 것 같은데 어디로 간 걸까요?"

수아가 주변을 두리번거리며 말했다.

"건너갔다고 보는 편이 맞겠지요. 저길 봐요."

동명이 맞은편 산 중턱을 가리켰다. 별장이 하나 보였다.

"그냥 건너긴 무리겠지요?"

수아가 말했다. 건너편엔 군복 남자가 타고 간 것 같은 보트가 보였다. 유속이 빨라서 그냥 건너기엔 위험해 보였다. 포기해야 하나란 생각이 들 즈음에 강 상류 쪽에서 사람들 목소리가 들렸다. 곧 그쪽에서 사람이 가득 탄 붉은 보트가 내려왔다. 래프팅을 하는 사람들이었다. 보트는 수아와 동명이 있는 곳을 지나쳐 내려갔다. 수아와 동명이 서로를 마주 보았다.

얼마 후, 두 사람은 자신들이 보았던 붉은 보트를 타고 상류에서 내려왔다. 그리고 군복 남자가 사라진 건너편에 잠시 정박해 내렸다. 수아와 동명은 자신들을 태워준 동호회 사람들에게 감사의 인사를 건네고 산 안쪽으로 들어갔다. 날이 어두워지고 있었다. 길은 하나뿐이라 쉽게 별장에 다가갔다. 하지만 섣불리 별장에 접근하지는 못했다. 수아와 동명은 근처에 자리를 잡고, 군복 남자의 움직임을 살폈다. 동명은 상류로 올라가기 전 차에 구비되어 있는 카메라를 챙겼다. 덕분에 멀리서도 남자의 움직임을 살필 수 있었다. 별장은 한동안 관리를 하지 않았던 것처럼 지저분했다. 남자는 안과 밖을 부지런히 돌아다니며 이것저것 정리를 했다.

"새예언 별장일까요?"

수아가 말했다.

"글쎄요."

"손님 맞을 준비를 하는 것 같은데요."

동명의 눈에는 짐승을 잡을 덫을 놓는 것처럼 보였다. 군복 남자의 눈빛은 그가 현역이었던 시절처럼 매서웠다. 현역 시절로 돌아간 것은 군복 남자뿐이 아니었다. 동명은 제대 후 처음으로 산속에서 맨몸 야영을 했다. 나름 눕기 편하게 자리를 정리했지만 밤이 깊어지자 나뭇잎 사이로 부슬비가 떨어졌다.

"괜찮아요?"

동명이 물었다.

수아는 씩씩하게 웃으며 고개를 끄덕였지만 견디기 쉬운 환경은 아니었다. 자고 있으면 이름 모를 벌레들이 옷 안으로 파고들어왔다. 하지만 그래도 잠을 자둬야 했다. 두 사람은 번갈아 망을 보며 밤을 보냈다. 동이 트기 전 마지막 타임을 맡은 수아가 자고 있던 동명을 깨웠다.

"저 사람, 움직여요."

수아가 작은 목소리로, 하지만 다급하게 말했다. 동명은 이등병 시절처럼 벌떡 일어났다. 삭신이 쑤셨지만 몸을 풀 여유는 없었다. 수아가 말한 대로 군복 남자가 별장에서 나와 강가로 갔다. 남자는 타고 온 보트를 강에 내려 반대편으로 돌아갔다.

"그냥 별장 관리를 하러 왔던 건가봐요."

수아가 맥이 빠진 목소리로 말했다. 갑자기 피곤이 몰려왔다. 하지만 곧 수아의 눈이 다시 커지며 생기가 돌았다. 군복 남자가 반대편에 보트를 둔 채로 헤엄을 쳐서 별장으로 돌아왔기 때문이다.

"뭐죠? 왜 저래요?"

수아가 말했다.

"누가 오긴 오는 모양이네요."

"아, 자기가 여기 있다는 사실을 숨기려는 거군요. 그래서……."

수아가 동명을 바라봤다.

"곧 무슨 일이 생길 겁니다."

긴장감이 한순간에 피곤을 몰아냈다. 수아와 동명은 잠복해 있던 위치로 돌아갔다. 군복 남자도 별장에 들어가지 않고, 수아와 동명처럼 별장이 내려다보이는 위치에 자리를 잡았다. 혹시나 수아와 동명 쪽을 보면 어쩌나 싶었지만 군복 남자는 오로지 별장에만 신경을 쏟고 있었다. 수아와 동명은 래프팅을 하기 전, 근처 매점에서 사두었던 샌드위치를 꺼냈다. 어제 저녁부터 아무것도 먹지 못해 배 속에서 요란한 소리가 났다. 군복 남자에게 들킬 것 같은 기분이 들 정도였다.

"무슨 일이 생길지 몰라도 일단 배를 채워놓지요."

동명이 샌드위치를 베어 먹었다. 배가 고픈 상태여서 그런지 맛이 괜찮았다. 하지만 두 사람은 겨우 한 입을 먹고, 멈춰버렸다. 생각보다 빨리 손님이 찾아왔기 때문이다. 남자 두 명이 별장으로 다가왔다. 동명은 카메라로 두 사람의 얼굴을 확인했다. 동명은 손님의 정체를 확인한 후에 군복 남자의 동태를 살폈다. 군복 남자는 망원경을 들고, 손님의 얼굴을 보고 있었다.

"주님."

동명이 낮은 목소리로 탄식했다.

동명이 불안한 얼굴로 옆에 있는 수아에게 카메라를 넘겼다. 수아가 카메라를 받아 들고, 손님의 얼굴을 살폈다. 두 사람 다 수아가 아는 얼굴이었다. 아직 어스름이 물러가지 않은 새벽, 차가운 산 공기를 뚫고 권선재와 정구현이 나타났다.

24
네가 나를 믿느냐?

동명은 카메라 렌즈를 통해 선재와 정구현의 모습을 지켜봤다. 두 사람은 별장 안이 아니라 앞뜰에 설치된 바비큐를 하는 곳에서 아침 식사를 했다. 정구현이 별장 안에서 가져온 생선을 직접 구웠다. 별장 안에 들어갔다면 내부 상황을 알 길이 없었을 텐데 두 사람의 모습이 훤히 보여 다행이었다. 하지만 거리가 멀어 말소리는 들리지 않았다. 동명은 군복 남자가 끼고 있는 이어폰이 신경 쓰였다. 군복 남자가 엊저녁에 도청 장치를 설치해놓았다면 대화를 엿들을 가능성도 충분했다.

"이런 데는 정말 오랜만이네. 옛날 생각나는구만."

정구현이 웃으며 말했다.

두 사람이 처음 만난 곳은 대학 캠퍼스였다. 정구현은 동명에 이어서 두 번째로 만난 말이 통하는 상대였다. 그리고 처음 만났을 때부터 지금까지 정구현은 동명과 달리 선재와 한 번도 부딪치지 않았다. 정구현은 선재의 속을 읽기라도 하는 것처럼 선재의 마음에 맞는 말과 행동을 했다. 선재는 그런 정구현을 좋아했다. 선재뿐 아니었다. 정구현은 다른 친구들에게도 좋은 형으로 통했고, 이성에게도 인기가 좋았다. 선배인 대영철을 비롯해서 몇몇 사람은 정구현을 싫어했지만 모두의 사랑을 받을 수는 없었다. 특히 대영철은 졸업 후 기자 생활을 하면서도 꾸준히 정구현에 대한 반감을 드러내왔다. 선재는 도무지 이유를 알 수 없었지만 굳이 물어보진 않았다. 보나 마나 시시한 이유일 거라고 생각했으니까. 시시한 이유 따위는 신경 쓰지 않는 사람들은 총학생회장 투표에서 정구현을 뽑았다. 당선이 쉬웠다는 소리는 아니다. 그때만 해도 학생회장이란 자리의 매력이 살아 있던 시기였다. 문민정부가 들어서며 투쟁의 대상이 사라진 운동권은 점차 힘을 잃어가고 있었다. 내부에선 시대의 변화를 받아들이자는 온건파와 오로지 투쟁만을 외치는 강경파가 각자 후보를 냈고, 이들 운동권과 각을 세운 반운동권, 그리고 이념을 떠나 학생의 이익을 대변하겠다는 비운동권도 후보를 냈다. 후보들은 서로를 맹렬하게 공격했다. 하지만 정구현은 누구도 공격하지 않았다. 대신 선재가 다른 후보들을 때렸다. 선재는 우선 반운동권의 입장에 서서 그간 총학을 장악했던 운동권을 공격했다. 선재는 운동권이 자신들이 싸워온 독재 세력과 꼭 닮아 있다고 비판했다. 실제로 당시 운동권 진영은 폐쇄적인 문화에서 비롯된 내부 부패가 심각했다. 게다가 문제를 인지하고 있으면서도 바로잡기보단 조직의 안위를 우선시하는 행태까지 보여 명분을 잃어갔다. 다음번 타깃은 반운동권이었다. 선재는 반운동권 역시 그들이 비판하는 지점에서 자유롭지 못하며, 극좌 단체의 후원을 받는 운동권처럼 극우 단체의 지원을 받고 있다고 폭로했다. 선재는 비운동권 후보도 가만두지 않았다. 선재는 비운동권 세력을 이기적이며 아무런 생각도 없는 천박한 집단이라고 매도했다. 이 과정은 각 진영을 대변한 상대 후보 집중 탐구라는 명목하에 교묘히 이뤄졌고, 누구도 선재가 어느 한편을 들고 있다는 생각을 하지 못하게 했다. 모두가 서로를 미워하며 지옥도를 펼쳐나갈 때에 정구현은 서로 사랑하라는 예수의 메시지를 들고 나타났다. 정구현은 싸움에 지친 학우들에게 자신이야말로 운동권과 비운동권, 그리고 반운동권까지 아우르는 학교 전체의 리더임을 자처했다. 정구현은 갈가리 찢어진 학우들의 마음을 하나로 모으겠다고 선언하며 지지율을 높여나갔다. 거기에 선거일을 앞두고 결정적인 사건이 터졌다. 복잡한 정책보다 선명한 이미지를 새기는 사건이.

때늦은 태풍에 폭우가 쏟아지던 날이었다. 외출을 삼가는 분위기 속에서 한 여학우가 교내의 도로를 걷다가 쓰러졌다. 정구현은 그 모습을 보고, 도로로 뛰어가 여학우를 업고 병원으로 달렸다. 알고 보니 여학우는 늦게 공부를 시작한 만학도였고, 임신 초기였다. 자칫 산모와 태아의 생명이 위험한 상황이었지만 빗길을 쉼 없이 달린 정구현 덕분에 두 생명 모두 무사했다. 이 미담이 더욱 강력한 파괴력을 발휘한 것은 정구현 스스로 이 이야기를 꺼내지 않았기 때문이다. 정구현은 오른손이 하는 일을 왼손이 모르게 하라는 성경 말씀처럼 이 일을 함구했다. 심지어 여학우가 먼저 나서 선거 유세를 하고 싶다는 제안까지 거절했다. 그날의 사건은 선재의 펜을 통해서 알려졌다. 그것이 선거의 향방을 결정지어버렸다. 고작 6퍼센트의 지지로 시작했던 정구현은 53퍼센트의 지지로 총학생회장에 당선되었다.

그날, 정구현은 고생한 친구들과 밤늦게 술자리를 가지다가 조용히 자리를 떴다. 정구현이 찾아간 해변가에 선재가 기다리고 있었다. 정구현과 선재는 밤바다 앞에 앉아 맥주를 마셨다. 말은 필요하지 않았다. 짜릿한 승리의 감정이 두 사람의 마음을 고양시켰다. 마침내, 바다 위로 태양이 떠오를 때에 정구현이 선재에게 말했다.

너는 계속 너의 길을 가라고, 나는 나의 길을 갈 테니.

두 사람 다 그 길의 끝에 태양처럼 빛나는 날이 기다리고 있을 거라고 믿었다.

"뜨거워."

정구현이 구운 생선 꼬치를 선재에게 건넸다. 선재는 말없이 생선을 먹었다. 그 모습을 지켜보던 정구현이 불쑥 입을 열었다.

"나 믿냐? 선재야."

선재는 생선을 먹다 말고 정구현을 봤다. 정구현이 다시 물었다.

"선재야, 나 믿어?"

여전히 선재가 침묵하자 정구현이 다시 말했다.

"선재야, 네가 날 믿어주지 않는다면 나는 아무 말도 할 필요가 없다. 무슨 말을 해도 변명밖에 더 되겠냐? 네가 믿지 못하겠다면 여기서 아침 먹고 돌아가면 돼. 그리고 네가 하고 싶은 대로 하면 된다. 그러기 전에 내 말을 들어줄 거냐? 선재야, 아직도 날 믿어?"

"몰라서 물어? 내가 형을 안 믿으면 누굴 믿어. 형을 안 믿으면 내가 여기 왜 와 있는데?"

선재가 들고 있던 생선 꼬치를 옆으로 치우며 말했다. 선재는 강수미, 맹준영 부부의 집을 나와서 정구현 쪽에 연락을 했다. 물론 이번에도 정구현과 통화할 수는 없었다. 리 선생은 하고 싶은 말이 있으면 자신에게 하라는 말을 반복했다. 하지만 상관없었다.

"해주고 싶은 말이 있어서가 아니라 듣고 싶은 말이 있어서 연락한 겁니다. 리 선생, 선생이 그랬지요? 내가 화약만 잔뜩 든 쓸모없는 대포라고요. 맞아요. 난 처치 곤란한 대포지요. 당장 내가 듣고 싶어 하는 말을 해주지 않으면 난 터져버릴 거예요. 리 선생한테 대신 듣고 싶은 생각 없으니까 형이 직접 연락하라고 해요."

선재는 대답도 듣지 않고 전화를 끊었다. 선재가 남긴 메시지는 명확했다. 정구현의 친구이자 든든한 동료였던 선재가 정구현의 대답 여하에 따라 적으로 돌아설 수도 있다는 경고였다. 얼마 되지 않아 정구현이 전화를 걸어왔다. 그래서 두 사람이 새벽녘부터 별장에서 만나 아침을 먹고 있는 것이다.

"새예언과 손잡았다는 거 사실이에요?"

선재가 말했다.

정구현이 고개를 숙였다.

"새예언이 류병두를 작업한 것도 사실이고?"

정구현이 바닥에 늘어뜨린 고개를 끄덕였다.

"형이 시켰어요?"

"아니야!"

정구현이 고개를 번쩍 들었다. 정구현은 곧 울어버릴 것 같은 얼굴이었다.

"다 술 때문이야. 망할 술 때문에……."

정구현이 머리를 감싸 쥐며 말했다.

새예언은 류병두에게 박대를 당하고 정구현에게 연락을 취했다. 새예언과 손을 잡는다면 정구현을 대선후보로 만들어주겠단 제안이었다.

"류병두는 도저히 잡을 수가 없는 존재였어. 더 큰 문제는 류병두가 나를 끔찍하게 싫어했다는 거야."

"왜요?"

"난들 아나. 어쨌든 승산은 제로였고, 미래도 보이질 않았어. 그래서 매일 술을 마셨어. 그런데 난데없이 나타난 놈들이 류병두를 제거해주겠단 거야. 미친놈들이라고 생각했지. 니깟 놈들이 뭔데 류병두 같은 거물을 치우겠단 거냐 말이야. 그랬더니 이렇게 말하는 거야."

—그럼 해볼까요?

"해볼 테면 해보라고 했어. 술기운에 미친놈한테 장단을 맞춰준 거였지. 근데 진짜로 해버린 거야. 이 미친놈들이."

선재는 자신이 건넨 영상을 보고 당혹스러워하던 정구현의 얼굴이 떠올랐다.

"전혀 몰랐단 말이야?"

선재가 말했다.

"말이라고 해? 나는 정말 저주라도 건 줄 알았다고! 네가 영상을 보여줬을 때 정말 소름이 끼쳤어. 살면서 그때만큼 무서웠던 적은 없어."

"그래서 가만 입 다물고 있었던 거야?"

"그때는 조작이 됐는지도 몰랐잖아! 정말 전도자 말대로 류병두가 박살이 난 상황에서 섣불리 입을 열면 어떻게 되겠어? 놈들하고 내가 결탁을 했다는 의심을 받기 딱 좋잖아."

"나한테는 이야기를 했어야지! 내가 어떡하든 형을 보호했을 거란 생각은 못 했어?"

"……갑자기 상황이 급변해서 차분하게 생각할 정신이 없었어."

"조작인 건 언제 알았어?"

"류병두 비서가 네가 한 짓이라고 폭로를 하고 나서야 알았지. 네가 그랬을 리가 없잖아."

"……."

선재가 입을 다물었다. 정구현이 선재의 눈치를 보더니 조심스레 말했다.

"사실 류병두 역할을 했던 배우도 찾았어."

"뭐?"

"조준영이라고⋯⋯, 근데 그 사람도 피해자야. 자기가 뭘 하는지도 모르고, 그냥 시키는 대로 연기를 했을 뿐이야. 몰래카메라라도 하는 줄 알았다고 하더라고."

"알고 있으면서 나한테 모른 척한 거야?"

"그럼 어떡해? 자기도 모르는 사이에 류병두를 제거하는 주역이 돼버렸는데 나가서 양심선언이라도 하라고 해? 누가 그걸 믿어줘?"

"아니, 뭐 언제부터 알았다고 그렇게 신경을 써주는데? 나는 어쩌고?"

"내가 찾은 게 아니라 자기를 지켜달라고 자기 발로 찾아온 사람이야. 그 일에 관련된 사람은 전부 다 죽었어. 모르겠어? 조준영도 생명을 위협받고 있었다고. 그런 사람을 버려?"

"무슨 말이야? 새예언이 류병두 비서를 죽이기라도 했단 말이야?"

"비서만이 아닐지도 몰라."

정구현이 무서운 말을 했다. 선재는 정구현의 말이 어떤 의미인지 이해하기 힘들었다. 분명 떠오르는 생각이 있었지만 감히 입 밖에 내긴 힘들었다.

"류병두가 정말 자살했다고 생각해?"

정구현이 말했다.

"류병두를 죽였다고? 새예언이?"

"선재야. 새예언은 미친놈들이야. 광신도들이라고. 자기가 절대로 옳다고 믿는 놈들은 무슨 짓이든 할 수 있어. 류병두가 뭐? 전도자는 새예언에서 신이나 마찬가지야. 전도자가 하나님의 음성이란 이름으로 명령을 내리면 그건 절대적인 거라고. 자기 부모라도 찔러 죽일 놈들이야."

"아무리 그래도 사람을 그렇게 죽인다고? 그리고 자살로 위장을 해?"

"새예언에 해결사 노릇을 하는 놈들이 있는 것 같아."

"해결사?"

선재는 반문을 했지만 해결사라는 말에 떠오르는 얼굴이 둘이나 있었다.

"내가 알아본 바로는 특수부대 출신이 아닌가 싶어. 외국에서 용병도 하고, 그런 녀석들 말이야. 실제로 새예언을 비판하는 인사들에게 테러를 가한 적도 있는 걸로 알아."

선재는 처음 에메트에 갔던 날의 기억이 생생했다. 강렬한 냄새의 추억 때문이었다. 초등학교 교사들이 새예언을 공격한다는 이유로 인분 테러를 가할 정도라면 훈련을 받은 군인이 무슨 짓을 할지는 알 수 없었다.

"솔직히 무섭다. 선재야. 주변에선 이미 내가 대통령이 되기라도 한 것처럼 말하지만 새예언 같은 집단과 엮여 있으면서 대통령이 될지도 의심스럽고, 대통령이 된다 한들 제대로 해나갈 수 있을지 모르겠어."

"무슨 말이야? 왜 그렇게 약한 소리를 해?"

"새예언은 그냥 내 덕을 보려는 집단이 아니야. 전도자란 놈은 내 약점을 잡고, 뒤에서 나를 지배할 계획인 거야. 생각만 해도 끔찍해. 요즘엔 잠도 잘 못 자. 이럴 바에야 차라리 내가 은퇴하는 편이 좋지 않을까란 생각도 들어."

"형!"

선재가 소리를 지르며 정구현의 양어깨를 잡았다.

"정신 차려. 마음 강하게 먹어야 돼. 우리가 꿈꿨던 날이 바로 앞에 왔는데 포기할 거야?"

"선재야……."

"싸워! 싸워서 이겨내!"

"뭘? 어떻게 싸워? 무슨 방법으로?"

"어떤 방법이든 상관없어! 형은 이 나라의 국회의원이고, 대권이 유력한 당의 최고 실세야. 사이비 교주 하나 어쩌지 못한다는 게 말이 돼? 할 수 있어! 형이 할 수 있는 모든 방법을 동원해. 은밀하게 해야 해. 정신 차릴 틈도 없이 단번에 목을 치란 말이야."

선재가 자리에서 일어나 열변을 토하는데 별장 뒤편 숲속에서 인기척이 느껴졌다. 선재가 그쪽을 보니 누군가 자리에서 일어나 돌아섰다. 얼굴은 보이지 않았지만 군복 바지를 입고 있는 것 같았다. 생각보다 몸이 먼저 움직였다.

"형은 피해!"

선재는 정구현을 남겨두고, 별장 뒤편 숲속으로 뛰어들어갔다. 하지만 길이 나 있지 않아 억지로 수풀을 뚫고 올라가야 했다. 올라가는 중에 위쪽에서 비명과 기합 사이의 소리가 났다. 선재가 간신히 숲을 뚫고 올라가자 멀지 않은 곳에 한 남자가 누워 있었다. 선재가 남자에게 다가갔다.

"넌 여기서 뭐 하고 있어?"

선재가 쓰러져 있는 동명에게 말했다.

곧이어 한 남자가 반대편 길에서 숨을 헐떡이며 다가왔다.

"괜찮아요?"

맹준영이 말했다.

"도망간 놈은?"

선재가 말하자 맹준영이 고개를 젓고, 동명을 일으켜 세웠다.

"넌 도대체 왜 여기 온 거야?"

선재가 동명에게 말했다.

"왜 오긴, 무슨 일이 터질 것 같아서 왔지."

동명이 먼지를 툭툭 털었다. 선재가 의심스러운 눈으로 동명을 바라보는데 수아가 카메라를 들고 나타났다.

"삼촌!"

"뭐야, 너는 또 왜……."

선재는 말하다 말고 무서운 얼굴로 수아에게 다가갔다. 수아는 저도 모르게 물러서다 선재에게 손목을 잡혔다.

"왜 그래요? 삼촌. 아!"

선재는 수아의 손에서 카메라를 뺏어 영상을 살펴봤다.

"너 이거 뭐냐? 여기 왜 왔어? 이 새끼야!"

선재가 동명을 돌아보며 말했다.

"이런 걸 찍어서 뭐 하게? 어디다 넘기게? 누굴 협박하게?"

선재가 카메라를 흔들며 소리쳤다.

"그런 거 아니에요!"

수아가 뒤에서 말했다.

"넌 가만히 있어!"

"삼촌이나 진정하고 가만히 있어요! 우린 아까 도망친 아저씨 따라온 거란 말이에요! 그 아저씨가 새예언에서 무슨 명령을 받은 거같아서! 어제 저녁부터 여기 와 있었다고요! 여기 삼촌이 올지는 몰랐다고!"

"……."

"그 아저씨가 도청이라도 하는 것 같은 분위기였어요. 우린 무슨 말을 하는지도 모르겠는데 혹시나 중요한 이야기를 도청당하면 어쩌나 싶어서 동명 목사님이 나선 거라고요. 나는 말렸는데도!"

"……정말이냐?"

선재가 동명을 힐끗 돌아보며 말했다.

"그렇다고 말하면 믿을 거냐?"

동명이 말했다.

선재는 잠시 동명을 쏘아보다가 다시 산길을 내려가려고 했다.

"선배, 어딜 가요?"

맹준영이 말했다.

"야, 너도 뭐 안 찍었지?"

선재가 뒤도 보지 않고 말했다.

"휴대폰도 못 들고 오게 했으면서 무슨 말이에요."

맹준영이 억울한 얼굴로 말하는데 동명이 앞으로 나섰다.

"선재야."

동명이 부르는 소리에 선재가 멈췄다.

"선재야, 도대체 저 사람이 무슨 말을 했는지 모르지만 전부를 믿지는 마라. 저 사람은 신이 아니야. 저 사람은 네 인생을 책임질 수가 없어. 세상에 그런 사람은 없다. 선재야."

선재가 피식 웃었다.

"나도 알아. 사람인 거. 근데 뭐? 있는지 없는지도 모를 신보다야 든든한 친구가 더 믿을 만하지. 넌 그 잘난 신 믿고 살아서 지금 그 모양이냐? 너 보니까 하나님 없는 거 알겠다. 하나님이 살아 있으면 네가 왜 이러고 살아!"

선재가 돌아서려다 다시 동명을 보고 말했다.

"너나 잘해. 이 새끼야. 너 그러다 진짜 뒈지는 수가 있어. 너 호랑이란 놈에 대해서 얼마나 알아? 진짜 그놈이 네 편 같아? 정신 차려! 이 새끼야!"

선재가 일갈을 하고 산을 내려갔다. 정구현은 이미 사라진 후였다. 강가에서 대기하던 수행원과 자리를 피한 것 같았다. 군복 남자가 새예언의 사주를 받고 두 사람이 나눈 이야기를 도청한 거라면 시간이 없었다. 결단을 내려야 했다.

25
'그것'의 모습

자영은 여섯 살 때 귀신을 처음 보았다. 곤히 자고 있다가 누군가이마를 건드리는 것 같은 감촉을 느끼고 잠에서 깼다. 주변을 둘러봤지만 방 안에는 아무도 없었다. 자영은 다시 자리에 누웠다. 하지만 이번엔 누군가 귀를 간질이는 것 같은 바람이 느껴졌다. 자영은다시 일어났다. 때는 가을로 접어들어 밤에는 선풍기를 꺼놓았고, 창문도 닫혀 있었다. 자영은 이상하다고 생각하며 다시 누웠다.

그때, 목소리가 들렸다.

'놀자.'

자영은 깜짝 놀라 일어났다. 불이 꺼진 방구석에 누군가 보였다. 자영 또래의 여자아이였다. 자영은 놀라서 옆방에 있는 엄마에게뛰어갔다. 엄마는 피곤한 기색이었지만 놀란 얼굴은 아니었다. 다만 조금 슬퍼 보였다. 엄마가 자영을 데리고 딸의 방으로 돌아갔다.

그 아이는 사라져버렸지만 엄마는 그 아이가 있던 곳을 가리키며 신이 너를 찾아왔다고 했다.

"받아들이면 해치지 않아."

엄마의 말은 사실이었다. 귀신은 그 후로 자주 자영을 찾아왔다. 하지만 해를 끼치진 않았다. 다행히 귀신이란 말을 들으면 떠오르는 흉측한 모습도 아니었다. 자영은 무당인 엄마 덕분에 영적인 존재를 자연스럽게 받아들였다. 귀신이 말한 대로 친구가 되면 되는 거였다. 자영과 귀신은 동네에서 만난 또래 친구처럼 지냈다. 귀신과의 관계를 평범하다고 해야 될지 모르겠지만 자영이 다른 친구들을 만나기 전까진 보통의 친구 사이였다. 학교에 들어가며 자영은 새로운 친구들을 만났다. 귀신은 늦둥이 동생을 시기하는 아이처럼 자영의 친구들을 싫어했다. 귀신은 자영이 친구들을 만날 때마다 짓궂은 장난을 쳤다. 대화를 나누고 있는데 시끄럽게 소리를 친다거나 하는 식이었다. 물론 귀신의 모습과 목소리는 자영에게만 보이고 들렸다. 자영이 눈치를 주기도 하고, 타이르기도 했지만 귀신은 심통을 부리며 경고를 했다.

'친구는 나만 있으면 돼. 넌 나하고만 놀아야 돼.'

자영은 그 말을 무시하고 친구의 생일 파티에 갔다. 자영은 그 일을 오래도록 후회했다. 친구의 부모님은 목회자였다. 생일 파티에 초대된 친구들은 자영을 포함해 열 명이었다. 친구 어머니가 직접 음식을 해서 내놓았다. 생일 케이크가 올라오고, 모두들 함께 축하 노래를 불러주었다. 자영이가 케이크를 한 입 먹을 때만 해도 즐겁

기만 한 시간이었다. 갑자기 배 속이 뒤틀렸다. 자영은 바닥을 데굴데굴 굴렀다. 아이들뿐 아니라 친구 부모님조차 어쩔 줄을 몰랐다. 하지만 정말 당혹스러운 일은 그다음에 시작되었다. 자영의 머릿속에 어떤 광경이 보였다. 그리고 말들이 떠올랐다. 귀신의 음성이었다.

'말해. 하지 않으면 넌 죽어.'

자영이 견디다 못해 말을 하기로 마음을 먹자 통증이 줄어들었다. 하지만 잠시 망설이자 곧 다시 통증이 밀려왔다. 뭐라도 해보라는 아내의 닦달에 친구 아버지가 자영에게 손을 얹고 기도를 했다. 자영이 그 손을 덥석 잡고, 말했다.

"이 손으로 그 언니 만졌어요?"

친구 아버지가 흠칫 놀라며 손을 빼려 했다. 하지만 자영이 붙잡는 힘은 놀랄 만큼 강했다.

"지난주에도 기도해준다고 했지요?"

친구 아버지는 당황한 얼굴로 아내를 돌아봤다. 아내가 무서운 얼굴로 자신을 쏘아보고 있었다. 의심의 눈초리가 아니라 '아직도'라는 분노의 눈빛이었다. 하지만 그 불꽃같은 눈빛은 곧 수그러들고 말았다.

"아줌마는 어제 수영 강사 아저씨하고 있었잖아요."

자영이 활짝 웃으며 말했다.

자영 외에는 아무도 웃지 못했다. 무슨 말을 해야 할지도 모르고, 모두가 깊은 침묵 속에 빠져들 때에 익숙한 음성이 들렸다.

'봐. 사람들은 다 거짓말쟁이야. 넌 나만 있으면 돼.'

미친 사람처럼 웃는 자영의 눈에 눈물이 그렁그렁 맺혔다.

친구는 전학을 갔다. 친구의 부모님이 이혼을 했단 소문도 들었다. 엄밀히 말하면 자영의 탓은 아니었다. 친구의 가정은 이미 무너져 있었다. 간신히 숨기고 있던 실상이 드러났을 뿐이었다. 그걸 자영 때문이라 말한다면 그들은 아직도 자신들이 무엇을 잘못했는지 모르는 것이다. 게다가 그건 자영이 자의로 한 일도 아니었다. 하지만 사람들은 자영을 두려워했고, 비난했다. 자영도 그들에 동참해 스스로를 공격했다. 자영은 철저히 홀로 살아갔다. 감히 누구와도 친구가 될 생각을 하지 못했다. 친구가 되기는커녕 눈도 함부로 쳐다볼 수 없었다. 알고 싶지 않은 광경이 보일까봐. 또 그것을 말하게 될까봐. 자영은 굳이 사람을 피할 필요도 없이, 누구도 다가오지 않는 사람이 되었다. 자영과 세상 사이에 보이지 않는, 하지만 넘을 수 없는 선이 그어졌다.

수아는 줄넘기를 하듯 가볍게 그 선을 뛰어넘어왔다. 무려 9년의 시간 동안 견고하게 그어진 선이 한순간에 무너졌다. 너무 쉬워서 어처구니가 없을 정도였다. 귀신을 쫓는 굿을 한 것도 아니고, 작정 기도를 한 것도 아니었다. 수아는 자영에게 다가와 악수를 건네며 인사를 했을 뿐이었다. 그 순간, 자영의 유일한 친구였던 귀신이 사라져버렸다. 자영은 그 후로 오래도록 수아가 대체 무엇을 어떻게 한 것인지를 고민했다. 자영이 내린 결론은 수아의 존재 자체가 빛이었단 것이다. 불을 켜면 어두운 방 안이 순식간에 밝아지는 것처럼 수아의 등장이 자영의 마음속에서 귀신을 몰아낸 것이다. 자영의 생각이 맞았는지는 몰라도 자영은 수아와 함께 즐거운 1년을 보냈다. 하지만 학년이 바뀌며 자영은 수아와 다른 반으로 갈라지고 말았다. 다른 반이 되었다고 연락을 못 할 건 없었지만 자영에게 수아는 유일한 친구였던 반면 수아에게 자영은 수많은 친구 중 한 명이었다. 그게 자영의 비극이었다. 자영은 수많은 다른 친구와 함께 수아를 공유해야 한다는 것이 괴로웠다. 자영은 수아에게 말해주고 싶었다. 네 옆에서 웃고 있는 아이는 어제 저녁에 네 험담을 했고, 네 앞에서 착한 척을 하는 저 아이는 도벽이 있다고, 수아 곁에 있는 친구들의 숨기고픈 과거를 폭로하고 싶었다. 나만이 널 진실하게 대한다고, 친구는 나만 있으면 된다고 말하고 싶었다. 종일 그런 생각에 빠져 있을 때에 낯익은 목소리가 들려왔다.

'이제 내 맘을 좀 알겠어?'

수업 시간 중이었는데도 자영은 자리를 박차고 뛰어 나왔다. 자영은 운동장으로 내려갔다. 운동장엔 체육수업 중인 수아가 있었다. 건물 밖으로 나온 자영은 수돗가에 있던 수아와 마주쳤다. 수아는 언제나처럼 다른 친구들과 함께 있었다. 자영은 화가 치밀었다. 수아에게 소리치고 싶었다.

'내가 지금 얼마나 괴롭고 무서운 줄 알아? 근데 너는 거기서 웃고 있어?'

그 순간, 갑자기 신문이 보였다. 대서특필된 특종이었다. 한 유명한 기자가 가짜 뉴스로 사람을 죽였다는 소식. 그 기자는 수아의 삼촌이었다. 수아에게도 숨기고픈 이야기가 있었다.

'말해.'

속삭이는 소리가 들렸다. 곧이어 누군가 뒤에서 자영의 손가락을 부드럽게 감싸 쥐었다. 앞에 있는 수아의 눈에는 전혀 보이지 않았겠지만 자영에겐 아주 익숙한 느낌이었다.

'담아두고 있으면 병나. 빨리 말해. 네 영웅이 바로 그 사람이구나. 네 삼촌이 그 사람이었어. 넌 살인자의 조카야.'

목소리의 주인이 떨고 있는 자영을 감싸 안았다.

'넌 나와 똑같아.'

차가운 뺨이 자영의 손에 닿았을 때, 자영은 혼절하고 말았다.

그 후로 졸업하기까지 자영은 수아를 찾지 않았다. 희망은 때론 절망을 불러온다. 어쩌면 자신도 평범하게 살 수 있을 거란 희망이 무너지자 자영은 삶을 포기하고 싶은 절망에 빠져들었다. 졸업을 하면 수아와는 다른 반이 아니라 다른 학교로 찢어지게 되었다. 설사 함께한다 할지라도 다신 다가갈 수 없었다.

나는 해로운 존재니까. 귀신이 붙은 아이니까.

자영은 면도칼을 손목에 갖다 대었다. 하지만 쉽사리 깊이 그을 수는 없었다. 호흡이 거칠어지고, 눈물이 났다. 죽음에 대한 공포와 살고 싶은 마음이 더는 살아갈 이유가 없다는 절망과 부딪혔다. 팽팽한 마음의 줄다리기가 이어지는데 작은 응원의 소리가 들렸다. 말로 응원하는 소리는 아니었다. 온 힘을 쏟아내는 선수와 하나가 되어 끙끙거리는 신음 같은 것이었다. 귀신은 여전히 여섯 살 아이의 모습이었다. 귀신은 맛있는 음식을 앞에 둔 개처럼 혀를 내밀고 헉헉거렸다. 눈에 핏발이 선 채로 자영의 손목에서 흐르는 피를 보며 침을 흘렸다.

"넌 내가 죽기를 바라는구나."

자영이 귀신에게 말했다.

귀신은 황급히 고개를 저었다. 침을 닦고, 눈을 비비고, 아무런 악의도 없어 보이는 아이의 얼굴로 돌아갔다. 자영은 면도칼을 손목에서 떼고, 자리에서 일어났다. 귀신은 장난감을 눈앞에서 뺏긴 얼굴로 어쩔 줄을 몰랐다.

"너 때문에 못 죽겠다. 억울해서."

자영이 귀신도 소름이 끼칠 정도로 웃으며 말했다.

그날, 자영은 절망조차 포기했다. 아무런 희망도 없이 살아가면 절망도 존재할 수 없었다. 비참한 인생이라도 살아갈 수 있었다. 자영은 졸업식이 끝난 후, 눈이 쌓인 운동장에서 처음 만났던 희망에게 작별 편지를 건넸다.

자영은 고등학교에 진학하지 않았다. 중학교에서 보낸 3년간을 굳이 반복할 이유가 없었다. 자영은 검정고시를 치고, 미용을 배웠다. 막내 생활은 고되었다. 새벽부터 제일 먼저 나와 준비를 하고, 밤늦게 마지막으로 퇴근하는 생활이 이어졌다. 원장은 능력이 있는 사람이었지만 사람을 갈구는 재주도 탁월했다. 미용 일을 만만하게 보고 들어온 사람은 얼마 되지 않아 다 그만두었다. 3년이 지났다. 원장은 공동으로 운영하던 숍을 정리하고, 독립을 하려 했다.

원장이 함께 일하던 직원들 중 쓸 만한 사람들을 데려가려고 의견을 물었다.

"왜긴? 잘하잖아?"

원장이 영문을 모르겠단 얼굴로 서 있는 자영에게 말했다.

"3년이나 일하면서 불평을 하기는커녕 불만 한 번 내비친 적이 없고, 손님이랑 트러블이 난 적도 없고, 항상 자기 할 일은 알아서 하고, 유일한 문제라면 사람들이랑 안 어울리는 정도? 그렇다고 싸가지가 없지도 않고. 그럼 됐지. 뭘 더 바래."

원장은 마지막으로 자영에게 '네가 필요하다'고 했다. 누구에게도 잘 보이고 싶지 않았기에 누구에게도 잘 보이려고 하지 않았다. 하지만 원장은 자신을 주목하고 있었다. 자신이 누군가에게 필요한 존재가 될지는 몰랐다. 자영의 속에서 다시금 희망이 꿈틀거렸다. 자영은 졸업 이후 모든 사람과 거리를 두면서, 귀신도 철저하게 외면했다. 귀신은 맹렬하게 자영을 괴롭혔지만 자영은 배가 뒤집히는 고통 속에서도 상처 입은 맹수처럼 맞서 싸웠다.

'너는 내 친구도, 무엇도 아니다. 나는 너에게 지배당하지 않는다.'

언젠가부터 귀신은 나타나지 않았다. 대신 다른 사람들에게 붙은 귀신들이 보이기 시작했다. 그들은 자영처럼 귀신을 보거나 대화를 나누지는 못했다. 그저 귀신이 붙어 있을 따름이었다. 처음엔 무척 놀랐지만 이내 신경 쓰지 않기로 했다. 모든 관계를 포기하고 얻은 평안이었다. 자영은 이 기묘한 평안을 누구에게도 빼앗기기 싫었다. 양다한에게 말을 걸기 전까지 자영은 자신이 정한 룰을 지켰다.

"그런 말을 들어서 그래."

자영은 후에 그날을 회상하며 말했다.

원장에게 네가 필요하단 말을 들었던 날이었다. 평소라면 지나쳤을 텐데 그날은 그럴 수가 없었다. 자영에겐 벤치에 앉아 바닥만 내려다보고 있는 양다한의 고독한 영혼이 보였다. 바닥에서 입을 벌리고, 양다한이 흘릴 피를 받아 마시려 하는 귀신이 보였다. 하지만 양다한은 아무것도 보지 못했고, 귀신의 소리에 마음을 점령당하고 있었다.

'난 쓸모없는 인간이야. 내 삶은 아무런 가치도 없어. 내가 해온 모든 노력은 다 무의미해.'

양다한은 이런 말들이 자기 생각이 아니라 귀신의 음성이란 것을 몰랐다.

자영이 손을 들어 양다한을 붙잡았다. 양다한이 놀란 눈으로 자영을 올려다봤을 때, 자영은 수아를 처음 만난 자신이 이런 얼굴이 아니었을까 싶었다. 예기치 못한 희망을 마주한 사람의 얼굴. 자영은 어쩌면 수아처럼 자신도 누군가의 희망이 될지도 모르겠다고 생각했다.

양다한은 심성이 나쁜 사람은 아니었다. 하지만 심지가 굳은 사람도 아니었다. 양다한은 자영을 위해서라면 앞뒤를 가리지 않았지만 누군가를 위할 때에도 앞뒤를 분간할 줄 알아야 했다. 양다한은 조금씩 잘못된 길로 빠져들어갔고, 자영까지 그 길로 인도해버렸다. 자영이 전도자를 만난 날은 수아를 만났던 순간만큼이나 극

적이었다. 자영은 살면서 수많은 귀신들을 보았지만 전도자에게 붙어 있는 존재는 그 무엇과도 달랐다. 귀신이라기보다는 악마라는 말이 어울렸다. 전도자의 뒤편에 서 있던 '그것'은 키가 천장에 닿을 정도로 컸고, 약물을 사용한 보디빌더처럼 어마어마한 덩치를 가졌다. 벌거벗은 그것은 남자처럼 보였지만 성기가 없었고, 왕관을 쓰고 있었다. 사람의 형체를 갖고 있었지만 그간 자영이 봐왔던 귀신들과 달랐던 점은 비늘처럼 온몸을 덮고 있는 사람의 얼굴들이었다. 마치 얼굴 사진을 모아서 만든 모자이크화 같았다. 그것은 피부로 숨을 쉬는 듯 호흡을 할 때마다 온몸을 덮고 있는 얼굴들의 입과 코에서 숨이 빠져나왔다. 그것이 내뿜는 축축한 기운이 방 안에 가득했다. 자영뿐 아니라 자영에게 붙어 있는 귀신도 그것을 보았다. 귀신은 우는 사자 앞에 선 개처럼 벌벌 떨었다. 그것을 보지 못하는 자는 전도자뿐이었다.

"오늘은 어떤 모습이야?"

전도자가 흥분한 얼굴로 말했다.

전도자는 자영이 그것을 본다는 사실을 알고, 자영을 본당 집무실 뒤편에 만든 방에 감금했다. 그리고 심심하면 자영을 찾아와 물었다. 외모에 극도로 신경을 쓰는 10대가 매일 친구에게 자신의 모습이 어떤지 묻는 것 같았다. 전도자는 그것을 보지 못했지만 그것을 자신과 동일시하고 있었다.

"넌 진정한 내 모습을 봐주는 유일한 사람이야. 난 너를 통해서

만 진짜 나를 볼 수 있어. 넌 나의 운명이야."

전도자가 말했다.

"계속 말하지만 저건 당신이 아니야. 당신 친구도 아니고. 저것이 당신을 지배해. 당신은 그냥 저것의 종일 뿐이야."

"종? 내가 종이라고?"

전도자가 킥킥거리며 웃다가 정색을 했다.

"내가 그동안 뭘 했는지 알면서 그래? 감히 날 모욕한 류병두가 어떻게 됐지? 벌써 대통령이라도 된 것처럼 빼기던 그놈이, 내 말 한마디에 어떻게 됐어? 권선재는 어때? 다들 영웅처럼 떠받들던 놈이지만 지금은 폐인이 돼버렸지. 그리고 이제 곧 이 나라의 새로운 희망이 될 정구현도 내 손에 들어와. 알아? 나는 이 나라의 역사를 움직이는 사람이야. 내가 이 나라의 주인이야!"

"그 일 때문에 당신이 이렇게 된 거야. 그렇잖아도 주변엔 당신을 떠받드는 사람들뿐인데 류병두 같은 사람을 해치고 나니 정말 내가 뭐라도 된 거 같았겠지. 한 번 했으니 두 번 못 할 이유도 없고, 무엇이든 마음만 먹으면 할 수 있다고 생각하겠지. 당신은 과대망상증 환자일 뿐이야."

"귀신을 본다는 년이 나보고 미쳤다고?"

"난 누구보다 멀쩡해. 오늘 당신 뒤에 있는 게 어떻게 보이냐고 물었지? 침을 질질 흘리는 게 평소보다 흥분돼 보여. 아마 이제 곧 당신을 씹어 먹을 건가 봐. 그게 저놈이 잘하는 일이니까. 여기서 미친 인간은 당신뿐이야."

전도자가 자영이 묶여 있는 침대 위로 뛰어 올라갔다. 전도자가 자영의 목을 졸랐다.

"닥쳐! 내가 주인이야! 날 인정하지 않는 놈은 다 죽어!"

자영이 컥컥거리면서 고개를 끄덕였다.

"그래, 그래야지."

전도자는 힘이 빠진 것 같은 자영을 보고 만족스러운 미소를 지었다. 자영이 뭔가 입을 벙긋거리며 말을 하려는 것 같았다.

"뭐? 뭐야?"

잘 들리지 않자 전도자가 자영의 입에 얼굴을 가까이 댔다. 자영이 갑자기 몸을 일으켜 전도자의 귀를 물으려 했다. 전도자는 재빨리 피했지만 귀에서 피가 흘러나왔다.

"이 쌍년이!"

전도자는 자영의 빰을 치려 했다. 그때, 비서실에서 연락이 왔다. 군복 남자가 돌아온 것이다. 전도자는 기다리던 선물이 배송된 사람처럼 자리에서 벌떡 일어났다.

"하! 왔어! 와버렸어!"

전도자는 아이처럼 방방 뛰다가 자영을 가리키며 말했다.

"좀만 기다려. 좋은 거 들려줄게. 같이 듣자."

전도자는 활짝 웃으며 집무실로 나갔다. 곧 군복 남자가 들어왔다. 군복 남자는 임무를 완수한 군인처럼 절도 있는 동작으로 전도자에게 다가와 녹음기를 건넸다.

"하! 하! 하! 하!"

전도자는 흥분을 감추지 못했다. 전도자는 영락없이 미친 사람처럼 보였다.

정구현이 대통령이 된다고 장담할 수는 없었다. 하지만 전도자는 그렇게 될 거라고 믿었다.

'내가 그렇게 만들 거니까. 그것이 그의 운명이니까. 그리고 그 운명의 주인은 나다.'

전도자는 새어 나오는 웃음을 멈출 수가 없었다. 전도자는 떨리는 손으로 피가 흐르는 귀에 녹음기를 갖다 대었다. 그리고 플레이 버튼을 눌렀다. 녹음기에서 한 남자의 목소리가 나왔다.

'전도자님. 하나님의 음성이 들리십니까?'

전도자는 이게 뭐냐는 얼굴로 군복 남자를 바라봤다. 그 사이에도 녹음기에서 계속 소리가 재생되었다.

'하나님이 말씀하시길 당신이 곧 갈가리 찢겨 죽을 거라네요.'

전도자가 군복 남자에게 무언가 말하려는 듯 입을 열었다. 하지만 소리가 나오기 전에 군복 남자가 팔을 휘둘렀다. 군복 남자의 손에는 군용 나이프가 들려 있었다. 남자는 고된 훈련을 통해 익힌 솜씨로 전도자의 몸을 순식간에 난도질했다. 전도자는 자기에게 무슨 일이 벌어지고 있는지도 몰랐다. 전도자는 바닥에 쓰러져 멀어져 가는 의식 속에서 천장을 바라보았다. 전도자는 그제야 자영의 말이 진실이란 것을 알았다. 자영은 정말 귀신을 보았고, 보이는 그대로 말해준 것이었다. 전도자는 '그것'을 처음 보았지만 자기가 보고 있는 것이 악마란 사실을 금방 알아챘다. 그리고 그 악마가 곧

자기를 씹어 먹을 거란 사실도. '그것'의 몸에 달린 수많은 얼굴이
입을 벌리고 전도자에게 다가왔다.

26
도로 위의 바다

"먼저 들어가 보겠습니다."

성원이 동명의 방에 들어와서 인사를 했다.

"네, 수고하셨어요."

동명이 웃으며 말했다. 성원은 소개를 받아 에메트의 새로운 홈페이지를 만들어줬다. 그뿐 아니라 해커답게 보안에 관한 조언도 많이 해주었다. 여기서 보안이란 온라인만 의미하지 않았다.

"갑자기 경찰이 들이닥칠 수도 있잖아요."

성원이 진지하게 말하자 서마리아와 황주필은 웃음이 터져버렸지만 동명은 웃지 못했다. 에메트처럼 전면에 나서서 사이비, 이단 단체들과 싸우는 곳은 없었다. 말하자면 에메트는 전투에서 선봉에 선 부대 같았다. 하지만 후방의 지원은 형편없었다. 에메트는 각지에서 보내주는 후원금으로 근근이 사무실을 꾸려갔다. 후원자

대부분은 개인이었다. 대형 교회들은 새예언 같은 이단 단체 때문에 피해를 입으면서도 적극적으로 나서질 않았다. 그저 자신들의 교회에 침투하려는 이단을 막는 수준에 그치고 있었다. 그 사이, 에메트는 이단 단체들의 고소로 법정 싸움에 휘말려 있었다. 선의를 가진 변호사들의 도움으로 버텨나가고 있었지만 세상의 법이 항상 선한 방향으로 결론이 나지는 않는 법이다. 게다가 이단이니 하는 것에 대해선 알지 못하는 사람들의 눈에는 그저 기독교 내의 이권 다툼으로 보이기 십상이었다. 이단 단체들은 그런 대중들의 심리를 이용했다. 기득권을 가진 부패 교회가 건전한 대안 세력인 자신들을 견제한다는 주장이었다. 안타깝게도 이런 주장은 꽤나 먹혀들어갔다. 정통 교회에서 벌어진 많은 부정과 부패가 드러났기 때문이다. 특히 언론에서 보도된 대형 교회의 스캔들은 대중들이 정통 교회에 등을 돌리는 계기가 되었다. 하지만 정통 교회의 실패와 이단의 실패는 엄연히 달랐다. 정통 교회가 성경을 갖고 있으면서도 그대로 살지를 못해서 실패했다면 이단은 애초에 가르침 자체가 왜곡되어 있었다. 그래서 이단의 가르침을 잘 따를수록 더욱 파괴적인 결과가 나타났다. 이단은 이단을 추종하는 개인의 삶은 물론이고, 사회의 기본 단위인 가정까지 망가뜨렸다. 교주가 명령만 한다면 신도들은 자기 부모라도 벌레 취급을 할 것이다. 하물며 알지도 못하는 타인이라면 무엇을 해도 거리낄 것이 없었다. 에메트와 에메트의 구성원들은 지금까지 수많은 테러의 위협에 노출되어 왔다. 전에 홈페이지를 관리하던 직원도 걸핏하면 사무실을 찾아오는 이단 신도들 때문에 위협을 느껴 관둔 것이었다. 동명은 항의도 하고, 법적인 조치를 취하기도 했지만 이단 단체들은 신도들의 개인행동일 뿐이라며 책임을 회피했다. 날이 갈수록 이단 단체의 행패는 심해지고 있었고, 동명은 에메트의 식구를 지켜야 했다.

'너나 잘해. 이 새끼야. 너 그러다 진짜 뒈지는 수가 있어. 너 호랑이란 놈에 대해서 얼마나 알아? 진짜 그놈이 네 편 같아? 정신 차려! 이 새끼야!'

동명은 사무실에 홀로 남아 선재의 말을 곱씹었다. 새예언이 에메트에 첩자를 보낸다고 해도 이상할 것은 없었다. 실제로 새예언에서 보낸 첩자가 전에도 있었다. 하지만 동명은 개의치 않았다. 설사 첩자라고 해도 진심으로 대하면 된다고 생각했다. 이단은 정통 교회가 빛과 소금의 역할을 감당하지 못했기 때문에 생겨난 것이었다. 에메트는 이단과 싸우는 조직이었지만 동시에 매주 예배를 드리는 교회이기도 했다. 에메트가 그 이름대로 진리 안에 서 있다면 새예언이 보낸 첩자라 할지라도 결국은 에메트의 일원이 되어줄 거라고 믿었다. 그게 동명이 싸우는 방식이었다. 예수는 유다가 자신을 팔아넘길 줄 알고 있었다. 베드로가 자신을 부인하고 저주할 줄도 알았다. 다 알면서도 그들을 사랑했고, 마지막까지 기회를 주려 했다. 베드로는 그 사랑을 믿었기에 마지막까지 예수의 제자로 살다가 죽었고, 유다는 예수를 팔아넘긴 자로 영원히 기록되었다. 동명은 호랑이 자신을 팔아넘긴다고 해도 유다가 아닌 베드로가 되어주길 기도했다. 호랑이 자신을 배신한다 하더라도 자신은 끝까지 호랑을 위해 기도할 거란 사실을 알아주길 바랐다. 동명은 방의 불을 끄고, 땀을 뻘뻘 흘리며 한 시간쯤 기도하다가 다시 일어나 스위치를 켰다.

불이 켜지지 않았다. 반복해 눌러보았지만 스위치가 딸각거리는 소리만 들렸다. 심장이 뛰는 소리가 커졌다. 동명은 조심스레 방문을 열었다. 어둠이 깔린 사무실엔 아무도 없었다. 동명이 천천히 방 밖으로 나갔다. 두 걸음도 가기 전에 누군가의 손이 동명의 입을 틀어막았다. 그리고 동명의 머리를 눌러 바닥에 엎드리게 했다. 동명은 상대의 완력에 눌려 아무런 저항도 하지 못했다.

"조용히 해. 소리 내면 죽어."

호랑이 말했다.

동명이 고개를 끄덕였다.

"설명할 시간 없어. 당장 피해야 돼. 엎드려서 전진해."

동명이 다시 고개를 끄덕이자 호랑이 동명의 입을 막은 손을 내리고, 앞서가려 했다. 동명이 뒤에서 호랑을 툭 쳤다. 호랑이 돌아보자 동명이 손으로 뒤편을 가리켰다.

'항상 퇴로를 확보해라.'

동명은 성원이 조언한 대로 외부로 노출된 계단이 아니라 사무실에서 바로 차고로 내려갈 수 있는 통로를 만들었다. 사무실 제일 안쪽 공간에 사람 한 명이 내려갈 수 있을 정도 크기로 바닥을 뚫어서 아래층 차고와 미끄럼틀로 연결을 한 것이다. 동명이 먼저 내려가 차고 문을 열려고 했다.

"뭐 해? 그냥 뚫고 갈 거야. 빨리 와!"

호랑이 승합차 그레이스에 올라타며 말했다.

동명이 황급히 호랑의 옆 좌석에 올라탔다.

"그냥 간다고?"

"이미 밖에 와 있을 거야. 갑자기 튀어나가야 돼."

"누가?"

"전도자를 죽인 놈."

호랑이 시동을 걸며 말했다.

"전도자가 죽었다고?"

"마재형이 판을 엎었어."

호랑이 예상하고 있던 시나리오였다. 애초에 새예언이 류병두에게 접근한 것은 뒤에서 대한민국을 지배하는 흑막이 되고 싶어서가 아니었다. 그저 미래의 권력자에게 줄을 대서 잘 보이고 싶었을 뿐이었다. 하지만 창피를 당했다고 생각한 전도자는 독단적으로 어마어마한 짓을 저질렀다. 물론 전도자는 서열 1위인 교주다. 하지만 새예언의 본질은 사기 단체이지 종교 집단이 아니다. 새예언의 지도층은 돈에 미친 사람들이지 새예언의 교리에 미친 사람이 아니란 말이다. 유력한 대권 주자를 함정에 빠뜨리고, 심지어 살해한다는 계획은 자칫 조직을 한순간에 괴멸시킬 수도 있는 발상이었다. 새예언 입장에선 다행히도 전도자의 계획은 성공했다. 하지만 그 예기치 못한 성공 덕분에 전도자는 폭주했다. 자신에게 도취되어 정말 자신이 신적인 존재라고 믿게 된 것이다. 전도자는 차기 대선에서 정구현을 대통령으로 만들고, 자신이 뒤에서 대한민국을 지배하겠다는 꿈에 사로잡혔다. 사이비 종교 집단에서 미쳐야 할 사람은 신도들뿐이었다. 교주가 미쳐서는 곤란했다. 폭주하는 전도자를 막아설 인물은 마재형뿐이었다. 마재형은 장로들의 지지를 받아 서서히 전도자를 축출할 준비를 해나갔다. 종교와 사업 분야를 분리해 세력을 확보하고, 때를 기다렸다. 그리고 마침내 판을 뒤엎을 날이 온 것이다. 그날이 오면 호랑은 마재형의 오른팔로서 전도자를 자기 손으로 처형하고, 자수할 생각이었다. 호랑은 그간 마재형의 지시로 전도자 측의 약점을 캐내는 동시에 전도자를 몰아내려는 마재형 측의 계획이 담긴 자료들까지 확보하고 있었다. 당연히 살인을 계획하고 지시한 마재형과 장로들도 같이 걸려들어갈 것이었다. 비록 호랑 자신은 살인자가 되어 자유를 잃고 살아가게 되겠지만 새예언을 완벽하게 무너뜨릴 수 있었다. 비로소 호랑의 복수가 완성되는 것이었다. 호랑이 예상하지 못한 것은 하나뿐이었다. 마재형은 호랑을 쿠데타에서 배제했다.

'망할, 왜 이렇게 된 거지?'

호랑은 영문을 몰랐지만 전도자가 당했다는 소식을 접하자마자 하동명에게 달려왔다. 가능하다면 전도자와 함께 하동명도 제거하고, 전도자에게 덮어씌운다는 계획을 알았기 때문이다. 그 계획은 사실 호랑이 세운 것이었고, 실행을 위해 사제 총까지 준비해두었다. 그만큼 호랑이 전도자와 하동명을 증오한다는 것을 보여주고 신임을 얻기 위해서였다. 물론 실행은 자신에게 맡겨질 거라고 생각했기에 실제로 하동명이 위험에 처할 일은 없을 거라고 믿었다. 하지만 위험은 눈앞에 와 있었다.

"간다. 꼭 잡아."

호랑이 말했다. 동명이 눈을 질끈 감으며 손잡이를 잡았다.

그레이스가 그대로 차고 셔터를 박살내고, 도로로 나갔다. 호랑이 뒤편을 사이드미러로 살폈다. 따라오는 차는 없었다. 추격자에게서 벗어났나 싶은 순간, 그레이스 뒷문 유리가 깨지고, 날카로운 총성이 연달아 들렸다.

"엎드려!"

호랑이 소리를 지르며 커브를 돌았다. 사무실로 올라갔다가 내려온 놈이 뒤쪽에서 총을 쏜 모양이었다. 호랑은 완전히 큰길로 나간 후에도 뒤쪽을 계속 살폈다.

"하동명! 괜찮아?"

"……."

"괜찮냐고! 왜 말이 없어!"

호랑이 소리를 지르며 동명을 돌아봤다. 동명이 입고 있는 흰색 셔츠 가슴 쪽이 피로 물들었다.

"야, 하동명……."

호랑이 한 손으로 동명을 건드렸다. 동명이 힘없이 앞으로 고꾸라졌다.

"야, 이 새끼야! 정신 안 차려!"

호랑은 운전대를 잡고 정신없이 차를 몰아 나갔다. 호랑은 앞을 보면서도 틈틈이 동명을 살피며 소리를 쳤다.

"하동명! 엄살 부리지 마. 빨리 안 일어나!"

동명은 아무런 반응도 하지 않았다. 셔츠를 적신 피가 바닥으로 흘렀다.

"야이, 새끼야! 내 손에 죽는다며! 새예언 박살내고 내 손에 죽는다며! 그런데 왜 니 맘대로 뒈지려고 그래! 정신 안 차려! 가만있지 말고 무슨 말이라도 좀 해봐!"

호랑이 침을 튀기며 말했다.

시뻘게진 호랑의 눈이 앞을 보고 절망에 물들어갔다. 거리엔 정체된 차량들이 가득했다. 도로 위를 가득 채운 차에서 쏟아지는 불빛이 바다처럼 넘실거렸다. 호랑이 동명을 살폈다. 바닥까지 피가 퍼지고 있었다. 죽음은 빠른 속도로 동명을 쫓아오고 있었다. 호랑이 주먹으로 경적을 내리쳤다.

"비켜! 이 새끼들아!"

호랑이 고함을 쳤지만 혼잡한 도로 위에서 경적을 울리는 차량은 하나둘이 아니었다.

"이런 씨발!"

호랑이 액셀을 밟으려는 순간, 피 묻은 손이 호랑의 팔을 잡았다. 호랑이 고개를 돌렸다. 동명이 몸을 간신히 일으켜 숨을 헐떡거렸다. 호랑과 동명의 눈이 마주쳤다. 동명이 고개를 저었다.

"그러지 마. 다친다."

"지금 누가 누굴 걱정해, 이 새끼야……."

호랑이 울먹이며 말했다. 동명이 피 묻은 손으로 호랑의 뺨을 어루만졌다.

"미안하다."

"니가 뭘 잘못했는데!"

동명이 희미하게 웃으며, 울고 있는 호랑을 바라봤다. 그 미소를 마지막으로 동명은 의식을 잃었다.

"야, 하동명, 이러지 마. 이러지 말라니까. 이러지 말라고!"

호랑은 거친 숨을 몰아쉬며 운전대를 잡고 앞을 봤다. 눈물 때문에 앞이 희뿌옇게 보였다. 자동차와 저녁 거리의 건물들에서 쏟아지는 빛들이 눈물에 부서졌다. 호랑은 한 손으로 눈물을 닦아냈다.

"지랄하지 말고, 내가 살려줄 테니까 조금만 참아봐. 제발 조금만, 제발 좀!"

호랑이 운전대에 고개를 파묻고 흐느꼈다.

아버지 장례식장에서 마지막까지 눈물 한 방울 흘리지 않고 집으로 돌아가는 길, 술에 취해 걷다가 영문 모를 울음이 터졌던 그날처럼, 호랑은 가슴을 치며 울었다. 울음의 끝에 사이렌 소리가 들렸다. 호랑이 고개를 들었다. 구급차 한 대가 뒤쪽에서 달려오고 있었다. 앞쪽에서 바다가 갈라지듯 차량이 양쪽으로 비켜섰다. 호랑이 운전대를 잡고 일어섰다. 구급차가 앞의 길을 뚫으며 지나가는 순간, 호랑이 그 뒤로 따라붙었다.

27

슈퍼맨 리턴즈

선재가 소식을 듣고 병원을 찾은 것은 이른 아침이 되어서였다. 병원엔 황주필과 서마리아, 성원과 수아까지 와 있었다. 호랑은 벤치 끝에 앉아 머리를 감싸 쥐고 있었다. 선재가 호랑에게 달려가 멱살을 잡았다.

"너, 이 새끼! 너지? 네가 한 거지!"

"삼촌, 왜 이래요!"

수아를 시작으로 주변의 사람들이 달려들어 호랑에게서 선재를 떼어놓았다. 성원과 주필이 선재의 양팔을 잡고 끌어 앉혔다.

"뭐 하는 거예요? 술 마셨어요?"

성원이 말했다.

"부장님은 알죠? 저 새끼, 새예언이 보낸 첩자잖아요!"

선재가 옆에 있던 주필에게 말했다.

"저 봐. 아무 말도 못 하잖아. 저거."

선재가 고개를 푹 숙이고 있는 호랑에게 손가락질을 했다.

"뭐가 이렇게 소란스럽나. 병원에서."

낯선 목소리가 뒤편에서 들려왔다. 선재가 몸부림을 치다가 뒤를 돌아봤다.

"좋은 아침입니다. 여러분."

마재형이 웃으며 인사를 건넸다.

"당신이 어떻게 여기를……."

황주필이 말하다 말고 마재형에게 달려들었다. 마재형은 덩치를 두 명이나 데리고 왔지만 그들이 나서기 전에 성원과 선재가 황주필의 양팔을 잡았다.

"아, 친구가 다쳤다는데 당연히 와봐야지. 안 그래, 손 대리?"

마재형이 호랑에게 손짓을 하며 웃었다. 마재형이 뒤엉켜 있는 황주필 등을 지나쳐 호랑에게 다가갔다.

"아직 숨은 붙어 있다며? 아쉬워? 네가 그랬잖아. 전도자고, 하동명이고 니가 다 죽여버리겠다고."

마재형이 호랑 앞에 서서 말했다.

호랑이 핏발이 선 눈으로 마재형을 노려봤다.

"눈에서 피나겠다. 그래서 널 뺀 거야. 내가 사람 보는 눈이 좀 있거든. 말로는 원수라고 하는데 왠지 갈수록 네가 동명이를 진심으로 따르는 것 같더라고. 하긴 동명이 괜찮은 놈이지. 같이 놀 때는 나랑도 참 잘 맞았는데. 따지고 보면 내가 여기까지 온 것도 동명이 덕분이고, 나도 참 동명이 좋아했는데 우리가 어쩌다 이렇게 됐지? 인생이 참 얄궂어, 그지?"

마재형이 빙글 돌아 선재를 보았다.

"기자님도 동명이랑 친구셨잖아. 동명이 좋겠네. 가는 길에 친구들이 다 왔네. 동명이가 헛살진 않았어."

"목사님, 안 죽었거든요."

날카로운 목소리에 마재형이 고개를 돌렸다. 서마리아가 마재형에게 다가왔다.

"우리 목사님, 안 죽어요. 새예언 박살내기 전까진. 그러니까 걱정하지 말고 돌아가셔서 목이나 씻고 기다리시죠."

"그럼 그냥 죽어도 되겠는데."

"뭐요?"

"새예언 박살났거든. 몰라요? 뉴스도 안 보나봐."

"무슨 말입니까?"

선재가 끼어들었다.

마재형이 선재를 보며 인상을 찡그렸다. 그때까지 마재형은 다 알면서도 궁금한 척을 했고, 위로를 하는 것 같으면서도 조롱을 했다. 하지만 그 순간만큼은 진심인 얼굴이었다. 마재형은 도무지 모르겠단 얼굴로 한동안 선재를 바라봤다.

"와, 정말?"

마재형은 감탄하듯 내뱉고는 모두를 향해 말했다.

"새예언은 오늘부로 문을 닫을 겁니다. 정리하는 데 시일이 걸리긴 하겠지만 사실상 망했다고 봐야죠. 아시는 분도 있겠지만 스스로를 우리 민족의 전도자라고 부르던 미친놈은 어젯밤 사망했고, 그간 새예언이 신도들에게 저지른 각종 사기 행각들이 오늘 저녁 뉴스부터 시작해 낱낱이 밝혀질 겁니다. 끝장난 거죠."

"왜 남의 일처럼 이야기하죠?"

수아가 말했다.

"남의 일이니까. 이제 새예언과 우리는 아무런 연관도 없거든."

마재형이 수하들을 돌아보며 계속 말했다.

"뭐 해? 어찌어찌 살아난다 해도 간호하시느라 힘드실 텐데 갖고 온 거 드려야지."

마재형이 데리고 온 덩치들이 쇼핑백에서 도시락을 꺼내 나눠 주었다. 성원이 얼떨결에 받아 든 도시락을 보았다.

"오로지 소비자의 건강만을 생각하는 올바른 기업. 올바른 식재료로 올바른 식습관을 형성하게 해주는 올바른 도시락. 저희 올라 잇(all right)도시락은 새예언과는 아무런 상관도 없는 정직하고 건실한 기업임을 말씀해드리는 바입니다. 그러니 동명이가 깨어난다면 굳이 다시 일어날 필요 없이 사랑하는 주님 품으로 가도 된다고 전해주세요. 그럼 이만."

마재형이 손짓을 하자 덩치들이 마재형의 뒤를 따랐다. 모두들 망연자실한 얼굴로 서 있는데 선재가 마재형의 뒤를 쫓아 달려갔다. 선재는 엘리베이터 앞에서 마재형을 따라 잡았다.

"정말 이렇게 끝낼 수 있을 거라고 생각해? 사람을 죽여놓고? 사람한테 총질을 해놓고?"

선재가 말했다.

"도대체 왜 이러실까? 연기를 기가 막히게 하는 거야? 아니면 정말 모르는 거야? 연기면 여기까지 해요. 충분해. 더 하면 오버야."

"도대체 무슨 말이야? 아까도 내가 뭔가 알고 있는 것처럼 말했지? 내가 뭘 알고 있다고 생각한 건데?"

선재가 혼란스러운 얼굴로 말했다.

"와, 정말 모른단 말이야? 진짜 무서운 사람이네."

"똑바로 말 안 해!"

선재가 마재형의 멱살을 잡았다. 하지만 선재는 곧 옆에 있는 덩치들의 손에 내동댕이쳐졌다. 마재형이 쓰러진 선재에게 다가와 말했다.

"네가 제안한 계획이라고 하던데?"

"뭐가? 도대체 뭐가!"

"네가 전도자를 즉시 제거해야 한다고, 어떡하든 수단과 방법을 가리지 말라고 했다며."

선재는 '누구한테'라고는 물을 수 없었다. 자신이 그 말을 한 사람은 한 명뿐이었다.

"와, 정말 몰랐구나. 정치하는 사람들 진짜 무섭네. 나도 이참에 정치나 한번 해볼까 했는데 아우 안 되겠다. 나 같은 좆밥은 그냥 좆밥답게 돈이나 벌면서 살아야지. 어우, 살 떨려."

마재형은 몸을 부르르 떨며 엘리베이터 안으로 사라졌다. 성원과 수아가 달려와서 선재를 일으켜 세웠다.

"괜찮으세요?"

수아가 말했다.

선재가 멍한 얼굴로 고개를 끄덕이더니 비상계단 문을 열었다.

"어디 가요?"

성원의 말이 문이 닫히면서 끊어졌다.

선재는 비상계단을 내려갔다. 텅 빈 비상계단에 선재의 발소리가 울렸다. 선재의 마음도 텅 비어 있는 것 같았다. 1층에 내려온 선재는 택시를 잡아타고 종로로 갔다. 선재는 택시에서 내려 낮술을 한 사람처럼 비틀거리며 한 건물 안으로 들어갔다. 그런 뒤 엘리베이터를 타고 6층으로 올라갔다. 엘리베이터가 무서운 놀이 기구처럼 느껴졌다. 갑자기 바닥으로 곤두박질칠 것만 같았다. 선재가 엘리베이터에서 내렸다. 한 남자가 복도에서 선재를 향해 걸어왔다. 남자의 손에 캐리어가 들려 있었다.

"리 선생."

선재가 말했다. 리 선생은 선재를 보고도 가볍게 고개만 끄덕이고는 아무 말 없이 엘리베이터를 타고 사라졌다. 선재는 복도 제일 끝에 있는 사무실로 향했다. 사무실 안에 들어가자 비서가 선재를 알아보고 안내를 했다. 사무실 안의 직원들은 분주해 보였다. 선재가 사무실 안쪽에 있는 방의 문을 열었다. 선재가 방에 들어서자마자 정구현이 무서운 기세로 다가와 선재를 끌어안았다. 선재는 정구현을 안지도, 뿌리치지도 못하고 어정쩡한 자세로 서 있었다. 정구현이 선재를 안은 채 몸을 떨었다.

"형, 울어?"

선재가 말했다.

정구현이 눈물이 그득한 눈으로 선재를 바라보았다.

"고생 많았다. 선재야. 정말 고생 많았어. 이젠 다 끝났다. 드디어 다 끝났어."

정구현이 감격에 겨운 얼굴로 같은 말을 반복하며 선재를 다시 안았다.

"형, 일단 진정하고……."

선재가 어색하게 정구현의 등을 두드리며 말했다.

"아, 그래, 미안하다. 당사자가 이렇게 의연한데 형이 돼서 부끄럽네. 자, 우선 앉자."

정구현이 눈물을 훔치며 말했다.

"리 선생이 나가던데……."

선재가 소파에 앉으며 말했다.

"그 인간 이야기는 하지 마라. 이제 우리랑 상관없는 사람이니까. 내가 미국까지 가서 데려온 사람이긴 하지만 한국엔 어울리지가 않아. 선거 전략이야 쓸 만하겠지만 배짱이 없어. 너 같은 결단력이 없단 말이야."

정구현이 잠시 얼굴을 찌푸렸다가 선재를 향해 웃어 보였다.

선재가 조심스레 입을 열었다.

"뭐가 어떻게 된 거야?"

"어떻게 되긴, 다 잘된 거지."

정구현이 웃으며 말했다.

"정말 형이 한 거야? 전도자를……."

선재는 그 뒷말을 하기가 힘들었다.

"고맙다. 다 네 덕분이야. 역시 난 네가 필요해."

"아니, 그러니까 정말로 형이 한 거야? 형이 전도자를……."

"그래, 네가 그렇게 하라고 했잖아!"

정구현은 여전히 웃으며 말했다.

"나는 전도자를 죽이라고 한 적이 없어."

"내가 안 죽였어."

정구현이 잠시 정색했다가 이내 다시 웃으며 말을 이었다.

"선재야, 너 지금 무슨 생각 하는 거야? 내가 직접 칼 들고 찾아갔을까봐?"

"……."

"물론 마음 같아선 그러고 싶었지. 정말 죽여버리고 싶었어. 네가 그랬지? 때론 더러운 피를 묻힐 줄도 알아야 권력을 가질 자격이 있다고."

"그건 우리가 학교 다닐 때 한 말이었지……."

"그래, 그때, 총학 선거에서 이기고 바닷가에서 해돋이 보던 날, 잊을 수 없지. 그때도 너 때문에 이긴 거였지. 네가 그놈들끼리 서로를 물어뜯게 만들었잖아. 분노의 불을 지펴라. 서로를 증오하게 만들어라. 그게 진리더라고. 이번에도 그대로 통했어."

"형이 마재형을 움직인 거야?"

정구현이 고개를 끄덕였다.

"굳이 미워하게 만들 필요도 없었어. 이미 사이가 엉망이었으니까. 서로 필요가 딱 맞았지."

"하동명은 왜……."

선재가 혼란스러운 얼굴로 말했다.

"마재형이 전도자와 함께 처리하고 싶어 했어. 자기 사업에 암적인 존재라고 말이야. 아, 그 친구가 고등학교 때 그 친구 맞지? 착하기만 한 꽉 막힌 인간. 그때도 아무것도 못 하고 학교에서 쫓겨났다더니 이번에도 마찬가지네."

선재가 양손으로 얼굴을 덮었다. 손가락 사이로 탄식이 흘러나왔다.

"이 정도로 감격하면 곤란해. 아직 메인이벤트가 남았거든."

정구현이 웃으며 자리에서 일어났다.

"선배! 도대체!"

선재가 고개를 쳐들며 소리쳤다.

"짠!"

정구현이 그 앞에 노트북 화면을 들이밀었다. 선재는 화면을 보고 입을 다물었다.

'정장을 입은 슈퍼맨 권선재'

바로 선재의 팬 커뮤니티였다. 한때는 인기 연예인의 팬카페처럼 북적거리던 곳이었지만 선재가 몰락하자 많은 회원들이 실망의 말을 남기고 탈퇴했다. 오래전에 패망한 도시처럼 을씨년스러운 분위기이던 그곳에 새로운 글이 올라왔다는 것을 알리는 'new' 글자가 가득했다. 이제 막 개설된 신인 아이돌의 팬카페마냥 사람들이 몰려들어 글을 남겼다. 선재의 결백을 믿으며 그곳을 지키던 사람들은 광복이라도 된 것처럼 감격의 눈물을 흘렸고, 탈퇴를 했다가 돌아온 사람들은 머리 박기 릴레이를 펼치며 사죄를 표했다. 권선재를 사랑하는 사람들이 모여 벌이는 축제의 현장이었다.

"이미 여기저기 대형 커뮤니티를 다니면서 불씨를 지펴놓았어. 이따 저녁 뉴스에 전도자가 그동안 행한 모든 범죄가 까발려질 거야. 당연히 전도자가 류병두 스캔들을 조작하고, 류병두를 살해하기까지 한 것도 밝혀질 거고. 벌써부터 이런 분위기인데 그 순간이 오면 어떻게 될까?"

정구현이 뒤편으로 와서 선재의 어깨를 힘주어 잡았다.

"모함을 당했던 슈퍼맨이 누명을 벗다. 슈퍼맨 리턴즈. 화려한 컴백이다. 선재야."

정구현이 선재의 등을 힘차게 두드리더니 집무실 한쪽에 걸려 있던 슈트케이스를 가져와 선재에게 건넸다.

"축하 선물이야. 슈퍼맨의 새로운 전투복. 마음에 들면 좋겠다. 잠깐 나갔다 올 테니까 입어봐."

정구현이 집무실 밖으로 나가면서 덧붙였다.

"당장 축배라도 들고 싶지만 오늘은 기자회견부터 하자. 뉴스가 끝나고 바로 해야 드라마틱하지. 가능하면 아예 생방송 때 나가려고 협의 중이야. 아무튼 그렇게 알고 기다려줘."

"선배."

"응?"

정구현이 문손잡이를 잡다 말고 말했다.

"전도자가 류병두를 죽였다고?"

"당연히 본인이 하진 않았지. 자기가 부리던 놈을 시켰어. 특수부대 출신이라고 하던데. 아이가 아픈 걸 약점으로 잡아 구워삶았나 봐. 치료를 해주겠다고 하곤 진정제만 놓으면서 시체처럼 누워있게 만든 거야. 그러면서 새예언에 대적하는 사람들은 악령에 지배당하는 거라고, 악령에 지배받는 육신을 죽여야 그 영혼도 구원받고, 아이도 나을 수 있다고 했다네. 정말 미친놈들이지?"

"그 사람이 전도자를 죽인 거야?"

정구현이 고개를 끄덕였다.

"자기가 쓰던 칼에 자기가 죽은 거지."

"그 사람은 어디 있는데? 도피라도 시켰어?"

"방송국에 유서가 갈 거야. 당연히 그 유서엔 전도자의 살인 교사와 사기 행각이 다 담겨 있을 거고, 그리고 곧 발견되겠지."

"……."

"그게 그 사람한테 나아. 잡히면 평생 감옥에서 썩어야 돼. 자신을 속인 전도자한테 복수도 했고, 아이도 우리가 잘 돌봐줄 테니 잘된 일이지."

정구현이 웃었다.

"잘된 일⋯⋯."

정구현은 선재가 나직하게 속삭인 말을 듣지 못하고, 계속 자기 할 말만 했다.

"딱 하나 안타까운 건 그놈이 죽는 꼴을 직접 못 본 거야. 감히 사이비 교주 따위가 나라를 지 맘대로 갖고 놀려고 해?"

정구현의 얼굴에 짜증과 불쾌함이 올라왔다. 하지만 이내 정구현은 속이 편안한 얼굴로 돌아갔다.

"뭐 내 목소리를 들으면서 죽어갔을 생각을 하면 나름 통쾌하긴 해. 그 정도로 만족해야지. 잠깐 쉬고 있어."

정구현이 쾌활하게 말하고 밖으로 나갔다. 마침 비서가 다가와 소식을 전하며 전화를 건넸다. 저녁 뉴스 생방송이 가능하단 말이었다.

"아, 네, 정구현입니다. 감사합니다. 아니요. 저희가 감사하지요. 그림이 딱 좋네요. 누명을 쓰고 쫓겨났던 그 자리에서 새로운 시작을 알린다. 좋네요. 네, 그럼요. 갑작스럽긴 하지만 당연히 이번에 출마해야죠. 원래대로라면 쫓겨났던 그날이 생방송에서 출마를 선언했을 날이니까요."

정구현은 방송국의 고위 관계자와 몇 마디 더 대화를 나누고 통화를 끝냈다. 정구현은 밝은 얼굴로 다시 집무실에 들어가 선재에게 기쁜 소식을 알리려 했다. 하지만 안에는 아무도 없었다.

28
대기자 大記者

"뭐 해요? 이사 가요?"

선재가 대영철의 사무실을 둘러보며 말했다.

사무실 안은 집기들을 정리해놓은 박스들로 정신이 없었다. 대영철은 사무실 바닥에 신문지를 깔아놓고 자장면을 먹고 있었다.

"작별 인사하러 왔냐?"

대영철이 자장을 튀기며 말했다.

"입에 있는 거 먹고 말해요. 더럽게."

선재가 대영철 앞에 털썩 앉아 단무지를 집었다.

"곧 국회의원이 될 양반이 여기서 이딴 거나 먹고 있어도 돼?"

"누가 국회의원이 되는데요?"

"전화기 꺼놨냐? 저녁 뉴스는 확인 차원이지 벌써 다들 난리야. 너 누명 벗고, 이번에 출마한다고."

"쓸데없는 소리는 됐고, 지금 뭐 하는 거예요? 우리 이사 가요?"

"우리? 지랄한다. 지 월급 주는 데가 망하는지도 모르고 밖으로만 싸돌아다니다 이제 와서 '우리'냐?"

대영철이 자장면 한 입을 크게 넣더니 우물거리며 생각을 하다가 다시 말했다.

"아니지. '우리' 맞다. '우리' 하자. 우리 권선재 의원님. 국회 들어가고 나서도 잘 좀 부탁드립니다."

대영철이 먹다 말고 넙죽 고개를 숙였다. 그 자세로 잠깐 멈춰 있던 대영철이 일그러진 얼굴로 고개를 들었다.

"아, 그 새끼 생각하니까 갑자기 또 얹히네. 돌아온 슈퍼맨 앞세워서 이번 선거 압승하면 진짜 정구현이 대통령 되겠지? 그럼 어떡하나. 진짜 이민이라도 가야 되나."

"선배는 정구현이 왜 그렇게 싫어요?"

대영철이 선재를 빤히 보았다.

"알고 싶냐?"

"네, 옛날부터 궁금했어요."

"내가 겁나 사랑했던 여자가 있어."

"조금 불안한데요."

선재가 살짝 인상을 썼다.

"그 여자가 나는 거들떠도 안 보면서, 정구현한테는 아주 죽고 못 살더라."

"……제발 그게 전부는 아니라고 말해줘요."

"왜? 시시하냐? 나한텐 겁나 중요한 이유인데?"

"아……."

선재가 노골적으로 핀잔을 주었지만 대영철은 아랑곳하지 않고 말을 이었다.

"내가 겁나 사랑한 여자가 꼭 그놈이어야 한다면 어찌하겠냐. 아쉽지만 멀리서 행복을 바랄 수밖에. 근데 어떤 새끼인지는 알아야 되지 않겠냐? 정말 내가 사랑한 여자를 겁나 사랑해줄 수 있는 놈인가? 그래서 내가 좀 따라다녀봤어."

"정구현을요?"

"어, 매일매일. 마침 입대 앞두고 휴학 중이라 시간도 넘쳐났거든."

"그래서요? 뭘 봤어요?"

"겁나 중요한 것들을 많이 봤지. 그리고 확신했지. 아, 저 새끼는 아니다. 저 새끼는 내가 겁나 사랑한 여자를 불행하게 할 놈이다."

"뭔데요?"

선재가 심각한 얼굴로 자세를 고쳐 잡았다.

"쓰레기를 아무 데나 버려."

"네?"

"교통신호도 걸핏하면 어겨."

"선배."

"담배도 아무 데서나 피우고."

"아니, 그런 건……."

"왜? 너무 시시하냐? 그럼 이건 어때? 그 새끼, 학과사무실에서 볼펜도 아무렇지 않게 갖다 쓴다. 제자리에 갖다 놓지도 않아. 이것도 문제 아니야? 그럼 뭐가 문제야? 겨우 돈 만 원이 아까워서, 고작 10분 더 일찍 가려고, 아무렇지 않게 룰을 어기고, 남의 권리를 무시하는 놈이 말하는 대의라는 걸 넌 믿냐? 난 안 믿는다.”

“무슨 말인지는 알겠는데, 너무 엄격하잖아요.”

“그래, 맞아. 나라고 얼마나 떳떳하게 살았겠냐? 근데 나 같은 보통 사람들에겐 다른 사람을 해칠 수도 있는 권력 같은 건 주어지질 않잖아. 참 다행이지. 하지만 다른 사람들의 삶을 완전히 바꿔놓을 수도 있는 권력을 가지겠다는 놈이면 남들과 달라야 되는 거 아니야? 자신에겐 엄격하고, 남에겐 관대해야 하는 거 아니냐고. 근데 현실은 어떻지? 다른 사람의 잘못을 꼬집을 때는 세상 가장 정의로운 놈이었다가 자신의 구린 구석이 드러나면 갑자기 누구나 그렇듯 실수하는 보통 사람이 되어버려. 부끄러움을 아는 인간이라면 그렇게 행동할 수 있을까? 나도 정구현이 내 앞에서 단무지나 빨고 있는 놈이면 욕이나 한 번 해주고 말아. 하지만 그놈은 권력자야. 일개 경찰도 나쁜 마음 먹으면 사람 인생 하나 얼마든지 꼬이게 할 수 있어. 대통령은? 셀 수도 없이 많은 사람의 인생을 박살낼 수 있다. 정구현은 내가 겁나 사랑했던 여자가 좋아하는 남자였고, 지금은 대통령이 되려고 하는 인간이야. 엄격하게 봐야 하는 건 당연한 거 아냐?”

대영철은 열변을 토하더니 자장면을 한 젓가락 집어 먹고는 그대로 뱉어버렸다.

"아, 다 불었잖아."

선재가 고개를 젓더니 물을 따라 주었다. 대영철이 물을 한 모금 마시고 말했다.

"그 기사 니가 쓴 거냐?"

"무슨 기사요? 언제 이야기를 하는 거예요?"

"총학 선거 때 말이야. 정구현이 구했다는 여학우 기사. 인터뷰도 실었잖아."

"아, 그거요. 네, 내가 썼죠."

"네가 찾아낸 거야?"

"여학우요? 아니요. 자기 발로 찾아왔어요."

"정구현한테 먼저 가서 스스로 유세를 돕고 싶다고 한 것도 사실이야?"

"그럼요. 근데 거절을 당해서 저한테 찾아온 거예요. 결과적으론 더 좋게 됐죠."

"그때까지는 최소한의 부끄러움 정도는 알았나 보네."

"무슨 말이에요?"

"그 사람 구한 거 정구현 아니야. 지가 구했으면 자기 드러내길 좋아하는 정구현이 거절을 했겠냐? 스스로도 너무 부끄러웠던 거지. 진짜 당사자가 튀어나올까봐 걱정도 됐을 거고."

"봤어요? 그 자리에 있었던 거예요?"

대영철이 고개를 끄덕였다.

"그럼 누군데요? 누가 그 사람을 구했는데?"

"나."

대영철이 잇몸을 활짝 드러내고 이쑤시개로 곳곳을 쑤셨다.

그날도 대영철은 학교에서 정구현을 따라다니고 있었다. 비가 많이 내리는 날이었다. 정구현은 차를 타고 내리막길을 가다가 급하게 정차를 했다. 차 앞에서 여학우가 쓰러졌기 때문이다.

"아마 자기가 친 줄 알았던 것 같아."

정구현은 차에서 내려 황급히 여학우를 살피곤 주변을 둘러봤다.

"정신을 잃기 전 본 마지막 얼굴은 분명 정구현이었겠지. 하지만 그 새끼는 그대로 튀었어."

정구현이 차를 몰고 사라진 후에 대영철은 여학우를 업고 빗속을 달려 가까운 병원 응급실에 데려다 놓았다.

"왜 나서지 않았어요?"

"아까 '나'라고 했을 때, 네 얼굴이 어땠는지 아냐? 이 미친 새끼가 뭐라는 거야? 이런 얼굴이었어. 아니야?"

"아니, 그래도……."

"그래도는 무슨 그래도야. 여학우 본인이 정구현이 구해줬다고 지목까지 하는 판에 내가 어떻게 나서냐? 그리고 난 바로 군대까지 갔잖아. 시간도 한참 지났고 날 기억도 못 하는 사람한테 가서 사실 당신을 구한 건 나입니다, 이러면 무슨 소리 듣겠어? 내 마누라도 안 믿어."

"정구현이 그날 술 마신 건 아니에요? 아무리 빗속이라도 사람을 쳤다고 착각하고, 바로 내빼버린 건……."

"직접 보지는 못했어. 정황상 의심스럽긴 하지. 차에 타기 전에 쓰레기를 비닐봉지에 담아서 아무 데나 버렸는데 맥주 캔이 들어 있었거든. 꽤 이른 시간이라 전날 먹은 거일 수도 있지만 가능성은 있지."

"그런 걸 지금까지 묻어두고 있었어요? 왜요?"

"증명을 할 수가 없잖아."

"의혹을 제기할 수는 있잖아요. 선배, 정구현 싫어하잖아. 의혹 제기만으로도 충분히 타격을 줄 수 있는데……."

"싫어하는 놈이라고 확실한 증거도 없이 공격하냐?"

"……."

"나는 정구현 같은 놈에겐 권력이 주어져선 안 된다고 생각해. 그렇다고 적당히 짜깁기된 의혹이나 제기해도 괜찮은가? 악과 싸우는 거니까? 난 너같이 대단한 놈은 아니야. 아무리 노력해도 대단한 기자는 못 될 거야. 그래도 내가 싫어하는 놈들과 똑같은 놈은 되지 않을 거야."

대영철이 남은 음식을 정리하며 선재에게 물었다.

"근데 넌 정구현을 왜 좋아하는 거야?"

선재는 선뜻 답하지 못했다. 대영철이 그릇을 신문지에 싸서 밖에 내놓았다. 선재가 다시 돌아온 대영철 앞에 섰다.

"모르겠냐?"

대영철이 다시 물었다.

"네, 나도 이제 잘 모르겠네요. 시시한 이유겠지요."

대영철이 피식 웃더니 선재가 들고 있는 슈트케이스를 가리켰다.

"그건 뭐야?"

"아, 선물입니다."

"뭐?"

대영철은 어리둥절한 얼굴로 선재가 건넨 슈트케이스를 받아 들었다.

"그 겁나 사랑했다는 여자는 뭐 하고 사는지 압니까?"

"뭐, 남편이 망했으니 지금쯤 신세 한탄이나 하고 있겠지. 여전히 티브이에서 정구현 보면 좋아 죽는다. 내가 그 새끼를 좋아하게 생겼냐?"

선재의 눈이 커지더니 곧 낄낄거리며 웃었다.

"웃기는. 야, 이거 좋은 거 아니야? 받아도 되냐?"

대영철이 슈트케이스를 열어보고 호들갑을 떨며 말했다.

"형수가 나보단 낫네요."

선재의 목소리에 대영철이 고개를 들었다.

"대형, 우리 특종 한번 내봅시다."

선재가 말했다.

29
고백 Go Back

새벽 한 시의 병원엔 규칙적인 기계음과 불규칙한 신음 소리, 당직을 맡은 의사와 간호사들의 슬리퍼 소리만이 선명하게 들렸다. 하지만 인터넷 세상은 환한 태양 아래의 오후 한 시처럼 소란스러웠다. 정구현이 말했던 것처럼 각 방송사의 저녁 메인뉴스에 전도자 사망 소식과 새예언의 각종 비리 의혹이 올라왔다. 가장 큰 뉴스는 류병두 스캔들 조작과 류병두 살인 교사였다. 군복 남자는 방송사에 유서를 보냈고, 유서에는 전도자의 지시 사항이 상세하게 기록되어 있었다. 류병두 대역이었던 조준영도 자수하여 모든 사실을 인정했다. 선재는 완전히 누명을 벗게 된 셈이었다. 심야방송에서는 심층취재 프로그램이 이어졌다. 강수미가 이끄는 굿뉴스와는 경쟁 프로인 곳이었다. 그들은 오래도록 새예언을 추적하고 있었다며 전도자와 새예언의 온갖 비리를 폭로했다. 내부자의 도움이 없이는 불가능한 방송이었다. 하지만 전도자와 정구현의 관계에 대해선 언급조차 없었다. 거의 모든 상황이 정구현의 계획대로 흘러갔다. 딱 하나 어긋난 것은 선재의 잠적이었다. 정구현은 선재를 저녁 뉴스에 출연시킬 계획이었지만 선재는 정구현의 사무실을 나온 후로 연락을 끊었다. 정구현은 사람을 풀어 선재를 찾았지만 어디에 있는지 알 수가 없었다. 대중들은 선재가 언제 어떻게 모습을 드러낼지 궁금해했다. 선재가 불이 꺼진 병실에서 의식을 잃은 친구 옆에 앉아 있을 거라곤 누구도 생각하지 못했다. 갑작스러운 전화를 받은 서예슬도 마찬가지였다.

"권선재 씨?"

"죄송합니다. 또 전화를 했네요."

"누군가 했어요. 번호가 달라서."

"친구 폰입니다. 제 폰은 너무 시끄러워서요."

"그렇겠네요. 저도 뉴스 봤어요. 그래서 축배라도 드신 건가요? 저도 축하는 드리겠지만 복귀하시려면 술은 더더욱 끊어야 하지 않을까요?"

선재가 빙긋이 웃었다.

동명은 암살을 당할 뻔했던 피해자였고, 아직 범인이 잡히지 않았기 때문에 경찰의 보호하에 1인실에 입원해 있었다. 출입은 통제되었지만 선재는 손쉽게 들어갔다. 경찰은 자신이 이곳에 있다는 것을 알리지 말아달라는 선재의 말을 상급자의 명령처럼 받아들였다. 선재는 다가올 국회의원 선거에서 당선이 유력한 인물이었으니까. 세상은 한순간에 선재를 대하는 태도를 바꿨다. 하지만 서예슬은 지금도 권선재를 자신이 맡고 있는 환자로 여겼다. 선재는 변함없이 자신을 대해주는 서예슬이 고마웠다.

"술은 안 마셨습니다."

"항상 그렇듯이요."

"오늘만이 아니라 술을 마시지 않은 지 꽤 됐어요. 역시 저는 알코올중독은 아닌 것 같아요."

"다들 그렇게 말하지요."

"알코올중독보다 훨씬 더 심각한 문제가 있어요."

"……."

"집단치료 시간에 딱 한 번 갔었어요. 그때 거기서 술로 인생을 망친 사람들 이야기를 들었지요. 폭행, 도박, 병에 걸린 사람도 있었죠. 이야기를 들으면서 나는 거기에 있는 사람들과는 다르다고 생각했어요. 맞아요, 나는 달라요. 나는 거기에 있던 어떤 사람보다도 더 형편없는 인간입니다."

"확실히 술에 취한 것 같지는 않네요."

"그 어느 때보다 멀쩡합니다. 세상과 내 본모습이 이제야 분명하게 보여요. 친구의 모습도요."

선재 앞에는 의료기기를 주렁주렁 단 동명이 눈을 감고 있었다. 산소포화도를 측정하는 집게처럼 생긴 기계가 동명의 손가락에 달려 있었다.

"내가 친구를 배신했어요. 친구는 그저 내가 잘못된 길로 가려는 걸 막은 것뿐인데, 나를 위해서 그런 건데 나는 귀찮고 짜증나기만 했어요. 사실은 나도 친구의 말이 옳다는 걸 알았어요. 하지만 인정하기 싫었어요. 네가 뭔데 나를 가르치려 하냐고 소리쳤어요. 그리고 결국 내 손으로 쫓아내버렸어요. 소문을 냈어요. 친구가 나쁜 놈인 것처럼. 친구는 나 때문에 다쳤어요. 아마 마음에도 큰 상처를 입었겠죠. 그리고 떠나버렸어요. 그런 짓을 저지르고도 나는 친구가 나쁜 거라고 생각했어요. 내 생각이 옳다고, 그게 정의라고 믿었어요. 그걸 관철시키려고, 세상 어딘가에 있을 친구에게 보여주겠다고, 평생을 엉뚱한 길을 헤매면서 살았어요."

"무슨 이야기인지 정확히는 모르겠지만 친구분한테 말씀을 해보시는 게 어때요?"

"저도 그러고 싶어요. 그런데 친구는 아무 말도 들어줄 수가 없네요."

"……"

동명이 숨을 내쉴 때마다 산소마스크가 미세하게 움직였다. 선재가 한 손으로 얼굴을 감쌌다.

"선생님, 나는 누명을 쓴 영웅 같은 게 아니에요. 영상을 조작한 적은 없지만 나는 그 영상 속의 사람이 류병두가 아닐지도 모른다고 생각했어요. 얼굴도 정확히 보이지 않았고, 그런 자리에 류병두가 직접 나타난 것도 의심스러웠지요. 더 조사해볼 필요가 있었어요. 함부로 터뜨릴 뉴스가 아니었어요. 하지만 나는 류병두라고 믿기로 했어요. 류병두여야만 한다고 생각했어요. 그게 정의라고 믿었어요. 내 곁엔 그걸 말려줄 친구가 있었지만 그 친구는 오래전에 내 손으로 쫓아내버렸죠. 결국 똑같은 짓을 반복한 거예요. 내가 그런 놈인 걸 알았기 때문에 새예언이 나에게 영상을 보낸 겁니다. 나는 보기 좋게 함정에 걸려들었고요. 나 때문에 류병두는 낙마했고, 결국 살해당하기까지 했어요. 류병두뿐 아니지요. 관련된 사람들만 해도……."

"이번엔 출마하실 거라더니 사실인가봐요."

"네?"

선재가 고개를 들며 되물었다.

"갑자기 세상 죄를 짊어진 구세주처럼 말씀하시잖아요. 혹시 제 월급이 좀처럼 안 오르는 것도 권선재 씨 때문인가요?"

서예슬의 말에 선재가 웃으며 고개를 저었다.

"아닌 게 아니라 저 때문에 곤란하신 적이 많았지요? 죄송합니다. 아직 해야 할 일이 있는데 그것만 정리되면 바로 돌아가서 성실히 임하겠습니다. 돌아갈 수만 있다면요."

"뭘 하시려고요?"

서예슬이 조금 불안한 목소리로 말했다.

"친구가 오래전에 해준 말이 있습니다. 처음엔 저주 같은 말이라고 생각했지만 아니었어요. 제가 앞으로 어떻게 살아갈지를 알고 말해준 거였죠. 제가 잘못된 길을 걸을 것이고, 그 결과로 어떤 대가를 치르게 될지 친구는 알았어요. 오늘 같은 꼴이 될 줄 알았던 거죠. 하지만 끝난 건 아니에요. 친구는 포기하지 말라고 했어요.

늦었다고 생각하지 말라고 했지요. 다시 돌아오라고, 항상 저를 기다리고 있을 거라고 말했어요. 그리고 제 친구는 틀린 말을 하는 법이 없지요."

선재가 옆에 내려놓은 휴대폰이 울렸다. 성원이 연락용으로 주고 간 휴대폰이었다.

"제가 처음 센터에 갔을 때, 선생님은 저를 가짜 뉴스로 사람을 죽인 쓰레기가 아니라 그저 한 명의 환자로 대해주셨습니다. 아마 그래서 제가 술만 마시면 선생님께 전화를 했나봐요. 선생님, 앞으로 제가 뭘 할지는 뉴스를 통해 확인하시게 될 겁니다. 그 뉴스 속의 저는 오늘 뉴스에 나온 저와 다를지도 모릅니다. 하지만 진짜 저는 지금 이 시간에 선생님과 통화를 하고 있는 사람입니다. 앞으로도 저를 그렇게 기억해주시면 좋겠습니다."

서예슬이 무언가 말을 더 하려고 했지만 선재는 전화를 끊었다. 휴대폰 화면에 서예슬과 나눈 대화가 녹음되었다는 표시가 떴다. 선재는 동명의 폰을 테이블 위에 두고, 성원이 두고 간 폰을 집었다.

"응, 어떻게 됐어?"

"조용해요. 정말 여길 올까요?"

같은 시각, 성원은 선재와 다른 병원에 있었다. 동명이 입원해 있는 병원이 아닌 군복 남자의 아이가 입원해 있는 병원이었다. 성원뿐 아니라 호랑과 황주필도 성원과 구역을 나눠 병원 주변에 숨어 대기하고 있었다. 수아는 병원 전체를 보기 좋은 위치에서 군복 남자가 나타나는지 살피고 있었다.

"아이를 위해서라면 무엇이든 할 사람이야. 전도자한테 속아서 살인자가 되었고, 그것 때문에 아이 곁을 떠나야 할 상황이야. 복수는 했지만 자신이 죽고 나면 아이의 미래는 정구현에게 맡겨야 해. 과연 정구현을 믿을까?"

"유서까지 써서 보냈잖아요."

"물론 자식을 위해서라면 죽을 각오도 있겠지. 하지만 이미 전도자한테 속았던 경험이 있는 사람이 정구현에게 아이를 맡기고, 자살한다? 그런 선택을 할 수 있을까? 특수요원으로 길러진 사람이야. 일단 죽은 걸로 위장해놓고 정구현이 어쩌는지 살필 것 같지 않아? 설사 정말 죽겠다고 다짐을 했어도 한 번은 아들을 보러 올 거야. 그때를 놓치면 안 돼."

선재가 동명을 바라보며 말했다.

서마리아가 병실에 들어왔다. 선재가 자리에서 일어났다.

"가시게요?"

"이거 동명이 겁니다. 제가 전화를 한 통 썼어요. 통화 내용이 녹음되어 있습니다. 동명이가 깨어나면 전해주세요."

선재가 서마리아에게 휴대폰을 건넸다.

"유언이라도 남겼어요?"

서마리아가 불안한 얼굴로 휴대폰을 받아 들었다.

"죽으러 가는 거 아닙니다. 살려고 가는 거지."

선재가 동명을 뒤돌아보며 말을 이었다.

"그러니 저놈도 좀 빨리 일어나라고 해주세요."

30
죽은 자의 목소리

반장이란 자리는 권력과는 거리가 멀었다. 오히려 귀찮기만 해서 반장이 되길 싫어하는 녀석도 많았다. 국회의원이 반장 같은 자리라면 선거 때마다 국민에게 헌신하겠다고 고개를 숙이는 사람들의 정수리를 볼 기회가 현저히 줄어들 것이다. 물론 선거가 끝나고 난 후 그들의 뻔뻔한 얼굴을 볼 기회도 줄어들 테고.

정구현은 기껏해야 떠드는 아이의 이름을 칠판에 적는 권한밖에 없는 반장 자리를 좋아했다. 정구현은 공부도 잘했고, 인상도 나쁘지 않았다. 하지만 반장이 되지는 못했다. 대학에서 총학생회장이 되기 전까지 정구현은 부반장만 했다.

"부모님이 부담스러워하셨어요. 그때만 해도 아이가 반장이 되면 그 부모는 학부모회에 나가 학교를 위한다는 명목으로 이런저런 기금을 내야 했던 시절입니다. 행사 때마다 반 아이들과 선생님에게도 한턱을 쏴야 했지요. 저희 집은 그럴 형편이 못 되었지요. 그래서 반장에 당선이 되고도 선생님께 말씀을 드려서 부반장을 맡아야만 했습니다. 부반장도 임원이긴 하지만 부모님 입장에선 그나마 부담이 적었던 모양입니다. 실제로 반장이 부재하지 않으면 앞에 나설 기회도 별로 없었지요. 특히 회의 같은 것은 전부 반장이 진행했으니까요. 지금 돌아보면 별로 대단할 것도 없는 회의였지만 부반장인 저는 기껏해야 반장이 말하는 걸 칠판에 받아 적기나 했지요."

정구현이 카메라 화면 속에서 말했다. 정구현을 찍고 있는 카메라 옆에는 어용수가 있었다. 새예언 기념 다큐를 찍고 있던 어용수는 갑자기 돌변하여 새예언의 비리를 폭로하는 내용의 영상을 방송국에 넘겼고, 직접 프로에 출연하기까지 했다. 새예언은 몰락했지만 카메라를 든 약삭빠른 정의의 사도는 여전히 건재했다.

"속이 상하셨나요?"

어용수가 웃으며 말했다.

"서운하기는 했지요. 하지만 부모님 입장도 이해가 됩니다. 국회의원 자리도 내려놓으라고 하실까봐 걱정했는데 그렇진 않으시더라고요."

정구현이 미소를 지었다.

"반장과는 많이 다르죠."

"아니요. 크게 다를 것도 없다고 생각합니다. 저는 어릴 때 되지 못했던 반장 같은 국회의원이 되고 싶어요. 모든 공직은 국가와 국민을 위해 봉사하는 자리라고 생각해요. 권력은 힘입니다. 다룰 자격이 없는 자에게 주어지면 비극이 벌어집니다. 우리는 이미 그런 시대를 지나왔습니다. 그래서 권력을 가진 자는 반드시 헌신과 희생, 그리고 정의란 말의 진정한 의미를 알고 있어야 합니다."

사실 반에서 가장 강한 권력을 가진 존재는 반장이 아니라 정구현이 학교를 다닐 당시엔 '짱'이라고 불렸던 불량한 녀석들이었다. 녀석들은 그저 남보다 체격이 크고 힘이 세다는 이유로 자신들에게 주어진 권력을 마음껏 휘둘렀다. 정구현 대신 반장이 된 녀석은 놈들을 딱히 통제하지 않았다. 애초에 그만한 권력도 없었지만 적당히 선만 지켜준다면 싸울 필요가 없단 생각이었다. 그건 놈들도 마찬가지라 반장만큼은 함부로 대하지 않았다. 심지어 반장이 지금만큼은 조용히 해달라고 말하면 기꺼이 따르기도 했다.

'그날 밤에 반장이 그 방에 있었다면 어땠을까.'

그 방에 있던 아이들은 그런 생각을 했다. 수학여행을 갔던 밤이었다. 낮에는 각종 명소의 견학이 이뤄졌지만 많은 아이들은 퍼질러 잠만 잤다. 아이들은 밤에 움직였다. 잘나간다는 녀석들은 여자아이들의 방으로 놀러 갔고, 남자 녀석들끼리 뭉친 곳에선 밤새 술판과 도박판이 이어졌다. 정구현이 있던 방은 평범한 녀석들의 방이었다. 그저 적당히 놀다가 적당히 잠드는, 원래대로라면 가장 평화로워야 할 방에 술에 취한 꼴통이 들어왔다. 아마 그 일로 법정에 섰으면 술 핑계를 댔겠지만 그놈은 정신이 말짱할 때도 아무렇지 않게 반 아이들에게 폭력을 휘두르는 놈이었다. 녀석은 술에 취해 방을 잘못 찾아왔고, 그저 일찍 잠들었을 뿐인 아이의 다리에 걸려 넘어졌다. 그리고 그 아이를 마구 밟았다. 아이는 난데없이 자행된 폭력에 비명을 질렀다. 주변에 자고 있던 두어 명의 아이들이 갑작스러운 소란에 일어나 미래의 주폭 꿈나무를 말렸다. 하지만 떡잎부터 달랐던 녀석은 말리는 아이들까지 무차별로 폭행했다. 다른 아이들은 누운 상태로 그 광경을 보고 이러지도 저러지도 못했다. 아이들은 주변을 둘러봤지만 녀석을 말려줄 반장은 그 방에 없었다. 그 방에 정구현이 있었다. 정구현은 피가 끓었다. 당장이라도 일어나 녀석의 목덜미를 잡고, 술로 붉게 물든 면상을 피로 물들이고 싶었다. 그러지는 못하더라도 반장처럼 나서 '그쯤이면 됐잖아. 더 하면 문제가 돼'라고 말하고 싶었다. 정구현은 몸을 반쯤 일으키다 녀석과 눈이 마주쳤다. 찰나의 망설임 끝에 정구현은 반대편으로 돌아누웠다. 불이 꺼진 방 안에서 달빛 아래 보이는 녀석의 눈빛은 완전히 미쳐 있었다. 정구현은 눈을 감아버렸다. 하지만 귀까지 틀어막지는 못했다.

"흐흐흐……."

명백한 조롱이었다. 광기 어린 발길질 소리 대신 속을 뒤집는 조소가 방 안에 퍼졌다. 정구현은 아무런 잘못도 없는 사람을 짓밟는 소리보다 자신을 비웃는 웃음소리가 더 끔찍했다. 소리가 정구현에게 가까워졌다. 어둠 속을 사뿐사뿐 걸어 정구현의 귓가까지 다가왔다. 놈의 숨소리와 입김이 느껴졌다. 정구현은 눈을 질끈 감았다. 머리부터 발가락까지 온몸이 오그라들었다. 놈이 정구현의 귀

를 혀로 핥았다. 정구현은 겁에 질려 부들부들 떨기만 했다. 놈은
재밌어서 견딜 수가 없다는 듯 팔짝팔짝 뛰었다.

"잘 자라."

놈은 정구현의 아버지라도 된 것처럼 기분 좋게 웃으며 정구현
의 귓가에 속삭이고는 방을 나갔다. 놈이 방을 나간 후에도 정구현
은 눈을 뜨지 못했다. 놈이 떠난 방 안은 고요했지만 정구현에겐 수
많은 소리가 들려왔다. 이불을 덮고, 손가락으로 귀를 틀어막아도
아무런 소용이 없었다.

"국회의원이 되고 가장 기억에 남았던 순간은 언제였을까요?"

어용수가 말했다.

"지난 대선에서 패배가 확정되었던 순간입니다. 주변에선 이미
결과가 빤한 전쟁에서 기대 이상으로 싸웠다고 평해주셨지만 어쨌
든 저는 패장이었지요. 패배가 확정되었을 때는 무척 낙심이 되었
습니다. 온몸의 피가 한순간에 쭉 빠져나가는 기분이었죠. 하지만
고개를 숙이고 있던 제 귀에 소리가 들리기 시작했어요."

"소리요?"

"네, 저를 지지해주셨던 국민 여러분의 소리요. 패배한 선거 사
무실이 얼마나 쓸쓸한 곳입니까? 하지만 그날 제 가슴은 국민 여러
분의 함성으로 가득 찼습니다. 그래도 이 아픈 시대의 어둠을 걷어
낼 사람은 정구현이라는 외침을 듣고 저는 잠시도 실망하고 있을
수가 없었지요."

정구현은 국회의원이 되자마자 사람을 찾았다. 놈을 찾는 것은

그리 어렵지 않았다. 나서서 뭘 할 필요도 없었다. 그저 말 한마디. 그것만으로 정구현은 그놈이 사는 곳은 물론 그가 어떻게 살고 있는지도 알 수 있었다. 그게 권력의 힘이었다. 놈은 한결같았다. 불혹이 넘은 나이인데도 철이라곤 들지 않은 상태였다. 여전히 넘치도록 술을 마시면서 아무한테나 시비를 걸었다. 사람들은 그가 무서워서가 아니라 귀찮아서 피했다. 정구현은 놈이 사는 반지하 월세방에 찾아갔다. 이미 해가 중천에 뜬 시각이었다. 놈은 어두운 동굴 같은 집에서 기어 나왔다. 다시 만난 놈은 자신의 뒤를 이을 어린 양아치들에게 시비를 걸었다가 흠씬 두들겨 맞아 얼굴이 엉망인 상태였다. 얻어맞고도 계속 술을 퍼마셨는지 냄새가 진동을 했다. 입가에는 허연 거품이 끼어 있고, 피부는 각질이 켜켜이 쌓여 있었다. 낡은 티셔츠와 트레이닝복은 주워 온 옷처럼 꾀죄죄했다. 누구라도 절로 인상을 쓸 만한 몰골이었지만 정구현은 활짝 웃었다. 지지자들의 함성 앞에서 지었던 미소보다도 진심이 담긴 웃음이었다. 정구현은 쓰레기가 쓰레기답게 살고 있어서 기뻤다. 정구현은 경호원을 대동하고 갔지만 굳이 그럴 필요도 없다고 생각했다. 이런 놈들은 하나같이 분노조절장애라도 겪고 있는 것 같지만 자기보다 강한 힘 앞에선 철저하게 고개를 숙이니까. 정구현이 기대한 대로 놈은 바로 눈을 내리깔았다.

"잘 지냈어?"

"아, 네? 네."

정구현의 인사말에 놈은 상전 앞에 선 노비처럼 답했다. 정구현은 웃음이 터져 나왔다. 너무 웃겨서 소리도 잘 나오지 않는 웃음이었다. 정구현은 거의 눈물까지 흘리며 낄낄거렸다. 정구현의 뒤에 선 경호원과 보좌관은 영문도 모르고 어색하게 같이 웃을 뿐이었다.

"밥은 먹었어?"

정구현이 간신히 진정하고 말했다.

놈은 말도 못 하고 어정쩡하게 고개를 저었다. 정구현은 들고 있던 봉지에서 빵과 사이다를 꺼냈다.

"잘됐네. 내가 사 왔어. 이거 먹어."

"아니……, 괜찮은데……."

"안 먹어?"

정구현의 얼굴에서 웃음기가 싹 사라졌다. 놈의 눈빛이 마구 흔들렸다.

"아니 그런 게 아니고……."

"뭐야, 내가 국회의원씩이나 돼서도 빵 사다주러 다시 찾아왔는데……, 아, 국회의원이라고 무시하는 거야? 하긴 너는 항상 반장 말만 들었지. 대통령이라도 돼야 하나? 그래야 내 말만 좀 들어줄까? 응?"

"머…… 먹을게."

놈은 정신없이 봉지를 뜯어 빵을 입에 집어넣었다. 정구현은 손자가 밥을 먹는 모습을 지켜보는 것처럼 흐뭇한 눈으로 놈을 바라보았다. 놈이 입속에 있는 빵을 간신히 목구멍으로 밀어 넣는 순간에 남은 빵을 다시 놈의 입에 우겨넣었다. 정구현은 놈이 고통스러위하는 모습을 보며 사이다를 따서 마셨다.

"전 국민에게 빵과 사이다를 돌릴 수는 없겠죠. 국가 예산은 제한되어 있고, 전 예수가 아닙니다. 오병이어五餅二魚의 기적은 일으킬 수가 없지요."

카메라 앞의 정구현이 안경을 손가락으로 올리며 말을 이었다.

"하지만 애써 노력해서 얻은 자기 몫의 일용할 양식을 빼앗기지는 않게 할 겁니다. 공정한 사회를 만들어낼 겁니다. 힘을 가진 자들은 결국 자기들끼리 결탁하곤 합니다. 그리고 힘이 없는 자들을 착취하지요. 하지만 저는 오로지 국민 여러분만 보고 갈 겁니다. 저는 지금껏 누구와도 결탁하지 않고……."

정구현이 말을 하다 말고 어용수를 바라봤다. 어용수는 정구현 앞에서 묘한 웃음을 짓고 있었다.

"왜 웃으세요?"

"그냥 국민의 한 사람으로서 의원님 말씀을 듣는데 너무 흐뭇해서요."

"감사합니다."

정구현과 어용수는 속마음과 다른 이야기를 아무렇지도 않게 웃으며 했다.

"오늘은 여기까지 할까요?"

옆에 있던 보좌관이 정구현의 안색을 살피고, 앞으로 나섰다. 그는 군복 남자의 아들이 입원해 있던 병원에서 군복 남자와 이야기를 나누었던 인물이었다.

"그러지요. 날은 많으니까요."

어용수가 자리에서 일어나 지시를 하자 카메라와 조명 담당이 움직였다. 보좌관이 테이블 위에 있던 녹음기를 집으며 말했다.

"이것도 가져가셔야죠."

"그건 우리 거 아닌데요."

"네?"

카메라 감독이 자재를 치우며 끼어들었다.

"저 카메라도 우리 거가 아닌데요. 저희가 들어오기 전부터 있던데."

그러고 보니 어용수 팀이 갖고 온 카메라 외에 정구현의 옆모습이 보이는 쪽에 카메라 한 대가 설치되어 있었다.

"의원님 쪽에서도 따로 찍고 계신 게 아닙니까?"

어용수가 물었다.

보좌관은 처음 듣는다는 얼굴로 정구현을 바라봤다. 정구현은 인상을 썼다. 어용수가 눈치를 보더니 손을 뻗어 녹음기를 잡으려 했다.

"아, 그럼 정말 우리 건가?"

어용수가 보좌관의 손에서 녹음기를 건네받으려는 순간, 정구현이 벌떡 일어나 녹음기를 낚아챘다.

"저희가 준비한 게 맞습니다."

정구현이 웃으며 말했다.

"그래요?"

어용수가 흥미롭다는 얼굴로 정구현을 바라보았다. 정구현은 어용수의 시선을 피해 보좌관을 보았다.

"아니, 자네가 모르면 어떡해? 다른 사람한테 지시를 했어도 중요한 내용은 다 공유가 돼야지. 못 들었어?"

"죄송합니다."

보좌관이 당황한 얼굴로 고개를 숙였다.

"수고하셨습니다. 다음에 또 뵙지요."

정구현은 당장 썩 꺼지라는 말을 평범한 인사말에 담아 전달했다. 어용수는 어쩌면 눈앞에서 월척을 놓쳤는지도 모르겠단 생각에 얼굴이 썩었다. 그대로 돌아서긴 분했는지 어용수가 속을 뒤집는 말을 꺼냈다.

"그런데 권선재 기자가 도통 보이질 않네요."

"아, 아무래도 그동안 워낙 별일이 많았으니까요. 모든 일이 너무 갑작스럽게 벌어지기도 했으니 마음을 정리할 시간이 필요한 것 같아요."

"연락은 되시고요?"

"그럼요."

"네, 그러시겠죠. 가보겠습니다."

어용수가 마지막으로 정구현을 긁고는 환하게 웃으며 사무실을 떠났다. 정구현은 어용수가 나간 것을 확인하고, 사무실 문을 닫았다. 그리고 보좌관 한 명만을 남겨둔 상태에서 녹음기에 이어폰을 연결시켜 안에 담긴 내용을 들었다. 녹음기 안에 인터뷰 내용 같은 것은 담겨 있지 않았다. 녹음기는 정구현 측이 준비한 것도, 어용수의 팀이 준비한 것도 아니었으니까. 그리 긴 분량은 아닌 듯 정구현은 몇 번이나 반복해서 녹음기에 담긴 내용을 확인했다. 처음 들었을 때는 도무지 무슨 말인지 알기가 어려웠다. 발음이 뭉개졌거나 소리가 작다는 의미가 아니다. 문장은 또렷하게 들렸지만 도무지 받아들일 수가 없었다. 하지만 녹음된 메시지를 반복해 들으면서 정구현은 현실을 인정할 수밖에 없었다. 그러는 사이 정구현의 얼굴이 무섭게 변해갔다. 지지자들은 한 번도 본 적이 없는 얼굴이지만 정구현이 의원이 되어 고등학교 동창을 찾아갔던 날부터 정구현과 함께했던 보좌관에겐 익숙한 얼굴이었다. 익숙하지만 결코 편해지지는 않는 얼굴. 보좌관은 그 얼굴을 마주할 때마다 식은땀을 흘렸다. 정구현이 이어폰을 빼고 녹음기를 보좌관에게 던졌다. 보좌관은 녹음기가 달궈진 쇠라도 되는 양 허둥거리다 간신히 녹음기를 잡았다. 그리고 이어폰으로 녹음기의 내용을 확인해보았다.

죽을까 한 적도 있지만 지금은 끝까지 아이와 함께 살아가기로 결심했어. 이야기를 해보고 싶어. 카메라를 봐.

있을 수 없는 일이었다. 그것은 분명 죽은 자의 목소리였으니까. 유서까지 보내지 않았는가. 보좌관이 믿지 못할 음성을 듣고 서 있을 때, 정구현은 옆에 설치되어 있던 카메라를 들어 영상을 확인했다. 카메라엔 별장에서 아침을 먹는 정구현과 선재의 영상이 녹화

되어 있었다. 화면 위로 자막이 떴다.

맞은편 건물 옥상.

정구현은 블라인드를 걷고, 창문을 활짝 열었다. 맞은편 건물 옥상에 한 남자가 서 있었다. 모자를 눌러쓰고, 선글라스를 낀 남자는 군복 바지를 입고 있었다.

31
지옥의 본질

'I LOVE KOREA'

케인은 한국을 좋아했다. 케인이 그의 본명이라고 생각하는 사람은 없었다. 사람을 죽이는 일을 하면서 본명을 사용하는 경우는 흔치 않다. 케인은 이 세계에서 아주 유명한 인물은 아니었지만 흔해 빠진 뒷골목 출신들과는 뿌리부터 달랐다. 케인은 군 출신으로 전역 후에는 용병으로 활약하며 세계 각지의 전쟁터를 떠돌아다녔다. 케인은 저격이 주특기였지만 필요하다면 저녁 테이블 위의 포크로도 사람을 죽일 수 있었다. 케인이 한국과 처음 연을 맺은 지는 10년이 넘었다. 케인은 처음부터 한국이 마음에 들었다. 아시아라는 편견이 있었지만 막상 와보니 생각보다 살기 좋은 곳이었다. 정작 한국인들은 잘 믿지 않지만 수도 서울은 세계 어느 나라의 도시와 비교해도 손색이 없었다. 거리는 깨끗하고, 도로는 정비되어 있고, 대중교통도 편리했다. 먹을거리도 넘쳐났고, 문화시설도 풍부했다. 원칙대로라면 일을 끝낸 후 바로 출국하는 것이 당연했지만 케인은 한국에서 일을 맡을 때면 종종 한국에 남아 휴가를 즐기곤 했다. 무엇보다 케인의 마음에 들었던 것은 '안전'이었다. 케인은 평생을 죽음과 맞닿아 살아온 인물이다. 세계 어딜 가나 긴장의 연속이었다. 하지만 한국은 터무니없을 정도로 안전한 나라였다. 사람들이 아무렇지 않게 테이블 위에 노트북을 두고 자리를 비우는 모습을 처음 봤을 때는 당황한 나머지 말을 걸 뻔했다.

'도대체 지금 무슨 미친 짓을 하는 거요?'

하지만 그건 아무것도 아니었다. 번화가에 나가 보면 사람들은 무방비 상태로 술에 취해 길거리에 쓰러져 잠들었다.

'저런데도 멀쩡하다고?'

케인은 도통 이해할 수가 없었다. 그의 고향에서는 밤늦은 시각이면 인적이 끊어졌다. 술에 취해서 으슥한 뒷골목에 쓰러진다는 것은 목숨을 내놓는 일이었다. 늦은 밤에 아무런 걱정도 하지 않고 편의점에서 맥주를 사 오는 일이 한국의 일상이란 사실을 받아들이는 데에는 꽤나 시간이 걸렸다. 그리고 그 일상을 현실로 받아들였을 무렵부터 케인은 한국을 사랑하게 됐다. 케인은 가끔 일이 끝나고 휴식을 즐기다가 경찰을 만나면 인사를 건네곤 했다. 사이코패스 연쇄 살인마처럼 경찰을 조롱하려는 것이 아니었다. 누군가를 죽이는 일을 업으로 삼는다는 말은 자신의 목숨을 내놓을 준비도 해야 한다는 의미였다. 언제나 사선에 한 발을 걸친 상태로 살아

온 케인은 한국이 제공하는 안전함이 좋았다. 케인은 정말 고마운 마음으로 경찰에게 인사를 건넨 것이다. 한국의 안전함은 케인의 휴식뿐 아니라 일에도 큰 도움을 주었다. 안전하지 못한 곳에서 사는 녀석들은 자신을 죽이려는 놈들을 죽일 준비가 되어 있었다. 그런 녀석들을 상대하는 것은 피곤한 일이다. 하지만 한국인들은 안전함에 젖어 있었다. 카페에 노트북을 두고 다녀도 괜찮다는 것은 수많은 경험에서 나온 행동이겠지만 단 한 번이라도 누가 노트북을 가져간다면 노트북을 잃어버리는 것이다. 노트북이야 다시 사면 되지만 목숨은 돈을 주고 살 수도 없었다. 하지만 한국인들은 갑자기 자신의 머리로 총알이 날아올 거란 생각을 하지 않았다. 전도자도 마찬가지였다.

케인이 원래 계약했던 대상은 전도자였다. 케인은 전도자가 누구인지 자세히 알지는 못했다. 자신이 죽일 상대에 대해서 필요 이상으로 알 필요는 없었다. 하지만 그가 안이한 정신상태의 인간이란 것쯤은 알고 있었다. 케인은 전도자를 계속 노리고 있었다. 죽이려고 했다면 열 번도 더 죽였을 것이었다. 하지만 전도자는 누군가 자신의 목숨을 노리고 있다는 것조차 몰랐다. 죽음이 바로 앞에 찾아와 있는데 그는 영생이라도 누릴 것처럼 살았다. 진행하라는 문자 한 통만 왔다면 당장 죽었을 사람이 말이다. 결국 죽음의 연락은 오지 않았지만 전도자는 죽었다. 케인은 전도자의 최후를 보지 못했지만 전도자가 어떤 표정으로 죽었을지는 뻔했다.

케인이 오늘 노리는 상대는 전도자와는 다른 인물이었다. 그는 케인과 같은 부류였다. 그는 케인 대신 전도자를 해치웠다. 케인은 왜 갑자기 계획이 달라졌는지는 몰랐지만 상관은 없었다. 고용주는 계약한 대로 전도자가 사망한 후에 케인의 비밀 계좌에 입금을 했다. 그리고 이번엔 전도자를 죽인 그를 죽이라는 새로운 의뢰를 해왔다. 그는 케인처럼 늘 사선에서 살아왔고, 오늘도 사선 위에 서 있었다. 어쩌면 어느 전장에선 케인과 같은 편에서 싸웠을지도 몰랐다. 다만 오늘은 반대편에 있을 뿐이다. 한국에서 일을 할 때는 대부분 자살이나 사고사로 위장을 했다. 총기가 금지된 한국에서 총을 사용하려면 두 가지 조건이 충족되어야 했다. 우선 고용주가 총을 구해주어야 했고, 사건을 확실히 덮어야만 했다. 그것이 가능하려면 돈과 권력, 둘 다가 필요했다. 오늘의 고용주는 두 가지를 다 갖고 있었다.

케인은 저격용 조준경으로 정구현의 뒷모습을 보았다. 정구현은 홀로 보트를 타고 강 건너편에 있는 별장으로 향했다. 정구현 같은 고용주는 실제로 볼 기회가 거의 없었다. 만에 하나 임무에 실패하고 케인이 잡히기라도 하는 날에는 고용주까지 수사가 미칠 수도 있기 때문에 거물급 정치인들은 대리인을 썼다. 정구현을 이곳까지 끌어낸 사람은 건너편에서 기다리고 있을 '그'일 터였다. 그는 아마도 정구현이 거부할 수 없는 패를 쥐고 있을 것이다. 그래서 케인이 총을 들고 있는 것이다. 그가 그 패로 정구현이 들어줄 수 없는 요구를 한다면 케인에게 연락이 올 것이고, 케인은 방아쇠를 당길 것이다. 별장은 뒤편이 가로막혀 있어 저격할 만한 곳은 케인의 위치밖에 없었다. 위치는 제한되었지만 시야와 거리는 나쁘지 않았다. 정구현이 그를 적절히 유인해 케인의 조준경 안에 들어오게만 해준다면 빗나갈 일은 없었다. 케인은 그가 죽으면 지옥에 떨어질 거라고 생각했다. 그도 자신처럼 누군가에게 의뢰를 받았다는 이유로 알지도 못하는 사람을 죽여왔을 테니까. 물론 케인 자신도 죽으면 그리될 거라 생각했다. 돈을 받고 사람을 죽이는 사업은 지옥에서밖에 할 수 없지 않은가.

케인은 한국에 와서 쉽게 이해가 되지 않았던 것이 하나 더 있었다. '헬조선'이란 말이었다. 한국인들은 그 표현을 자주 사용했다. 조선이란 한국의 옛날 이름인 것 같았고, 헬이란 말 그대로 지옥이란 의미였다. 케인은 세계를 다니며 지옥 같은 나라들을 여럿 경험해보았다. 내전이 일어난 나라에선 묘지가 부족해 시체를 구덩이에 몰아넣고 태웠다. 그저 본보기를 보여주기 위해 목이 잘린 시체들을 사람들이 지나다니는 광장에 정육점 고기마냥 걸어두었다. 사람들은 굶주렸고, 시체를 먹는 동물들은 배가 불렀다. 사람도 짐승이 되어야 배부르게 살 수 있는 곳이었다. 케인은 한국에서도 전쟁이 일어났던 것을 알고 있었다. 처음엔 그것 때문에 헬조선이란 말이 붙은 줄 알았다. 하지만 헬조선은 휴전이 되고, 거의 70년이 지난 오늘의 한국을 가리키는 말이었다. 물론 한국 사회엔 여러 문제들이 있었다. 근절되지 않는 부정과 부패가 있었고, 사람들은 지나친 경쟁사회 속에서 지쳐갔다. 자살률은 세계에서 손꼽힐 정도로 높았다. 그렇다고 지옥이란 표현을 쓸 정도인가 생각해보면 케인은 동의하기가 어려웠다. 하지만 지금은 케인도 헬조선이란 말을 이해했다. 결국 지옥의 본질이란 꺼지지 않는 불구덩이가 아니라 증오였기 때문이다. 모든 사람이 서로를 미워한다면 최신 냉방 시설이 완비된 도시도 현세의 지옥이 될 수 있었다. 남과 북으로 갈라져 총구를 겨눴던 이 나라는 휴전 후에 동과 서로 갈려 서로를 미워했다. 그도 모자라 수도권과 지방으로 갈라졌고, 서울에서도 부자 동네와 가난한 동네로 갈라졌다. 같은 동네에서도 기성세대와 청년들이 갈라져 서로를 무시했고, 같은 세대끼리도 남과 여가 갈라져 서로를 증오했다. 온 국민이 갈가리 찢어져 서로를 증오하는 나라라면 지옥이라 불리기에 충분했다. 지옥에서의 한철 장사를 하는 케인은 그래서 정구현 같은 정치인들을 좋아했다. 이토록 아름다운 나라를 만들어준 사람들이었으니까. 정치인들은 통합이니 상생이니 평등이니 하는 말들을 늘어놓지만 결코 그런 사회를 바라지 않는다. 결국 정치란 권력을 잡기 위한 전쟁이다. 정치인들이 국민이라고 부르는 존재는 자신들에게 표를 주는 사람들뿐이다. 정치인들은 전선을 분명히 긋고, 온 국민이 서로에게 너는 누구 편이냐고 묻게 만든다. 그리고 자신의 편이 아닌 사람에게 총구를 들이밀게 한다. 이게 정치인들이 권력을 잡고, 유지하는 방법이다. 사람들은 케인과 같은 직업을 가진 사람을 비난하지만 정작 자신도 똑같은 짓을 하고 있다는 사실을 모른다. 케인은 돈을 받고 아무런 감정 없이 대상을 죽이지만 사람들은 정치인들이 심어준 증오를 품고, 상대를 죽인다. 양심의 가책 따위는 없다. 자신이 바로 정의라고 믿으니까. 케인이 정치를 혐오하는 사람이라고 생각할지 모르지만 케인은 늘 정치에 관심을 갖고 선거에도 참여했다. 케인은 정치인의 머리에 총구를 겨누는 마음으로 투표를 했다.

'나는 네놈이 떠드는 개똥같은 말들은 하나도 믿지 않아. 지금 네놈을 찍는 것은 그저 네가 다른 놈팽이들보다 조금 낫다고 생각해서다. 하지만 엉뚱한 짓을 했다간 당장 네 머리를 날려버리고, 옆에 있는 놈을 찍을 거다. 그러니까 똑바로 하라고.'

케인은 모두가 자기와 같은 마음으로 투표를 하길 바랐다. 모두가 케인과 같은 마음으로 투표를 하면 케인의 사업은 망할지도 몰랐지만 크게 걱정하진 않았다. 세상에 지옥 같은 나라는 넘쳐났다. 자신의 고향까지 지옥이 될 필요는 없었다.

정구현이 강을 건너 반대편에 도착했다. 정구현은 별장 앞까지 나아가 멈췄다. 케인은 바람과 기온, 그리고 멀어진 거리까지 감안해 총기를 조정했다. 조준경 속에 정구현의 뒤통수가 또렷하게 잡혔다. 방아쇠를 당길 준비는 끝났다.

32
최후의 만찬

정구현은 별장 안으로 들어가지 않고, 앞마당에서 멈췄다. 건물 안으로 들어가면 도청의 위험이 있었고, 대기하고 있는 저격수의 엄호도 받지 못했다. 저격수는 원래 전도자를 처리하기 위해 고용한 인물이었다. 보좌관이 모든 과정을 담당했기에 일이 잘못되어도 정구현에게 형사책임을 묻기는 어려웠다. 오늘 일도 마찬가지였다. 협상이 틀어진다면 정구현은 보좌관에게 업무상 메일을 보낼 것이었다. 보좌관은 그 내용을 확인하지 않고, 저격수에게 진행해도 좋다는 연락을 할 것이다. 정구현은 사태가 거기까진 가지 않기를 바랐다. 굳이 사람을 죽이고 싶지는 않았다. 그래서 전도자 때도 해결사를 고용해놓고 지켜만 보았던 것이다. 하지만 전도자처럼 선을 넘는다면 어쩔 수가 없었다. 정구현은 나라의 리더가 될 자라면 기꺼이 피를 흘릴 줄도 알아야 한다고 스스로를 다독였다. 물론 자신의 피는 아니었다.

　보좌관은 녹음된 메시지를 듣고 군복 남자의 목소리가 확실하다고 말했다. 처음 군복 남자를 회유할 때부터 접촉해왔던 사람의 말이니 틀림없었다. 지금 뒤에 있는 저격수와 달리 군복 남자는 경찰에 잡혀서는 곤란했다. 군복 남자는 정구현이 전도자에게 보낸 메시지를 들었다. 정구현의 목소리가 담긴 녹음기만이라면 어떻게 둘러댈 수도 있었다. 열렬한 지지자들은 정구현의 거짓말을 믿어줄 것이다. 하지만 별장에서 선재와 나눈 대화까지 녹음하고 있었다면 변명조차 힘들어진다. 정구현은 즉시 군복 남자의 아이를 확보하라고 지시했지만 이미 아이는 빼돌려진 후였다. 정구현이 군복 남자의 지시대로 직접 나올 수밖에 없었다. 하지만 혼자 오라는 말까지 따르지는 않았다. 군복 남자는 해군 특수부대 출신으로 정보부를 거쳐 용병 생활까지 한 프로였다. 경호원들을 데리고 갔다가는 단숨에 눈치를 채고 사라질 게 분명했다. 하지만 정구현이 대기시킨 저격수도 전장을 헤치며 살아온 프로였다. 전에 맡긴 일도 실수 없이 깔끔하게 해냈다. 저격수는 타깃이 시야에만 들어온다면 실패할 확률은 거의 없다고 했다. 정구현은 보이지 않는 총구를 군복 남자의 머리에 겨눈 채로 군복 남자의 이야기를 들어줄 생각이었다.

　'기껏해야 아들과 함께 외국으로 보내달라는 정도겠지. 당연히 돈도 두둑하게 줘야 할 테고.'

　깔끔하게 죽어주는 편이 가장 좋겠지만 그 정도라면 관대하게 응해줄 생각도 있었다.

'숨으려고 마음만 먹으면 유령처럼 사라질 수도 있는 놈이라던데, 이럴 줄 알았으면 처음부터 떠나라고 할 것을⋯⋯.'

정구현은 괜히 일을 복잡하게 만든 것 같아 후회했지만 만에 하나 조금이라도 선을 넘는다면 전도자와 같은 꼴이 되게 해주는 수밖에 없었다. 별장 앞 강을 지나는 래프팅 업체는 긴급 안전 점검을 받고, 갑작스럽게 휴업을 하게 되었다. 목격자는 없을 것이다. 작은 흠집 하나 잡았다고 감히 살인자 따위가 대한민국의 대통령이 될 자신을 업신여기게 할 수는 없었다.

'그러니 당장 튀어나와서 공손한 태도로 빌어라. 자비로운 내가 들어줄 수도 있으니.'

별장의 문이 열리고, 한 남자가 나왔다.

"오셨습니까? 생각보다 좀 일찍 오셨네요."

남자가 정구현에게 인사를 하며 계단을 내려왔다.

"아직 식사 전이죠? 이쪽으로 오시죠."

남자가 정구현을 바비큐를 굽는 곳으로 안내했다. 전에 정구현이 선재에게 생선을 구워주었던 장소였다. 고기만 구우면 바로 식사를 할 수 있는 준비가 되어 있었다.

"미국산이긴 하지만 맛이 괜찮습니다."

남자가 소고기를 그릴 위에 얹으며 말을 이었다.

"사실 한우와 미국산은 기준이 다를 뿐이지, 어느 쪽이 더 좋다고 말할 수는 없다더군요. 한우는 마블링이 많은 것을 고급으로 여기고, 미국산은 지방이 많은 것을 좋게 보지 않는다고 하더라고요. 저도 한국 사람이긴 하지만 가격차가 나기도 하고, 제 입맛엔 미국산도 괜찮더군요. 아무래도 의원님은 한우만 드실 것 같지만 이번 기회에 드셔보시지요."

남자가 말한 대로 정구현은 아침 식사도 거르고 이곳에 왔지만 고기 굽는 소리와 코를 찌르는 향기에도 식욕이 돋아나지 않았다. 미국산이었기 때문이 아니다. 정구현 앞에 있는 남자 때문이었다.

"그 사람은 어디 있냐? 선재야."

"그 사람?"

선재가 고기를 굽다 말고 고개를 들었다. 선재는 곧이어 알겠다는 듯 활짝 웃으며 말했다.

"아, 남강선 씨. 의원님이 전도자를 죽이게 하고, 자살하라고 떠민 사람 이름도 모르시네요. 하긴 그래야 마음이 좀 편하겠죠?"

"그 사람 어딨냐?"

"남강선 씨라니까요."

"어디 있냐고!"

"안전한 곳이요. 물론 아이도 같이."

"여긴 없겠네?"

"여긴 안전하지 않은가요? 의원님이랑 저랑 둘뿐인데."

"응, 여긴 안전하지 않아. 그러니까 생각 똑바로 하고 대답해."

정구현이 휴대폰을 테이블 위에 꺼내놓았다. 메인화면에 메일 위젯이 떠 있었다. 보좌관에게 보낼 업무용 메일은 이미 작성되어 있었다. 터치 두 번이면 충분했다. 정구현 앞에 놓인 휴대폰은 사실 상 총이나 마찬가지였다. 선재는 알아채지 못했지만 별장 뒤편 숲에서 상황을 지켜보던 호랑은 그 사실을 깨달았다.

'누굴 데리고 왔어요.'

호랑이 말했다.

호랑이 한 말은 선재에게만 들렸다. 선재가 쓰고 있는 안경은 골전도 블루투스 이어폰 기능이 있었다. 물론 통화도 가능했다.

"당연하죠. 늘 생각은 똑바로 하고 있습니다."

선재는 정구현에게 답하는 척하면서 호랑에게 말했다.

'근처엔 아무도 보이질 않아요.'

호랑이 망원경으로 주변을 살피다가 강 건너편을 보았다. 아무 것도 보이진 않았지만 섬뜩한 감이 들었다. 정구현은 원래 남강선을 만나러 이 자리에 온 것이었고, 남강선은 군대에서 저격수였다. 잘 훈련된 저격수 한 사람은 일개 중대 병력보다도 위협적이었다. 과장이 아니라 실전에서 저격수 한 사람을 잡지 못해 중대 병력 전체가 발이 묶이는 상황이 벌어졌다. 저격수를 잡는 방법은 저격수가 숨어 있다고 예상되는 위치에 폭격을 퍼붓거나 적군의 저격수를 상대할 아군의 저격수를 투입하는 것이었다. 강 건너편에 뛰어난 저격수가 있다면 정구현은 선재의 머리에 총구를 겨누고 있는 것이나 마찬가지였다. 호랑의 위치도 위험했다.

'반대편으로 돌아가봐야겠어요. 최대한 대화를 천천히 끌어요.'

호랑은 선재에게 말하고, 뒤로 빠졌다.

"선재야, 연락도 안 되다가 갑자기 나타나서 지금 뭐 하는 거야? 알아듣게 설명을 좀 해봐."

"일단 식사부터 좀 하시죠. 싸구려지만 와인도 준비했는데."

"권선재!"

정구현이 손바닥으로 테이블을 내리쳤다.

"뭐, 그럼 저만 먹지요."

선재가 접시에 고기를 옮기고, 정구현 맞은편에 앉았다.

"남강선 씨를 만나고 싶었습니다. 그래서 한동안 남강선 씨 아들이 입원한 병원에서 잠복을 했지요. 유서까지 나왔다지만 아버지의 마음이란 것이 있지 않습니까. 정말 죽을 마음이라 해도 아들을 보러 한 번쯤은 오지 않을까, 하늘이 돕는다면 만날 수도 있을 거라고 생각했어요. 정말 만나게 될 줄은 몰랐지만요."

"만나서 뭘 하려고?"

"물어볼 게 좀 있어서요. 의원님과 제가 여기서 만났을 때, 남강선 씨도 이곳에 있었어요. 그렇죠?"

"그런데?"

"의원님 지시로 온 거잖아요."

"무슨 소리를 하는 거야? 전도자가 시킨 거 아니야!"

"포섭은 그 전에 이뤄졌어요. 남강선 씨한테 직접 들은 말입니다."

"……."

"물론 전도자도 지시를 내리긴 했지요. 하지만 그때 남강선 씨는 이미 의원님 편에서 일하는 사람이었습니다. 그래서 남강선 씨가 이곳에 있었다는 사실을 알게 된 후에도 당황한 기색이 없으셨지요. 그때 우리가 나눈 대화가 전도자 손에 고스란히 들어간다면 정말 힘들어질 상황이었지만 그런 일은 일어나지 않을 거란 걸 아셨던 겁니다."

선재가 나무젓가락으로 소고기를 집어 먹었다.

"맛있는데요. 정말 안 드세요?"

정구현은 말없이 선재를 노려보았다.

그 시각, 호랑은 숲속을 정신없이 뛰어다녔다. 강 건너편 숲에 저격수가 있다는 전제하에 저격수의 시야 밖으로 벗어나 접근하는 중이었다. '헉헉'거리는 호랑의 거친 숨소리가 선재의 귀에 그대로 들려왔다. 선재는 그럴 리가 없다는 것을 알면서도 그 소리가 정구현의 귀에도 들릴 것 같아 두려웠다. 선재는 뭔가를 계속 떠들어야만 했다.

"의원님은 제가 여기 왔던 날, 제 태도에 따라 저를 죽이려고 했습니다. 아닙니까?"

선재가 젓가락을 내려놓으며 말했다.

'시간 끌라니까! 벌써 그런 이야기를 하면 어떡해?'

호랑의 목소리가 선재의 귀에 들렸지만 이미 말을 뱉은 후였다.

"내가 널 왜 죽여? 무슨 말을 하는 거야?"

"그때, 제가 의원님에게서 돌아설지도 모른다는 사인을 줬으니까요. 그리고 적으로 돌아섰을 때 저만큼 골치 아픈 존재도 없지요.

의원님과 저는 한 몸이나 마찬가지였으니까요. 의원님은 제게 건네서는 안 되는 기밀 자료도 다 넘겨주었고, 저는 그것들로 특종을 터뜨렸지요. 그렇게 갖게 된 힘으로 의원님의 정적들을 차례로 제거했고요."

"그래, 너와 난 공동운명체야. 우린 같이 살고, 같이 죽어. 그러니까 난 너를 배신할 수 없고, 너도 나를 배신할 수가 없어. 당연한 거 잖아. 그런데 왜 내가 너를 의심해? 왜 너를 죽여?"

"그럼 전도자는 류병두의 비서를 왜 죽였을까요? 죽일 이유가 없는데요. 그리고 왜 모든 걸 나한테 뒤집어씌웠을까요?"

"갑자기 전도자가 왜 나와? 그리고 없긴 왜 없어? 류병두 비서는 조작 사건을 증언할 유일한 증인이잖아. 전도자 입장에선 확실하게 처리하고 싶었겠지. 그리고 너한테 누명까지 씌우면 그 사건은 완전히 묻혀버릴 거고. 전도자는 원래 그런 놈이잖아."

"아니요. 전도자는 그런 놈이 아닙니다. 그건 전도자의 방식이 아니지요. 당시에 저는 국회에 갈 생각을 하고 있었고, 전도자는 그걸 막을 이유가 없었어요. 오히려 전도자는 제가 당선되길 바랐을 겁니다. 제가 대통령이라도 됐으면 춤이라도 췄을걸요. 그러다가 갑자기 찾아와서 옛날 영상 하나를 보여주는 거죠. '이건 조작된 겁니다. 당신은 조작된 뉴스로 류병두를 죽인 거예요. 그러니까 이제 내 말을 들으십시오. 하나님의 음성입니다.' 이게 전도자의 방식이죠. 전도자는 이런 놈입니다. 그러니까 그때 류병두 비서를 죽이고, 모든 것을 나한테 덮어씌운 놈은 전도자가 아닙니다. 나한테 누명을 덮어씌운 놈은 내가 국회의원이 되는 것을 막아야 하는 입장이었어요. 물론 내가 국회의원이 되는 것을 반기지 않는 사람은 많았지요. 하지만 의외로 가장 대놓고 반대한 사람은 가까운 곳에 있었지요."

"나는 네가 언론계에서 더 성장하길 바랐을 뿐이야. 처음부터 그러기로 약속을 했잖아. 나는 정치계에서, 너는 언론계에서 서로의 길을 걸으며 힘을 합치자고. 그게 그렇게 서운했냐? 그래서 지금 말도 안 되는 상상을 하고 있는 거야?"

"우리는 지지층이 겹쳤어요. 결국 끝까지 간다면 둘 중 한 명이 포기하는 수밖에 없는데 그때만 해도 대중적인 인기는 아직 의원도 아닌 제가 더 높았지요. 기억하십니까? 의원님은 또다시 부반장이 될까봐 겁이 났던 겁니다."

선재에게만 물소리가 들렸다. 호랑이 강을 건너고 있었다.

"이런 생각을 방금 한 건 아니에요. 지난 5년 동안 내가 대체 뭘 했겠어요? 누가 나를 함정에 빠뜨린 건가 매일 생각하고 또 생각했지요. 그때마다 어쩌면 의원님이 한 일인지도 모른다는 생각도 들었어요. 하지만 곧 나의 믿음 없음을 회개했지요. 믿음이 없기는 했어요. 진실에 대한 믿음이 없었지요. 믿고 싶지 않았어요. 받아들일 수가 없었지요. 정구현이란 인간에 대한 실망보다도 나 자신이 틀렸다는 사실을 받아들일 수 없었어요."

강을 건넌 호랑이 다시 숲속을 달렸다. 호랑의 귀에 자신이 내뱉는 거친 숨소리와 선재의 말이 뒤섞여 들려왔다.

"나는 내가 잘난 줄 알았어요. 남들과 다르다고 생각했지요. 멍청한 놈들은 뭐가 옳고 그른지 모르니까 내가 올바른 길을 가르쳐줘야 한다고 생각했어요. 깨우쳐주어야 한다고 믿었지요. 근데 아니었어요. 내가 세상에서 가장 돌대가리더라고요. 눈앞에 진실이 있어도 내 마음에 들지 않으면 그건 거짓이야. 거짓이어야 해. 왜? 내 마음이 가장 중요하거든. 진실 따위 알게 뭐야? 내가 싫다는데. 좆같아도 이게 진실이라고? 그딴 진실 필요 없어. 너보고 가르쳐달라고 한 적 없는데 왜 나대! 진짜 진실을 말해주는 사람은 쫓아버리고, 내 마음에 드는 말만 해주는 사람을 따라다녔어요. 역시 권선재! 누명을 쓴 영웅! 슈퍼맨 리턴즈! 하루 종일 인터넷에서 그런 글만 보고 있으면 정말로 내가 그런 사람 같지요."

"너 그런 사람 맞아."

"닥쳐."

"……"

"진실은 거지 같은 거야. 내가 얼마나 형편없는 새끼인지 마주하는 건 정말 힘들어. 근데 그거 알아? 놀랍게도 그걸 인정하는 순간 모든 것이 새롭게 보여. 대체 왜 이러냐고? 나는 더 나은 삶을 선택하려는 거야."

정구현은 대꾸를 하지 않았다. 방금 전까지 열을 내며 스스로를 변호하던 정구현은 갑자기 사라져버린 것 같았다. 정구현 앞의 휴대폰이 울렸다. 문자가 온 것 같았다. 정구현은 내용을 확인하고, 바로 짧게 답장을 보냈다. 정구현이 휴대폰을 내려놓자 선재가 입을 열었다.

"당신한테도 더 나은 삶을 선택할 기회를 드리지. 오늘 돌아가자마자 당장 은퇴 선언을 해. 이유는 적당히 알아서 둘러대. 번복은 없어. 완전히 끝내는 거야. 장담하는데 이게 가장 좋은 방법이야."

"나는 내 개인의 더 나은 삶보단 더 나은 나라를 만드는 쪽을 선택하고 싶은데?"

"끌려 내려가는 것보단 자기 발로 퇴장하는 게 낫지 않을까?"

"처음 보는 안경이네."

정구현의 말과 동시에 호랑의 뜀박질 소리가 멈췄다.

"녹음이라도 되고 있나 봐? 근데 한번 잘 생각해봐. 군이 조작 같은 걸 할 필요도 없어. 지금 우리가 나눈 대화 중 문제 될 부분이 있나? 전부 다 네 추측일 뿐이야. 들어줄 만한 내용은 네 싸구려 고해성사뿐이지. 아닌가?"

"남강선 씨가 나한테 준 녹음 파일이 뉴스에 나갈 거야. 남강선 씨는 당신 같은 사람이 권력을 잡고 있는 한 편히 쉴 수 없다는 걸 잘 알고 있어. 그냥 이걸로 끝내. 그리고 더 이상 남강선 씨 부자도 쫓지 마."

"쫓을 생각은 없어. 귀신을 쫓을 수는 없잖아."

"……."

"그 사람 죽었어. 방금 시체가 발견되었다네."

정구현이 보좌관이 보낸 문자를 보여주며 말을 이었다.

"네가 제공해준 장소가 별로 안전하지 않았나봐? 아니면 애초에 만난 적이 없었는지도 모르지."

선재는 자신의 얼굴이 어떻게 보일지 궁금했다. 동요하는 모습을 보이지 않으려 했지만 소용없었다. 선재와 에메트 식구들은 병원에서 열흘이나 대기를 했지만 남강선의 머리카락도 보지 못했다. 남강선의 존재는 정구현을 물러나게 할 유일한 카드였다. 하지만 마냥 기다리다가 남강선의 시체라도 나오게 되면 블러핑조차 할 수 없었다. 선재는 속임수를 써서라도 정구현을 끌어내기로 작정했다. 결국 여기까지 오는 데 성공했지만 정구현은 선재가 가진 카드가 더는 없다는 것을 알아차렸다.

큰일 났다 싶은 호랑의 눈에 뭔가가 들어왔다. 숲의 일부처럼 보였지만 그건 사람의 다리였다.

'저격수가 있어요.'

호랑의 속삭임이 선재에게 들렸다. 선재가 침을 삼켰다.

"선재야, 역시 너는 정치랑은 맞지 않아. 거짓말을 너무 못해. 남강선이 여기 없다고 할 때랑 남강선이 너한테 녹음 파일을 줬다고 할 때 얼마나 차이가 나는 줄 아냐? 내가 그래서 널 말린 거야. 널 위해서."

"상관없어. 내가 증언하면 돼. 뭣하면 전도자랑 남강선 이야기는 아예 빼버려도 괜찮아. 나랑 당신이랑 엮인 게 한둘이야? 내가 다 터뜨려줄게."

"내가 던져준 기삿거리들? 그래, 파고들면 문제가 될 수도 있고, 나를 싫어하는 사람들에게 씹을 거리는 될 수도 있겠지. 하지만 그게 나한테 정말로 타격이 될까? 소용없다는 거 알잖아?"

"그건 해봐야 아는 거지."

"그렇게 해서 너에게 뭐가 남지? 선재야, 내 생각엔 네가 갑자기 좀 미쳐버린 것 같아. 워낙 갑작스러운 일들이 많았으니까 이해할 수 있어. 지금이라도 다시 생각해. 내가 주는 마지막 기회야. 정신 차리고, 내 옆에 있어. 그게 더 나은 삶이야."

'알았다고 대답해. 자극하지 말고.'

호랑이 저격수 뒤편으로 돌아가며 말했다.

선재는 고개를 숙이고 아무 말도 하지 않았다. 정구현이 웃으며 와인을 한 잔씩 따라서 선재와 자신 앞에 두었다.

"자, 다시 시작하자. 선재야. 응?"

정구현이 잔을 들었다.

"당신이 믿는 건 뭐야?"

선재가 고개를 숙인 채로 말했다.

"뭐?"

정구현이 인상을 썼다.

"친구가 그런 말을 했어. 무신론자라고 해도 사람은 다 무언가를 신처럼 믿고 있다는 거야. 돈을 믿거나 권력을 믿거나 사상을 믿거나 사람을 믿거나…… 당신은 뭘 믿어? 뭘 믿는데 이렇게 자신만 만해? 당신의 신은 뭐야?"

선재가 고개를 들자 정구현이 굳은 얼굴로 잔을 내려놓았다.

"어딘가에서 날 겨누고 있을 총구야?"

선재가 주변을 둘러보다가 정구현을 향해 말했다.

놀란 건 정구현만이 아니었다. 뒤로 돌아 저격수를 향해 나아가던 호랑도 그 자리에 멈춰버렸다.

"언제든 마음만 먹으면 나 같은 건 처리할 수 있으니까?"

"도무지 이해가 안 되네. 끝까지 이럴 거냐?"

정구현이 휴대폰을 보며 말했다. 호랑도 비슷한 생각을 했다. 선재가 대체 왜 저러는지 이해할 수 없었다. 하지만 이내 무서운 생각이 떠올랐다.

'죽으려는 거다. 일부러 정구현을 자극해서 죽으려는 거야. 정구현이 말한 것처럼 예전에 협력했던 일로 정구현을 몰아내기엔 한계가 있으니까 스스로 이 자리에서 희생양이 되려는 거야.'

호랑과 저격수와의 거리는 10여 미터 정도밖에 남지 않았다. 저격수의 발이 눈에 들어왔다. 기척을 죽이고 접근하던 호랑은 당장 뛰어서 저격수를 덮치고 싶었다. 하지만 훈련받은 저격수라면 반응할 확률이 높았다. 조금 더 가까이 가야 했다. 골전도 이어폰이 호랑의 심장소리까지 전했다면 선재는 견디지 못하고 안경을 벗어버렸을 것이다. 아니, 어쩌면 별로 상관없을지도 모른다. 이미 선재의 심장도 미친 듯이 뛰고 있었으니까.

"당신은 힘을 가진 이들이 폭력으로 사람들을 지배하는 걸 증오했지. 하지만 지금 당신 모습을 봐. 당신은 당신이 증오했던 사람들과 다르지 않아. 아니, 한술 더 뜨지. 그들과 다를 게 없으면서도 자신이 휘두르는 폭력은 정당하다고 생각하니까. 지금 당신 모습이 얼마나 역겨운지 알아?"

"나를 모욕하지 마. 거기까지만 해. 더는 못 들어주니까."

"그 여학생을 구한 건 당신이 아니었어."

"무슨 말이야?"

"태풍이 왔던 날, 당신이 학교에서 구했다던 그 여학생 말이야."

"그게 언제 적 이야기인데……."

"목격자가 있어. 목격자에 따르면 당신은 그날 술을 마시고, 음주 운전까지 하다가 여학생을 거의 칠 뻔했어. 그리고 바로 도주했지."

"그 여학생도 내가 구했다고 했잖아. 무슨 이야기를 하는 거야? 이젠 그냥 생각나는 대로 막 뱉는 거야?"

"나도 처음엔 그렇게 생각했지. 무슨 말도 안 되는 소리를 하나 싶었어. 하지만 목격자뿐 아니라 그 여학생을 실제로 구한 사람도 만났어. 게다가 그날 응급실에 있던 의사까지 만났지."

"20년이 넘게 지난 일이야. 나보고 그걸 믿으라고?"

"그날 응급실에 있던 의사는 새파랗게 젊은 의사였어. 덕분에 아직도 우리 나이 정도밖에 되지 않았지. 게다가 그날은 기록적인 태풍이 불었던 날이잖아. 비바람이 엄청나게 쏟아져서 병원 간판이 떨어지기도 했지. 덕분에 그날을 아주 생생하게 기억하고 있어."

"……."

"어때? 내가 거짓말하는 건 티가 난다며? 거짓말 같아? 당신 말이 맞아. 난 정치에는 맞지 않아. 난 다시 기자로 돌아갈 거야. 그리고 방금 내가 말해준 이야기가 내 첫 번째 컴백 기사가 될 거야. 재밌겠지?"

"그건 그냥 옛날 일이야."

정구현이 중얼거렸다.

선재가 자리에서 일어났다. 정구현이 급히 따라 일어났다.

"내가 구해줬다고 한 적도 없어! 그 여자가 멋대로 떠들고 다닌 거야! 그걸 네가 기사로 쓴 거잖아!"

"부인도 하지 않았지. 명백한 거짓이지만 당신에게 유리하게 흘러갈 것 같아서 입을 다문 거야. 그리고 나한테는 분명히 당신이 했다고 했어."

"내가 언제!"

"난 기억나. 그리고 기억나는 대로 쓸 거야."

선재는 완전히 정구현에게 돌아서서 걸었다.

"어딜 가! 멈춰!"

선재는 답도 않고 계속 걸었다. 선재는 저격수를 향하여 나아갔다. 선재가 한 발 한 발 저격수에게 다가갈 때, 호랑은 저격수의 발에 손을 뻗으면 닿을 위치까지 접근했다.

"권선재! 안 멈춰!"

정구현의 호통에도 선재는 아랑곳없이 걸었다. 정구현은 멀어지는 선재를 보다가 휴대폰 화면을 터치했다. 화면이 열리고, 메일 위젯을 누르자 작성되어 있던 메시지가 떴다. 전송시키는 데 3초도 걸리지 않았다. 정구현은 테이블에 앉아 와인 잔을 들고 선재를 바라봤다.

"잘 가라. 권선재."

정구현이 비웃음을 날리며 말했다.

호랑이 저격수 뒤로 뛰어올랐다. 저격수는 뒤를 돌아보지 않았다. 날카로운 총성이 들렸다.

소리가 지나간 후, 정구현은 자신의 셔츠를 내려다보았다. 셔츠가 빨갛게 물들어 있었다. 정구현의 피는 아니었다. 선재가 멍한 얼굴로 서 있다가 자신의 몸을 살폈다. 몸은 멀쩡했다. 총알은 정구현 앞에 있던 와인병을 박살냈다. 선재도, 정구현도 방금 무슨 일이 일어난 것인지 알지 못했다. 저격수를 덮친 호랑도 마찬가지였다. 저격수는 총을 빼앗긴 채로 기절해 있었다.

소리보다 천천히, 한 남자가 선재 앞에 나타났다. 총알처럼 날카롭고 강인한 남자였다.

"남강선 씨?"

선재가 말했다.

33
수치를 짊어진 자

남강선이 저격 총을 어깨에 둘러메고 나타났다. 한때 전도자의
술수에 빠져 흐릿했던 눈동자는 눈빛만으로도 사람을 죽일 것 같
은 기운을 뿜어냈다. 군인이라기보다는 짐승을 사냥하러 온 사냥
꾼 같았다. 남강선은 선재에게 고개를 살짝 끄덕이고, 정구현에게
다가갔다. 선재는 남강선을 따라 다시 정구현 쪽으로 향했다. 정구
현은 남강선이 바로 앞에 올 때까지 아무런 행동도 취하지 못했다.
입술을 떨며 테이블 위를 보고만 있었다. 정구현 앞에는 와인병 조
각이 굴러다녔다. 총알이 겨우 30센티미터 정도 앞으로 지나간 것
이다. 정구현이 고개를 들어 남강선을 보더니 소리를 질렀다.

"이게 뭐 하는 짓이야!"

정구현은 위엄 있게 소리치고 싶었지만 그의 말은 비명에 가까
웠다.

"걱정하지 마십시오. 이 정도 거리에선 빗나가지 않습니다. 죽일 생각이었으면 당신은 이미 이 세상에 없었을 겁니다."

남강선은 나직하게 말했지만 정구현은 천둥소리를 들은 짐승처럼 떨었다.

"어떻게 된 겁니까? 아까 분명히 시체가 발견되었다고……."

선재가 다가와 말했다.

남강선이 주머니에서 휴대폰을 꺼내 선재에게 던졌다.

"잠금은 풀려 있습니다."

남강선이 말했다.

선재가 휴대폰을 살펴봤다. 휴대폰은 정구현의 보좌관 것이었고, 보좌관과 정구현의 대화에는 남강선의 시체가 발견되었다는 내용도 있었다.

"당신이 보낸 거였습니까? 그럼 보좌관은……."

"전 군인이지 살인마가 아닙니다. 그 휴대폰 안에 재밌는 이야기가 많습니다. 아니, 더럽고 추악한 이야기일까요. 어찌 됐든 기자님이 좋아하실 이야기는 분명합니다. 그리고 이것도 드리지요."

남강선이 녹음기를 꺼냈다. 그것은 전도자가 이 세상에서 마지막으로 들었던 메시지, 그러니까 정구현의 목소리가 담긴 녹음기가 분명했다.

"보고 있으셨군요."

선재가 말했다.

남강선이 고개를 끄덕였다.

선재들은 병원을 지키며 아무것도 보지 못했지만 남강선은 하나부터 열까지 선재들의 행동을 보고 있었다. 선재가 예상한 대로였다. 남강선은 유서를 보내놓고, 정구현이 아들을 어떻게 대하는지 확인해보려 한 것이다.

남강선이 정구현에게 말했다.

"우선 고맙습니다. 당신 덕분에 전도자가 나를 속였다는 것을 알았습니다. 직접 감사를 표할 기회가 없었는데 이제야 뵙게 됐네요."

"이게 감사를 표하는 태도인가?"

정구현이 이를 악물고 말했다.

"당신을 믿을 수가 없었습니다. 이것 때문이었죠."

남강선이 녹음기를 재생시켰다.

'전도자님. 하나님의 음성이 들리십니까? 하나님이 말씀하시길 당신이 곧 갈가리 찢겨 죽을 거라네요. 하하하!'

정구현은 자신의 목소리를 들으며 얼굴이 시뻘겋게 달아올랐다. 악플을 달다가 붙잡힌 아이가 어른들 앞에서 자신이 쓴 악플을 듣는 것 같았다.

"당신은 전도자가 국기를 문란하게 하는 사이비 교주라고 했지요. 맞습니다. 그런 거창한 이유가 아니라도 내겐 그놈을 벌할 이유가 있었습니다. 나를 속이고, 내 아들을 침대에 누워만 있게 만든 그놈을 죽이는 데 망설일 이유는 없었습니다. 그리고 내가 죽는 것역시 망설일 이유는 없었습니다. 당신 말대로 나는 이미 살인자고,

살아 있다 한들 아들에게 짐이 될 뿐이겠지요. 당신 정도 되는 권력을 가진 사람이 내가 죽으면 아들의 뒤를 봐주겠다는데 못 할 이유가 뭐겠습니까?"

"근데 왜 아직 살아서 기어 다니는데!"

"당신이 이런 사람이라서요. 당신 같은 인간을 어떻게 믿고 아들을 맡기겠습니까?"

"……."

"새예언에도 성경이란 것이 있답니다. 이단이지만 어쨌든 하나님을 믿는다고 하는 종교 단체니까요. 저는 아들을 위해서 새벽마다 간절히 기도하며 성경을 읽었습니다. 한데 성경을 읽으면 읽을수록 위화감이 느껴졌어요. 예수는 이 땅에 와서 권좌에 오르지 않았어요. 오히려 수치를 당하며 아무 죄도 없이 십자가에 매달렸지요. 모든 사람의 죄를 대신 짊어지고 죽은 겁니다. 그게 구세주라는 거겠지요. 전도자는 그런 사람이 아니에요. 전도자는 수치를 참지 못합니다. 그래서 류병두를 죽이라고 명령하고, 그에게 메시지를 남기게 했지요. 너는 감히 나를 능멸해서 죽는 것이라고요. 전도자는 자기를 왕이라고 생각했어요. 유치하고 철없는 애새끼처럼요. 당신도 똑같아요. 당신은 녹음기를 나한테 준다는 것이 위험한 일이라는 걸 알았을 겁니다. 당신이 연관되었다는 분명한 증거니까요. 하지만 당신은 그 메시지를 전해야만 했어요. 참을 수가 없었지요. 감히 사이비 교주 따위가 대한민국의 대통령이 될 자신을 농락하려 했으니까. 그런 놈은 벌레처럼 짓밟아야죠. 그 죄는 다른 사람이 젊어지게 하고요. 그러고선 사람들 앞에 서서 희생이니 헌신이니 하는 말을 지껄이지요. 당신 같은 인간이 한 약속을 어떻게 믿겠습니까? 시험을 해볼 필요가 있었어요. 내가 죽었다는 문자를 받고, 아이는 어떻게 하냐는 질문에 당신은 뭐라고 답했습니까?"

남강선은 담담한 얼굴로 정구현을 바라보다. 정구현은 핏발이 선 눈으로 아무런 답도 하지 못했다. 정구현의 손과 발이 곧 다가올 순간에 대한 공포로 떨렸다. 선재가 보좌관의 휴대폰을 들어 문자를 확인했다. 거기엔 이렇게 쓰여 있었다.

'알게 뭐야.'

정구현이 의자에서 몸을 날려 바닥에 무릎을 꿇었다.

"선생님, 잘못했습니다! 그냥 홧김에 한 말입니다! 너무 화가 나서 제정신이 아니었습니다! 선생님, 제발 저를 한 번만 믿어주십시오!"

정구현이 남강선의 바짓가랑이를 붙잡았다.

"선생님, 믿어만 주시면 꼭 보답하겠습니다. 제가 선생님과 아드님의 인생을 반드시 책임지겠습니다. 이 나라의 반이라도 떼어드리겠습니다. 선생님!"

정구현이 머리를 조아리며 말했다.

"나라의 반이라도 떼어주겠다 했습니까?"

"네! 네! 선생님! 그러고말고요!"

정구현이 고개를 번쩍 들었다. 남강선이 그를 보며 차가운 얼굴로 말했다.

"조그마한 수치 하나 견디지 못하면서 권력을 위해선 거침없이 무릎도 꿇을 줄 아시네요. 나라를 떼주겠다고요? 지금은 이 모양이지만 나도 한때는 나라를 위해 목숨을 바치겠다고 맹세했던 군인입니다. 내가 이 나라를 위해 싸워야 하는 존재가 있다면 바로 당신 같은 사람들이겠지요."

남강선이 정구현의 손을 뿌리치고 선재에게 다가갔다. 정구현은 허공에 손을 뻗은 채 부들부들 떨었다. 벌어진 입에선 '아' 하는 탄식 소리만 나올 뿐이었다.

남강선이 선재에게 녹음기를 건넸다. 선재가 녹음기를 받아 들고 갑자기 생각난 듯 입을 열었다.

"아드님은……."

"압니다. 보고 있었으니까요. 잘 돌봐주셔서 감사합니다."

"아무리 보고 있다고 해도 말 한마디 나누지 않고 제가 정구현과 같은 편이 아니란 것을 어떻게 아셨습니까? 저희가 아드님을 옮길 때 걱정되지 않으셨습니까?"

"적과 아군을 구분하기 쉽지 않은 세상이지요. 하지만 아들을 보호하려는 사람들의 움직임과 아들을 잡아 저를 협박하려는 사람들의 움직임 정도는 구분할 수 있습니다."

남강선이 흠칫하더니 숲속을 바라봤다. 선재도 덩달아 긴장한 눈빛으로 남강선의 시선을 따라 보았다. 숲속에서 한 사람이 걸어나왔다.

"저 친구입니까? 제 대역을 한 친구가."

호랑이 남강선에게 고개를 숙여 인사를 했다. 평소와는 다른 태도였다. 호랑은 남강선을 존중하고 있었다. 남강선도 마찬가지였다.

"후배님이신가?"

"아마 아닐 겁니다. 해병 수색대 출신입니다."

호랑이 대답했다.

"고생했겠구만. 해병 친구들과도 몇 번 일을 해본 적이 있지. 다들 뛰어난 친구들이었어. 자네도 그런 것 같군. 정구현 사무실에 잠입한 것도 자네 솜씨지?"

"좋게 봐주셔서 감사합니다."

혼잡한 틈을 타서 정구현의 사무실에 녹음기와 카메라를 두고 온 것은 남강선이 아니라 호랑이었다. 국회의원 사무실이란 곳이 동네 주민부터 시작해 온갖 사람이 다 드나드는 공간이라 해도 웬만한 강심장이 아니고서는 어려운 일이었다. 호랑은 뻔뻔하게 차를 얻어 마시며 민원 상담까지 하고 나왔다. 물론 맞은편 건물 옥상에서 남강선 행세를 했던 사람도 호랑이었다.

"한데 도대체 어떻게 저 인간을 끌어낸 겁니까?"

남강선이 정구현을 슬쩍 돌아보며 말했다. 정구현은 기도라도 하는 자세로 엎드려 뭔가를 중얼거리고 있었다. 완전히 정신이 나가버린 것 같았다.

"남강선 씨 목소리가 담긴 녹음기를 두고 왔지요."

선재가 말했다.

"제 목소리요?"

"새예언에서 특별방송에 쓸 거라고 인터뷰를 하신 적이 있지요? 똘똘해 뵈는 여자아이하고, 집에서 게임만 할 것 같은 남자 놈이 같이 있었을 겁니다."

"아, 네. 기억납니다. 병원에서도 봤지요."

"그때 보셨던 놈이 인터뷰에서 하셨던 말씀들을 편집해서 이어 붙였습니다. 어쨌든 목소리는 남강선 씨의 것이었고, 여기서 찍은 영상까지 더해지니 속을 수밖에요."

"거짓말만 일삼더니 결국 자기도 속아버렸군요."

"거짓말입니까?"

호랑이 끼어들었다. 선재와 남강선이 호랑을 바라봤다.

"그 녹음기에 담긴 내용은 '아들과 함께 살기로 결심했다'입니다. 그게 거짓입니까?"

"……"

"제 아버지는 멍청한 짓을 많이 했습니다. 하지만 그중에서도 가장 바보 같은 짓은 멋대로 죽어버린 겁니다. 자살당했다고도 했지만 어쨌든 최후엔 자기 발로 뛰어내린 거였죠. 미안하다는 한마디 말 남기고요. 그게 저한테 미안하다고 한 건지도 모르겠습니다. 정말 미안했다면 살아 있었어야죠. 저한테 와서 용서를 구했어야죠. 무슨 꼴을 당하더라도 그렇게 했어야지요. 그렇지 않습니까? 다시 한번 여쭤겠습니다. 그 녹음기에 담긴 내용은 거짓입니까?"

호랑이 남강선의 눈을 똑바로 보았다. 그것은 아버지에게 나를 떠날 거냐고 묻는 아들의 눈이었다. 아직도 침대에 누워 있는 남강선의 아들을 대신한 질문이었다.

"앞으로 어떻게 하실 생각이십니까?"

선재가 남강선의 안색을 살피며 조심스레 물었다. 남강선은 잠시 고개를 숙이고 있다가 이내 들며 말했다.

"아들을 위해 죽을 수도 있는데 아들을 위해 살지 못할 이유는 무엇이겠습니까? 죗값을 받고, 용서를 구하겠습니다. 녹음기만으로는 저 사람의 죄를 추궁하기에 부족할 수도 있을 겁니다. 제가 증언을 한다면 완벽해지겠지요. 잠시 시간을 주시면 주변을 정리하고 자수하겠습니다."

"책임지지 못할 말은 못 하겠습니다만 할 수 있는 한 아드님은 최선을 다해서 돌보겠습니다."

선재가 말했다.

"고맙습니다. 그럼 먼저 가보겠습니다."

남강선이 선재와 악수를 나누고, 호랑의 어깨를 가볍게 툭 쳤다. 떠날 시간이 된 것이다. 선재와 호랑은 나란히 서서 남강선이 멀어지는 모습을 지켜보았다. 남강선이 강에 다다랐을 무렵, 갑자기 호랑이 자세를 곧추세우더니 쩌렁쩌렁한 목소리로 경례를 했다.

"필승!"

남강선이 호랑의 경례 소리에 뒤를 돌아보았다. 남강선은 적잖이 놀란 눈치였지만 이내 자신도 자세를 바로잡았다. 그리고 소리 없이 손을 들어 경례 자세를 취하며 호랑의 경례를 받아주었다. 남강선은 잠시 경례 자세를 취하다가 곧 팔을 크게 흔들어 작별 인사를 했다. 그러곤 다시 등을 돌려 걸어갔다. 남강선이 시야에서 사라지기까지 호랑은 손을 내리지 않았다. 한 아이의 아버지이자, 수치를 짊어지고 살아가기로 결심한 한 남자에게 보내는 경의의 표시였다.

34
집으로 돌아가는 길

보도국은 오랜만이었다. 맹준영은 키가 커서, 분주하게 움직이는 스태프들 사이에서도 금방 눈에 띄었다. 막내였을 때부터 봐왔던 강수미는 어엿한 팀장이 되어 후배들에게 지시를 내렸다. 청심환을 먹었는데도 방송 시간이 가까워지자 긴장이 됐다. 오랜만에 입는 정장이 불편했다. 몇 번이나 화장실을 다녀오며 거울을 보았지만 아무래도 자신과 어울리지 않는다는 생각이 들었다. 입이 말라서 자꾸 물을 마셨고, 땀을 흘렸다. 누가 보면 아픈 줄 알았을 것이다.

"괜찮으세요?"

진행자인 중견배우 차인수가 말했다.

"안 괜찮은데요."

"우선은 시선을 한 군데 두시는 편이 좋습니다."

차인수가 부드럽게 웃으며 카메라를 가리켰다.

'짝, 짝.'

카메라 옆에 선 사람이 박수를 쳤다. 코치가 정신을 차리지 못하는 선수에게 보내는 박수 같았다. 덕분에 조금 안정을 찾았다. 심호흡을 하고, 눈을 부릅떴다.

"자, 스탠바이, 들어갑니다."

스태프가 손가락으로 카운트를 세주었다.

'5, 4, 3, 2, 1.'

오프닝 테마뮤직이 흘러나오며 시사 고발 프로 '굿뉴스'가 시작되었다.

"기독교 이단 단체인 새예언의 교주, 통칭 전도자가 고 류병두 의원의 스캔들을 조작하고, 살인 교사까지 했다는 충격적인 뉴스가 지난 2주간 세상을 뒤흔들었습니다. 대한민국의 모든 언론매체가 앞다투어 사건을 보도할 때 저희 굿뉴스는 여러 오해와 억측에도 침묵을 지켜왔습니다. 그동안 저희들은 이 충격적인 뉴스가 진실의 일부분일 뿐, 그 속에 숨겨진 진짜 뉴스가 있다는 판단하에 취재를 진행해왔습니다. 그리고 오늘 마침내, 예고해드린 대로 언제나처럼 굿뉴스를 전해드리게 됐습니다. 하나님의 음성을 내세우며 온갖 범법 행위를 일삼던 전도자 말고도 하나님의 음성을 말하며 죽음의 메시지를 남긴 사람이 있었습니다. 이 인물은 전도자와 결탁하여 고 류병두 의원을 죽음으로 몰아넣었고, 그것도 모자라 한때는 한편이었던 전도자를 제거한 후에 모든 죄를 전도자에게 뒤

집어씌우기까지 했습니다. 지난 대선 때부터 이어져온 이 어두운 연결고리를 저희 굿뉴스와 함께 협력하며 은밀히 취재해온 기자가 있습니다. 자세한 소식은 스튜디오에 나와 있는 대영철 기자가 전해드리겠습니다."

대영철이 크게 숨을 내쉬었다. 대영철은 오로지 카메라 옆의 한 사람만을 바라보았다. 박수를 치며 대영철을 격려했던 그 사람은 기도하는 것처럼 두 손을 모으고 대영철을 바라보았다. 대영철이 그가 겁나 사랑하는 여자를 보며 말했다.

"안녕하십니까. 대영철 기자입니다."

서울역 대기실에 설치된 커다란 티브이 화면에서 대영철 기자는 정구현이 저지른 일들을 보도했다. 재방송이었다. 이미 몇 번이나 다시 방송이 되었고, 앞으로도 계속 방송될 것이다. 수십 년 후에도 회자될 뉴스였다. 대영철은 드디어 특종을 잡아냈다.

'진짜 안 어울리네.'

선재는 톰 포드 정장을 입고 있는 대영철을 보며 미소를 지었다. 하지만 그 자리는 대영철의 것이 분명했다. 영화 속의 주인공처럼 생기진 못했지만 정장을 입은 슈퍼맨은 자신이 아닌 대영철이었다. 대영철은 세상의 불의와 싸우기 전에 자신 안의 불의와 싸울 줄 알았고, 아무 대가 없이 모르는 사람을 돕고도 앞에 나서질 않았다. 온갖 조롱을 받으면서도 항상 정도를 걸었고, 결코 싸우기를 포기하지 않았다. 그리고 한 여자를 평생토록 겁나 사랑했다. 세상은 이제야 그의 목소리에 귀를 기울여주었지만 대영철은 오래전부터 '대'기자였다.

'드르르.'

선재가 소리 때문에 옆을 돌아보았다. 유니폼을 입은 사람이 접이식 이동 카트에 신문을 싣고 옮기는 중이었다. 아마도 매점에 들어갈 신문인 것 같았다.

선재의 아버지는 부산에서 고등학교를 졸업하고 무작정 서울로 올라왔다. 실시간으로 뉴스를 검색하는 시대엔 상상하기 어려운 일이지만 당시에는 신문 판매원이 사람이 모이는 역사 등을 돌아다니며 신문을 팔았다. 아버지는 종종 처음 신문을 들고 서울역으로 나섰던 날을 이야기했다. 사람들 사이를 다니며 '신문 보세요'라고 외쳐야 하는데 아무리 애를 써도 입이 떨어지지 않았다고 했다. 아버지는 신문을 들고 숨이 차도록 뛰어만 다녔단다. 선재는 지금도 아버지에게 그런 시절이 있었다는 게 믿기지 않았다. 아버지는 결국 지친 나머지 구석에 쭈그려 앉고 말았다. 용기가 없어 말 한마디 제대로 하지 못하는 자신이 한심했던 모양이다. 머릿속에서 나와는 맞지 않는 일인 것 같다는 생각이 고개를 드는 순간, 옷을 잘 빼입은 한 신사가 아버지에게 다가와 미소를 지으며 신문 한 부를 달라고 말했다. 아버지는 잠시 멍하니 있다가 '네'를 연발하며 신문을 건네고 돈을 받았다. 아버지가 처음으로 신문을 판 순간이었다.

'만약 그가 나타나지 않았다면 아버지의 인생은 어떻게 변했을

까. 그럼 나의 삶도 달라졌을까.'

선재는 궁금했지만 가보지 않은 길을 확인할 길은 없었다. 누가
보기에도 성실했던 아버지는 신문 보급소장의 눈에 들어 데릴사
위가 되었다. 첫아이의 이름은 돌림자인 선善에 신新을 붙여 선신善
新으로 지었다. 아홉 살 터울 둘째 아이를 낳을 무렵 아버지는 신문
보급소장 자리를 물려받았다. 아버지는 동이 트기 전 신문을 싣고
떠나는 트럭을 보며 선재善載라는 이름을 떠올렸다.

선함을 싣다.

신문에 담긴 뉴스란 대부분 추하고 더러운 소식들이었다. 하지
만 아버지는 자신이 실어 보낸 신문이 세상을 선하게 만들어주길
기대했다.

'어두운 방을 청소하려면 일단 불부터 켜야지.'

강수미가 시사 고발 프로그램에 굿뉴스라는 명칭을 붙인 이유와
비슷한 의미의 말이었다. 그러고 보니 술에 취해 아버지 이야기를
강수미에게 했던 것 같기도 했다.

'저작권료라도 청구해볼까.'

선재가 실없는 생각을 하며 대기실 의자에서 일어났다. 선재는
매점에서 신문과 커피를 사들고 천천히 걸었다. 신문엔 온통 정구
현에 대한 뉴스뿐이었다. 정구현은 모든 사실을 부정했다. 하나부
터 열까지 전부 다.

정구현은 전도자와는 협력관계가 아니며, 전도자가 멋대로 류병
두를 제거하고, 협박을 했을 뿐이라고 변명했다. 별장에서 선재에

게 했던 말 그대로였다. 녹음기에 담긴 메시지는 자신의 목소리가 맞지만 하나님의 음성을 운운하며 자신을 협박한 전도자에게 화가 나서 한 말일 뿐이고, 그것을 남강선이 도청한 거라고 주장했다. 유력한 증인인 남강선에겐 광신도 암살자란 호칭을 써가며 가차 없이 공격을 퍼부었다. 정구현의 입김이 닿은 몇몇 언론은 남강선이 전쟁터에서 아이를 사살한 적이 있다는 기사를 써냈다. 그 아이가 무기를 들고 있었다는 사실은 언급하지 않았다. 정구현은 전도자에게 속고 있던 남강선을 도우려 했지만 남강선은 아들의 복수를 위해 전도자를 죽이고선 그 죄를 자신에게 떠넘기고 있다며 억울함을 호소했다. 물론 류병두 비서의 죽음도 자신은 전혀 모르는 일이며 아마 남강선이 하지 않았을까라는 뉘앙스만 풍겼다. 남강선이 뭐라 증언하든 아무런 신빙성도 없다는 말이었다.

'이런 말도 안 되는 사건이 선거 정국에서 터진 건 나를 음해하려는 정치적인 음모이며, 검찰이 이 사건을 수사한다면 스스로 정치 검찰임을 자인하는 꼴밖에 되지 않는 것이다. 나는 이러한 표적 수사에 협조하지 않을 것이며, 검찰이 진정 정의를 추구하는 집단이라면 이 음모를 꾸민 자들이 누구인지나 밝혀내야 할 것이다.'

정구현은 자신이 엄청난 음모의 희생자라도 되는 것처럼 말했다. 그리고 놀랍게도 지지자들은 그 말을 믿었다. 물론 실망했다는 사람도 많았다. 지지율이 10퍼센트 이상 빠져 줄곧 1위를 달리던 여론조사에서 2위로 밀려났다. 하지만 레이스에서 쫓겨난 분위기는 아니었다. 이 정도의 사건이 터졌는데도 흔들리지 않는 지지층은 아직 충분히 경쟁을 해볼 만하단 생각이 들게 했다. 정구현은 은 퇴는커녕 반드시 이 음모를 분쇄하고, 자신에게 주어진 사명을 감 당하겠다며 각오를 다졌다.

"권 기자님?"

승강장을 향해 가는데 누군가 선재를 불렀다. 돌아보니 한 남자 가 캐리어를 쥐고 웃으며 서 있었다.

"리 선생. 아직도 한국에 있었습니까?"

선재가 놀란 눈으로 말했다.

"제가 언제 또 이 나라에 다시 와보겠습니까? 온 김에 여기저기 둘러보았지요."

"그래, 구경은 잘 하셨습니까?"

"좀 다니긴 했는데 세상 돌아가는 게 더 재밌더군요."

리 선생이 선재가 들고 있는 신문을 보며 말했다.

"리 선생께서는 앞날을 어떻게 예측하십니까?"

선재가 웃으며 물었다.

"정구현 말입니까? 일단은 잘하고 있지요."

"잘하고 있는 거 맞습니까?"

"지지율이 말해주지 않습니까? 이런 대형 스캔들이 터졌는데 도 세 사람 중 한 명은 여전히 정구현을 지지합니다. 정구현은 지지 자들에게 자신에 대한 환상을 심어놓았어요. 진실이 그 환상을 깨 려고 든다면 지지자들은 기꺼이 그 진실을 죽여버릴 겁니다. 그러 니 지지자들이 원하는 이야기를 해줘야지요. 선거는 정직한 사람이 이기는 것도, 능력 있는 사람이 이기는 것도 아닙니다. 성추행, 횡령, 공문서 위조, 음주 운전, 뇌물 수수, 불법 청탁……, 무슨 짓을 했어도 상대보다 한 표를 더 얻으면 이깁니다. 사실 제가 하는 대부분의 일은 그런 뻔뻔한 인간들이 선거에서 이기게 해주는 거죠. 그리고 선거에서 이기면, 특히 대통령이 되면 대부분의 문제는 문제가 아닌 게 됩니다."

"그런 사람이 대통령이 되는 게 문제 아닙니까?"

"나라라도 말아먹을 것 같습니까? 한 사람이 세상을 바꿀 수 있다는 건 착각입니다. 그만큼 한 사람이 세상을 망치는 것도 쉽지는 않습니다. 한 사람이 나라를 망하게 하는 경우는 하나밖에 떠오르지 않는군요."

"그게 뭡니까?"

"한 사람을 신처럼 떠받드는 겁니다. 그럼 지옥이 펼쳐지겠지요."

리 선생이 시간을 슬쩍 확인했다.

"이제 가봐야겠네요."

"미국으로 돌아가십니까?"

"간만에 아시아에 왔으니 좀 더 돌아다녀볼 생각입니다. 어딘가에 제가 낄 판이 있을지도 모르니까요."

리 선생은 가볍게 고개를 저으며 말했다.

"선거판을 그렇게 경멸하시면서도 계속 또 다른 선거판을 찾아다니시네요."

"도박꾼처럼 중독이 되어버린 모양입니다. 자격이 없는 자도 왕으로 만들어주는 킹메이커의 삶이요."

"실은 찾고 계신 거 아닙니까?"

"네?"

"저한테 자리엔 관심이 없다는 말씀을 하셨을 때는 솔직히 믿지 않았습니다. 하지만 생각해보면 리 선생은 항상 선거 후엔 아무런 미련도 없다는 듯 떠났지요. 사실 리 선생은 정말 왕으로 모실 만한 존재를 찾기 위해 떠돌아다니시는 게 아닌가라는 생각이 들어서요."

리 선생은 대답 대신 희미한 미소를 지었다. 선재는 돈만 주면 누구든 왕으로 만들어준다는, 악명 높은 킹메이커의 맨얼굴을 잠시나마 본 것 같았다.

선재는 리 선생과 헤어지고 승강장으로 내려갔다. 아직 기차는 도착하지 않았다. 선재가 벤치에 앉으려는데 한 여자가 먼저 와 앉아 있었다. 여자는 화장실이 급한 사람처럼 얼굴이 불편해 보였다. 하지만 역사에 화장실은 얼마든지 있었고, 여자는 손에 휴지까지 쥐고 있었다. 여행용 티슈 앞에는 '하나님은 당신을 사랑합니다'라는 문구가 적힌 스티커가 붙어 있었다. 여자가 옆에 둔 쇼퍼 백 속에도 똑같은 티슈가 잔뜩 들어 있었다.

"기차 안에서의 공개적인 전도 행위는 불법입니다."

선재가 말했다.

"아…… 그런 거 아니에요!"

여자가 깜짝 놀라 손사래를 쳤다. 여자는 잔뜩 주눅이 든 얼굴로 말을 이었다.

"그냥 오가며 일하다가 만나는 분들한테 자연스럽게 드리려고 한 거예요. 기차 안에서 외칠 생각도 없지만, 하라고 허락해줘도 전 못 해요. 제가 소심해서요. 여기 오면서도 택시 기사님한테 수고하셨다고 하나 드리려고 했는데 그것도 못 하고 왔어요."

선재의 말에 화들짝 놀라며 잠시 펴졌던 여자의 몸은 여자가 들고 있는 구겨진 휴지마냥 쪼그라들었다.

"하나 줄 수 있습니까?"

선재의 말에 여자가 눈치를 보면서 휴지를 건넸다. 교회 연락처 같은 것은 보이지 않았다.

"본인이 만든 겁니까?"

"스티커요? 네, 제가 만든 거예요. 디자인을 하거든요."

"교회 이름이 없네요."

"제가 다니는 교회 오라고 만든 거 아니에요. 그냥 그걸 전하고 싶어서……."

여자는 손가락으로 자신이 만든 스티커를 가리키며 간신히 말을 이었다.

"좋은 소식이잖아요."

여자가 어색하게 웃더니 조심스레 말을 이었다.

"혹시 하나님 믿으시나요?"

"믿으면 다시 뺏습니까? 전도용이니까?"

선재가 휴지를 들며 말했다.

"아니요! 그냥 왠지 안 믿으실 것 같아서⋯⋯, 나쁜 뜻은 아니에요!"

여자가 급하게 말을 덧붙였다.

때마침 선재가 탈 기차가 승강장에 들어왔다. 선재가 옆에 둔 신문을 힐끗 내려다보며 말했다.

"세상을 보면 신은 없는 것 같습니다."

"네에⋯⋯."

여자가 이해한다는 듯 고개를 끄덕였다.

"안 가십니까?"

선재는 벤치에서 일어나며 말했다.

"저는 다음 기차예요."

"그럼 조심히 가십시오."

선재가 인사를 하고 돌아섰다.

"저기 이거요!"

선재가 돌아보니 여자가 신문을 들고 있었다.

"전 필요 없습니다. 가지세요."

선재가 휴지를 들어 보이며 고맙다고 덧붙이곤 기차에 올랐다. 선재는 자기 자리를 찾아 앉았다. 창가 자리였다. 선재는 자리에 앉자마자 앞좌석에 붙은 간이 테이블을 내리고, 가방에서 노트북을 꺼냈다.

선재는 그동안 어떤 매체 앞에도 나서지 않고 침묵을 지켰다. 무슨 말을 어떻게 해야 할지 몰랐기 때문이다. 하지만 이젠 결심이 섰고, 그 결심을 글로 옮길 공간은 여기밖에 없었다.

'FROM. SUPERMAN'

팬 커뮤니티 안에 선재가 팬들에게 보내는 글을 쓰는 곳이었다. 선재가 그곳에 남긴 마지막 글은 잔뜩 술에 취해 쓴 것이었다. 세상을 저주하고, 사람들을 욕하고, 엉망이 된 자신의 인생을 한탄하는 글이었다. 선재는 그 글을 쓰고 난 후에 운전대를 잡았다가 사고를 일으켰다. 선재는 새 글 작성을 클릭하고, 제목을 적어 나갔다.

'나는 슈퍼맨이 아닙니다'

사람들은 진실을 원하지 않는다. 환상을 깨려 하면 오히려 공격받는다. 리 선생이 해준 말은 선재가 하려는 행동에 대한 경고인 것 같았다. 이제부터 선재가 써내려갈 글을 환영할 사람은 별로 없을 것이다. 선재가 전할 소식은 좋은 내용이 아니었기 때문이다. 선재는 두려웠다. 적당히 지나가고도 싶었다. 굳이 이럴 필요까지 있나라는 생각도 했다. 하지만 환상은 껍질 같은 것이다. 벗어나고 싶다면 깨부수는 수밖에 없었다. 선재가 창밖으로 시선을 돌렸다. 여자는 선재가 놓고 간 신문을 쇼퍼 백에 대충 집어넣고, 매점 앞에 서 있었다. 여자는 주문을 하면서 점원과 대화를 나누더니 마침내 용기를 내어 자신이 믿고 있는, 좋은 소식을 전했다.

기차가 서서히 출발했다. 여자의 모습이 시야 밖으로 사라졌다. 창밖의 풍경이 뒤로 지나갔다. 환상 속에서 살아왔던 시간들이 되살아났다. 선재는 키보드에 손을 올리고, 고등학교 시절의 이야기부터 적어 내려갔다. 선재가 꺼내지 않으면 아무도 모를 이야기였다. 하지만 해야 했다. 더는 자신을 속이며 살기 싫었다. 선재는 자신이 어떻게 사건을 부풀려서 교사를 쫓아냈는지, 그 과정에서 반대하는 친구를 어떻게 배신하고 몰아냈는지 적었다. 선재는 그 이야기를 시작으로 기차처럼 긴 글을 써내려갔다. 다음 칸에는 정구현과 만났던 대학 시절의 이야기를 적었고, 다음 칸에는 기자 시절의 이야기를 적었다. 자신의 비겁함과 비열함, 오만과 독선, 그리고 정의라는 명분으로 덮었던 위선에 대한 이야기였다. 길고 긴 고통의 시간이었다. 하지만 고통에 마침표를 찍고 싶다면 끝까지 써야 했다. 선재는 쉬지 않고 글을 썼다. 다 쓰고도 몇 번을 다시 읽으며 고치고, 또 고쳤다. 기차가 목적지에 다다를 무렵, 선재에게 남은 일은 글을 올리는 것뿐이었다. 클릭 한 번이면 순식간에 수천, 수만의 사람이 선재의 글을 읽을 터였다. 사람들은 선재의 글을 보고 사회적인 자살을 선택한 사람의 유언장이라고 말할지도 모른다. 그 말이 맞았다. 죽으려고 쓴 글이다. 가짜 히어로 권선재의 목을 매달고, 어리석고 평범한 인간으로 살아가려고 쓴 글이다. 기차가 속도를 줄였다. 창밖의 세상이 뚜렷하게 보였다. 선재는 글을 올리고, 기차에서 내렸다.

선재는 한적한 시골 역사를 나와 버스를 탔다. 버스에서 내린 곳은 오래된 슈퍼마켓 앞이었다. 주인아주머니는 드라마를 보며 라면을 먹고 있었다. 세상은 이미 선재의 글로 난리가 났을 터였지만 슈퍼마켓 안은 평화로웠다. 선재는 음료수를 사고, 길을 물었다. 아주머니는 메모장까지 꺼내 길을 가르쳐주었다. 선재는 아주머니가 건네준 약도를 손에 쥐고, 길을 나섰다. 길이 험하진 않았지만 완만한 언덕이 계속 이어졌다. 알록달록한 색을 되찾은 봄의 숲은 아름다웠다. 따뜻한 볕에 오르막길을 걷다 보니 땀이 흘렀다. 선재는 기차역에서 받은 휴지를 꺼내 이마를 닦았다. 선재가 땀을 훔치며 언덕 위를 보았다. 멀리 붉은색 벽돌로 만든 건물이 보였다. 한 기독교인 사업가가 선교지에서 병을 얻거나 상처를 입은 선교사와 그 가족을 위해 만든 쉼터였다. 쉼터의 입구 앞에 한 사람이 앉아 있었다. 그는 누군가를 마중 나온 것 같았다. 선재는 그 자리에 멈춰 섰다. 갑자기 도망치고 싶었다. 두려움이 몰려왔다. 선재는 조용히 등을 돌려버렸다.

"선재야!"

친구의 목소리가 들렸다.

선재는 고개를 숙이고, 움직이지 못했다. 뒤에서 달려오는 소리가 들렸다. 그 소리가 선재의 심장을 두드렸다.

왜인가.

왜 내 이름을 부르는가.

왜 너는 나의 친구로 남아 있는가.

죽다가 살아난 놈은 너인데

왜 죽었다가 살아 온 친구를 만난 것처럼 기뻐하는가.

왜 반갑게 달려오는가.

왜 이토록 나를 뜨겁게 끌어안는가.

선재는 이유를 알 수 없었다. 선재는 길을 잃은 어린아이처럼 울음을 터뜨렸다. 선재의 귓가에 친구의 음성이 들렸다.

"잘 왔다. 선재야."

당신들의 신

김은영은 택시에서 내리며 기사에게 휴지를 건넸다. 김은영이 직접 만든 전도용 티슈였다.

"감사합니다."

김은영은 밝게 웃으며 택시에서 내려 서울역으로 들어갔다. 새로 디자인을 맡은 매장이 지방에 있어 김은영은 일주일에 두세 번씩 서울역을 드나들었다. 설교를 듣다가 오가면서 만나는 사람들에게 하나님의 말씀이 담긴 티슈를 주면 좋겠단 생각이 들었지만 실천하기는 쉽지 않았다. 스티커를 만드는 것은 어렵지 않았지만 처음 보는 사람한테 다가가 인사를 건네는 것이 힘들었다. 첫날은 결국 한 명에게도 주지 못했고, 굳게 각오를 하고 나간 둘째 날조차 도저히 입이 떨어지지 않아 승강장 벤치에 앉아만 있었다. 만약 그 사람이 나타나지 않았더라면 그날도 포기했을지 몰랐다. 먼저 말을 걸며 휴지를 달라고 했던 사람이 그 유명한 '권선재'라는 사실은 나중에야 알았다. 어떻게 옆에 앉아 이야기까지 나눴으면서 권선재를 몰라볼 수 있냐는 핀잔을 들었지만 그때는 누군지 알아볼 여유가 없었다. 게다가 그날 만난 권선재는 김은영이 알고 있던 권선재와는 다른 사람 같았다. 김은영의 옆에 앉았던 권선재는 깔끔한 정장을 입고 나만은 믿어도 좋다는 미소를 짓고 있지도 않았고, 술에 취해 망가진 인생을 한탄하고 있지도 않았다.

"나쁜 사람 같지는 않았어."

실제로 만나보니 어땠냐는 지인들의 질문에 김은영은 그렇게 답했다. 아무리 봐도 사람들이 말하는 것처럼 나쁜 사람 같아 보이진 않았다.

그날, 권선재는 자신의 팬 커뮤니티에 장문의 글을 써서 올렸다. 자신의 지난 과오를 고백하는 내용이었다. 그리고 그 과오의 상당 부분은 정구현과 연관되어 있었다. 정구현은 유출해선 안 되는 정보를 수시로 권선재와 공유했다. 권선재는 그 정보를 받아 특종을 터뜨리며 입지를 쌓아나갔다. 그렇게 커진 영향력을 바탕으로 정구현의 입장을 강화해주는 기사를 써내는 한편, 정구현의 정적들을 공격했다. 정구현의 반대편에 선 사람이라면 작은 잘못도 크게 부풀렸고, 오해라는 것을 알면서도 바로잡지 않았다. 사실관계는 상관없었다. 정구현에게 득이 된다면 진실이었고, 실이 된다면 루머였다. 류병두 사건은 불운한 사고가 아니라 그런 과정을 거듭하며 터진 비극이었다. 하지만 권선재는 정구현에게 책임을 돌리지 않았다. 오히려 자신의 잘못이라며 사죄했다.

정구현은 권선재에게 정보를 준 것을 인정했다. 절차에 문제가 있었고, 오해의 소지도 있다고 사과했다. 하지만 결코 사익을 추구하려는 생각은 없었으며 대의를 위해서였다고 주장했다. 정구현은 눈물까지 보이며 어려운 상황에서 자신을 배신하는 동생의 모습에 비통한 심경을 엿보였다. 정구현의 지지자들은 권선재를 '배신자'라고 부르며 나라라도 팔아먹은 인간처럼 매도했다. 정구현 반대파 쪽에선 권선재의 양심 고백을 환영했지만 그들 역시 권선재를 비난하기는 마찬가지였다. 이번 기회에 권선재와 정구현을 하나로 묶어 무너뜨리겠단 각오였다. 세상은 정구현을 기준으로 둘로 나뉘어졌고, 교회도 다르지 않았다. 설교 시간엔 서로 사랑하라는 메시지가 선포되었지만, 정치적 입장이 다른 사람은 '서로'에 포함되지 않았다. 부모의 원수도 아니고, 돈을 떼어먹고 사기를 친 것도 아니다. 그저 정치적 입장이 다르다는 이유로 사람들은 가차 없이 서로를 비난하고, 관계를 끊기까지 했다. 부모와 자식들이 언성을 높이며 싸웠고, 형제와 자매가 서로를 저주했다. 그러면서 하나님은 분명 자신들의 편일 거라고 믿었다. 그들에게 권선재는 그저 지옥에 떨어질 나쁜 놈이었다. 아무런 변명도 하지 않고, 자신의 잘못을 낱낱이 고백한 죄인을 안아줄 사람은 없어 보였다.

그날, 권선재는 어디로 가고 있었던 것일까. 그곳엔 그를 안아줄 사람이 있었을까. 그는 지금 무엇을 하고 있을까.

김은영은 서울역에 갈 때마다 권선재를 떠올렸다.

"악!"

김은영이 갑작스러운 소리에 놀라 뒤를 돌아봤다.

대학생으로 보이는 여자 두 명이 기차 앞에 서 있었다. 기차 시간에 늦어 뛰다가 들고 있던 음료수를 흘린 모양이었다. 김은영이 다가가 쇼퍼 백에서 휴지를 꺼내 주었다.

"감사합니다."

두 사람은 입을 모아 김은영에게 고개 숙여 인사를 했다.

기차가 출발할 거 같아 대화를 더 나눌 상황은 아니었다.

"아니에요. 조심히 가세요."

김은영이 괜찮다는 듯 웃으며 말했다.

두 사람이 다시 한 번 인사를 하고 안으로 사라졌다. 기차가 곧 출발했다.

"괜찮아?"

복도 쪽에 앉은 수아가 말했다.

"응, 별로 안 젖었어."

자영이 휴지로 앞섶을 닦으며 말했다.

잠시의 소란이 끝나고, 침묵이 흘렀다. 수아는 객실 화면에 나오는 방송 영상을, 자영은 창밖을 바라봤다.

"여보세요."

자영이 전화를 받자, 수아가 자영을 바라봤다.

"네, 잘 탔어요. 네, 괜찮아요. 네, 이따가 연락할게요."

자영이 전화를 끊었다.

"다한 씨야?"

"응."

수아의 물음에 자영이 고개를 끄덕였다.

새예언이 와해되면서 자영은 자유를 되찾았다. 양다한은 자영을 만난 자리에서 주저앉아 통곡을 했다. 두 사람은 늦게나마 혼인신고를 하고, 정식으로 부부가 되었다. 자영을 새예언에 빼앗겼던 충격이 워낙 컸던지 양다한은 잠시만 자영과 떨어져 있어도 쉴 새 없이 연락을 했다.

잠깐의 대화가 끝나고, 수아와 자영은 다시 입을 다물었다. 미안하다거나 고맙다거나 하는 말들은 이미 나누었다. 여전히 두 사람에겐 밤을 새며 나누어도 모자를 말들이 남아 있었지만 두 사람은 쉽게 말을 꺼내지 못했다.

수아의 휴대폰에서 메시지 알림 소리가 울렸다. 선재가 보낸 메시지였다. 사진 속엔 선재와 동명 두 사람이 수아와 자영이 오면 해줄 음식을 준비하는 모습이 찍혀 있었다. 수아는 빙긋이 웃고는 자영에게도 사진을 보여주었다.

의식을 되찾은 동명은 병원에서 치료를 받은 후에 한적한 곳에 내려가서 요양을 하기로 했다. 선교사들의 쉼터 같은 곳으로, 동명의 아버지도 묵었던 적이 있는 곳이라 했다. 선재도 그곳에 가 있었다. 선재는 자영과 수아를 초대하면서 좋은 곳이라고 말했다. 선재가 보내준 사진만 봐도 아름다운 곳이 분명했다. 하지만 선재가 좋은 곳이라고 말한 이유는 풍경이 아니라 옆에 있는 친구 때문인 것 같았다. 신기한 일이었다. 그토록 멀어 보였던 두 사람의 사이는 어느새 평생 같이 지내온 친구처럼 가까워져 있었다.

'우리도 다시 친구가 될 수 있을까.'

수아가 사진을 구경하는 자영을 보며 생각했다.

모를 일이었다. 이대로 적당히 거리를 두고, 각자의 마음속에 남은 생채기를 숨기고, 한때는 친구였던 사이로 남을지도 몰랐다. 하지만 그렇다 할지라도 기다려주고 싶었다. 동명이 선재를 기다려줬던 것처럼.

"지금은 안 보여?"

수아가 불쑥 물었다.

"응?"

자영이 고개를 들었다.

"아, 미안. 별생각 없이 한 말이야."

수아가 실수를 했나 싶어 사과했지만 자영은 개의치 않는 얼굴이었다.

"너랑 있을 땐 사라져버려. 네가 싫은가 봐."

자영이 웃으며 덧붙였다.

"날 싫어하는 사람은 별로 없는데."

수아가 사뭇 진지하게 말했다.

"사람이 아니니까."

자영도 수아를 따라 하듯 진지한 얼굴로 답했다.

서로를 빤히 보던 수아와 자영은 갑자기 웃음이 터졌다. 한 번 터진 웃음은 좀처럼 그치지 않았다. 잠시나마 함께 교복을 입고 있던 시절로 돌아간 것 같았다.

기차에서 내린 두 사람은 선재가 가르쳐준 대로 버스를 타고, 한적한 슈퍼마켓 앞에서 내렸다. 주인아주머니가 먹고 있는 라면이 맛있어 보였지만 꾹 참고 길을 나섰다. 길고 긴 오르막길이 나타났다. 생각보다 힘들었지만 마침내 오른 언덕 위의 풍경은 아름다웠다. 넓게 펼쳐진 들판 위에 붉은 벽돌로 만들어진 선교사의 쉼터가 있었다. 공터에선 아이들이 뛰놀았고, 색색의 빨래들이 따뜻한 봄바람에 나부꼈다.

"나 화장실 좀……."

수아가 말했다.

"응, 난 저기 뒤쪽에 가볼게."

자영이 건물 뒤편을 가리키며 말했다. 수아가 건물 안으로 들어가고, 자영은 건물 뒤편으로 돌아갔다. 자영이 예상한 대로였다. 건물 뒤편으로 탁 트인 바다가 보였다. 쉼터 앞쪽도 경치가 좋았지만 그곳이야말로 사진에서 보았던 가장 아름다운 장소였다. 그곳에 한 남자가 있었다. 자영은 그 남자를 처음 보았지만 그가 누군지 알고 있었다. 남자가 인기척을 느끼고, 자영을 돌아보았다. 자영이 인사를 건넸다.

"안녕하세요."

"아, 수아 친구? 자영 씨지요?"

선재가 말했다.

"네."

자영이 조심스레 웃으며 고개를 끄덕였다.

"수아는요?"

"아, 곧 올 거예요."

"여기 앉으세요. 여긴 지금 이 시간대가 제일 예뻐요."

선재가 웃으며 말했다. 온 세상의 비난을 받고 있는 남자라고는 믿기지 않는 미소였다.

자영이 선재 옆에 앉았다. 기분 좋은 바람이 바다에서부터 꽃향기를 품고 불어왔다.

"귀신을 보신다고요?"

선재는 미소를 띠고 말했다.

"네, 믿기 어려우시겠지만요."

"제가 믿지 않는다고 진실이 거짓이 되지는 않지요."

선재는 담담한 얼굴로 끝이 보이지 않는 바다를 바라보았다. 진실은 믿음과는 무관했다. 진실은 존재하는 것이다. 세상 모든 사람이 바다가 없다고 믿는다 해도 바다는 존재했다. 불신이 마음을 메마르게 할 수는 있어도 바다를 마르게 할 수는 없었다. 먼 곳으로 떠나왔건만 세상의 소리는 막을 수 없었다. 세상은 자기 입맛대로 선재가 남긴 글을 해석했다. 누군가는 짜다고, 누군가는 싱겁다고 불만을 터뜨렸다. 선재는 가슴이 답답해질 때마다 항상 그곳에 존재하는 바다 앞에 섰다. 선재는 바다 앞에 설 때마다 진실 앞에 선 사람만이 누리는 평안을 맛보았다.

"친구분은 괜찮으신가요?"

자영이 말했다.

"그럼요. 지금 안에서 예배드리고 있어요."

선재가 힐끗 쉼터를 돌아보며 말을 이었다.

"예배를 하루에 몇 번씩 하는지, 그것만 빼면 참 좋은 곳인데요."

"같이 안 하시나요?"

"전 아직 신을 못 믿겠습니다."

선재가 빙긋이 웃었다.

"그럼 뭘 믿으세요?"

선재가 잠시 생각하더니 입을 열었다.

"진실을 믿고 살아야겠지요. 진실이 내 마음에 들지 않는다 해도요. 그것만이 진짜 삶일 테니까요."

선재가 바다를 보며 다시 생각에 잠겼다. 모래사장에 부자로 보이는 어른과 어린아이가 있었다. 아이가 걷기 힘든지 칭얼거리자 아버지가 아이를 번쩍 들어 목말을 태워주었다. 아이는 신이 나서 두 손을 들고 몸을 흔들어댔다.

"선재야!" "삼촌!"

두 사람의 목소리가 들려왔다.

선재와 자영이 돌아보자 동명과 수아가 쉼터 건물 3층에서 창문을 열고 손을 흔들었다. 때마침 예배가 끝나 복도에서 마주친 모양이었다.

"들어와서 밥 먹어요."

동명이 소리쳤다.

"갑시다. 여기 밥이 맛있어요."

선재가 자리에서 일어나며 말했다.

"정말요?"

자영이 따라 일어났다.

"그럼요. 믿어도 됩니다."

선재가 말했다.

작가의 말

사람은 누구나 신앙을 갖고 있습니다. 신앙이란 표현이 거창하게 느껴진다면 믿음으로 바꿔도 좋습니다. 명문대에 들어가면 앞날이 열릴 거란 믿음이 있습니다. 공무원이 되면 안정된 삶이 보장될 거라는 믿음도 있지요. 어떤 사람이 혹은 사상이 세상을 더 좋게 바꿔줄 거란 믿음도 있지요.

믿음은 우리의 삶을 움직입니다. 아파트 값이 오를 거라고 믿기 때문에 영혼을 끌어서라도 아파트를 삽니다. 어떤 사람과 함께하면 행복해질 거라고 믿기 때문에 그 사람의 마음을 얻기 위해 노력하지요.

매일 믿음의 대상에 집중하고, 마음을 쏟아 믿음의 대상을 알기 위해 애씁니다. 믿음이 약해질 때마다 다른 이의 간증을 들으며 마음을 다잡습니다. 그리고 마침내 자신의 믿음이 이뤄졌을 때, 마음을 다해 소리 높여 찬양하고 감사합니다. 이게 신앙이 아니면 무엇이겠습니까.

작가인 저도 신앙이 있습니다. 소설은 허구의 이야기지만 진짜를 보여주어야 한다고 믿습니다. 다른 지면을 통해서도 이야기한 적이 있지만 저는 가짜를 통해서 진짜를 보여주는 일이 소설가의 소명이라고 생각합니다. 그래서 글쓰기는 저에게 일종의 예배이고, 완성된 소설은 저의 신앙고백이기도 합니다.

가짜들이 판치는 세상에서 저의 신앙이 참되다는 것을 증명할 방법은 하나뿐일 겁니다. 제가 믿는 대로 쓰고, 쓴 대로 사는 것입니다. 작품의 완성은 작가의 말이 아니라 작가의 삶이 되어야 한다고 믿습니다.

제가 작가로서 갖고 있는 믿음이 하나 더 있습니다. 소설은 재미있어야 한다는 겁니다. 지루한 신앙이란 존재할 수 없거든요. 재밌게 읽어주시면 좋겠습니다. 감사합니다.

2021년 1월
이동원

당신들의 신

초판 1쇄 인쇄 2021년 1월 22일
초판 1쇄 발행 2021년 2월 1일

지은이 이동원
펴낸이 이수철
주 간 하지순
교 정 구경미
디자인 권석중
마케팅 안치환
관 리 전수연

펴낸곳 나무옆의자
출판등록 제396-2013-000037호
주소 (03970) 서울시 마포구 성미산로1길 67 다산빌딩 3층
전화 02) 790-6630 팩스 02) 718-5752
페이스북 www.facebook.com/namubench9
인쇄 제본 현문자현

ISBN 979-11-6157-116-4 03810